La bibliothèque Gallimard

Ce roman a paru pour la première fois en 1909.

André Gide

La porte
étroite

Lecture accompagnée par
Marie-Claude Harder-Simillion
agrégée de lettres modernes
professeur en lycée à Paris

La bibliothèque Gallimard

Florilège

«Tout, en elle, n'était que question et qu'attente.»

«L'été fuyait si pur, si lisse que, de ses glissantes journées, ma mémoire ne peut presque rien retenir.»

«La nuit se fermait dans mon cœur.»

«Et tout à coup je t'ai souhaité là, senti là, près de moi, avec une violence telle que tu l'auras peut-être senti.»

«Une étrange confiance m'habite qu'un jour, je ne sais comment, ensemble, nous verrons je ne sais quel grand pays mystérieux.»

«Le mot : grand poète, ne veut rien dire : c'est être un pur poète qui importe.»

«Et comme si le temps eût pu s'arrêter avec moi : voici l'instant [...] le plus délicieux peut-être, quand il précéderait le bonheur même, et que le bonheur même ne vaudra pas...»

«Chaque soir je revoyais sur son corsage, retenue par une chaînette d'or, la petite croix d'améthyste briller.»

«L'extraordinaire éclat de son regard inondait son visage d'une surhumaine, d'une angélique beauté.»

«Que le bonheur soit là, tout près, s'il se propose... n'avoir qu'à allonger la main pour s'en saisir...»

Ouvertures

L'œuvre de Gide est inséparable de sa vie sentimentale et intellectuelle. «Je ne choisis pas mes "sujets", écrit-il, chacun reste dans une
dépendance intime avec moi-même» (20 janvier 1910, *Journal*). *La
Porte étroite* est particulièrement liée à l'histoire personnelle de Gide.
Son intention est de livrer aux générations futures les valeurs qui fon-
dent le bonheur. Et le choix du titre connote une démarche où la fiction se constitue en **parabole**, prenant ainsi un sens symbolique et
moral.

Crises et convulsions d'une fin de siècle

Lorsque Gide compose *La Porte étroite*, la France vit la Belle Époque :
les premières années du XXᵉ siècle, avant la Première Guerre mon-
diale, connaissent une intense effervescence et de dangereuses illusions. L'héritage du siècle précédent se mêle aux mouvements d'une
ère nouvelle en gestation : de grands débats idéologiques issus des
conflits de la fin du siècle remettent en question toutes les valeurs
religieuses, morales, sociales et politiques. On ne peut dire que *La
Porte étroite* renvoie l'écho de ces affrontements auxquels Gide parti-
cipe dans ses interventions publiques, ni de l'optimisme qui étour-
dit la société d'alors. On y détecte néanmoins les cheminements de
la pensée de son auteur.

Un contexte politique et social très mouvant

La IIIe République est fortement ébranlée par de grandes polémiques : le boulangisme (ou nationalisme), l'affaire Dreyfus, la séparation de l'Église et de l'État.

Une vie politique agitée – Inspiré des idées antigermanistes du général Boulanger (1837-1891), le nationalisme rassemble les patriotes revanchards et antiparlementaristes, qui font de Maurice Barrès (1862-1923) leur héraut. Dans son roman à thèse, *Les Déracinés* (1897), Barrès prône l'enracinement dans la tradition et la région comme la condition indispensable pour protéger les valeurs morales et sociales bafouées, selon lui, par l'idéologie républicaine. Dans une réplique célèbre, Gide apostrophe l'auteur prestigieux : « Né à Paris d'un père uzétien et d'une mère normande, où voulez-vous, Monsieur Barrès, que je m'enracine ? » La réponse de Gide est cinglante : l'enracinement est la solution des faibles, tandis que le déracinement a des vertus d'enrichissement et d'épanouissement. Cette même année 1897 voit aussi paraître *Les Nourritures terrestres*, œuvre d'un grand lyrisme dans laquelle Gide chante tous les dépaysements.

Cette polémique isole Gide de l'avant-garde du moment, mais il ne se réfugie pas pour autant dans le camp adverse ; les naturalistes et les positivistes, groupés autour de Zola, sont soucieux de maintenir l'idéal des Lumières. Sa voie n'est pas dans le socialisme ; et Gide, grand bourgeois, ne semble pas s'inquiéter de la sauvage répression des grèves de 1906 qui visaient à obtenir la journée de huit heures. On peut méditer cette pensée extraite de son *Journal* : « Question sociale ? – Certes [...] L'homme est plus intéressant que les hommes [...] Chacun est plus précieux que tous. » C'est dire qu'aucune cause universelle ne saurait asservir l'individu ni l'écrivain. Et aucune idéologie ne détermine son engagement.

L'affaire Dreyfus – Cette affaire sera pour Gide une question de morale avant tout. Brillant officier de famille juive, accusé en 1894 de haute trahison, jugé, dégradé, déporté à l'île au Diable, Alfred Dreyfus a été condamné sur des preuves insuffisantes, motivées par l'antisémitisme du haut état-major de l'armée. Charles Péguy, Jean Jaurès, Léon Blum, Georges Clemenceau s'unissent pour la critique du procès. Et Émile Zola publie dans *L'Aurore* son célèbre article « J'accuse » (13 janvier 1898). La France se divise en dreyfusards et antidreyfusards. Gide choisit le camp des dreyfusards où dominent les voix de Péguy, Anatole France et Émile Zola, contre les antidreyfusards, plus nombreux, artistes (Auguste Renoir, Édouard Degas…) ou académiciens, animés par Maurice Barrès et Charles Maurras.

Dans ce combat, c'est l'immobilisme intellectuel des patriotes, c'est l'entêtement de ceux qui refusent la révision du jugement que Gide condamne. Il a motivé son choix contre la mauvaise foi et l'antisémitisme conjugués. Gide ne s'engage ni pour une cause politique, ni pour une cause idéologique : c'est à une question d'ordre moral qu'il réagit. Jamais il n'évoquera directement l'Affaire dans son œuvre littéraire – contrairement à d'autres. Mais dans son rôle d'écrivain, il se voue à la fonction d'« inquiéteur ». Ainsi *La Porte étroite* illustre l'échec des valeurs traditionnelles lorsqu'elles sont détournées par la mauvaise foi.

La séparation de l'Église et de l'État – À la faveur de l'affaire Dreyfus, la question religieuse est soulevée. Juifs et protestants sont du même côté. De terribles affrontements opposent les catholiques – généralement antidreyfusards – et les partisans de la laïcité – dreyfusards. La loi du 9 décembre 1905 ordonne la séparation de l'Église et de l'État. Mais les passions ne s'éteignent pas, malgré la garantie de liberté des cultes et la stricte distinction entre pratique religieuse et engagement politique. Bien au contraire, à la suite de l'inventaire des biens de l'Église, celle-ci semble vaincue par un anticléricalisme violent et injuste. C'est dans ce climat de ferveur spiritualiste que se préparent alors chez les écrivains des conversions spectaculaires (Huysmans, Jammes, Péguy, Claudel). Valéry et Gide, tentés, ne cèdent pas, malgré l'emprise de Claudel sur Gide. Celui-ci se nourrit alors de la pensée et de la foi claudéliennes, contre les rationalistes qu'il a fréquentés un temps. Il note pourtant dans son *Journal* : « La certitude religieuse donne à ce robuste esprit une infatuation déplorable. » Et il ajoute : « Peut-être n'écrit-on pas très bien sans peur de se tromper. »

La Porte étroite illustre cette volonté de ne pas enraciner l'œuvre dans une signification univoque : apologie ou satire du mysticisme, œuvre protestante ou critique à l'égard du protestantisme ? Peu importe, dira Gide !

Une vie artistique en plein renouvellement

Gide est rebelle aux conformismes, dogmes, idéologies et doctrines de toutes sortes, à tout ce qui selon lui freine l'élargissement intellectuel et personnel. Sa jeunesse est marquée par les derniers rayonnements du symbolisme. Dans le sillage de Baudelaire et Rimbaud et sous l'égide de Verlaine et de Mallarmé, les symbolistes ont exploré les pouvoirs évocateurs du symbole, les puissances du rêve, et la vertu suggestive de la musique et de l'harmonie dans le langage. Une aspiration presque mystique à l'Idéal, en réaction au matérialisme contemporain, imprègne les œuvres du début du siècle. « Ce n'est pas seulement par tout ce qu'il dit, que s'affirme un poète, ce n'est pas tant par tout ce qu'il dit, mais par tout ce qu'il tait. » Cette esthétique* de l'ellipse* et de la suggestion, Gide veut l'illustrer dans la prose, et c'est elle qu'il s'efforce de mettre en œuvre dans *La Porte étroite*. « J'admire à présent tout ce que je suis arrivé à n'y pas dire, à réserver », écrit-il à propos de ses difficultés à composer son œuvre. Il atteste par cet aveu son goût pour une communication supérieure à la simple fonction d'énonciation assignée au langage. Sa première œuvre, *Les Cahiers d'André Walter* (1891) avaient montré l'admiration de Gide pour le symbolisme. *La Porte étroite* met en pratique l'exercice de la suggestion comme instrument de vérité, l'harmonie l'exercice de la suggestion comme instrument de vérité, l'harmonie incantatoire de la langue comme instrument de clarté.

Au seuil de la modernité

Au sein de ce monde hanté par ce besoin de spiritualité s'affirme une sensibilité nouvelle. En 1913, *Alcools*, d'Apollinaire, consacre l'avènement de la modernité. Les progrès de la science montrent qu'il y a diverses manières de connaître, puisqu'il y a une manière neuve de connaître (Einstein découvre la théorie de la relativité en 1905). Le

Portrait de l'éditeur Eugène Figuière (1913) par Albert Gleizes, peintre et théoricien, qui a publié un traité « Du cubisme » en 1912, en collaboration avec Jean Metzinger.

savoir totalitaire visé par le positivisme se révèle insuffisant, voire inopérant. Le développement des technologies bouleverse le rapport de l'homme au monde (électricité, aviation, automobile, cinéma). L'Exposition universelle de 1900, couronnée par la construction de la tour Eiffel, annonce le règne de la civilisation industrielle. La philosophie de Bergson (1859-1941) vient répondre à la soif spiritualiste en affirmant la valeur de l'intuition. Le bergsonisme est célébré par le public, et il exerce une réelle influence sur les œuvres de Péguy et de Proust. Mais à ce sujet, Gide écrit : « Ce qui me déplaît dans la doctrine de Bergson, c'est tout ce que je pense déjà sans qu'il le dise. » On ne peut mieux en fait affirmer l'impact du bergsonisme ! Contre le déterminisme technique et social, la philosophie de Bergson a le mérite d'affirmer le mouvement créateur de la vie et de l'esprit contre le formalisme de la raison. La naissance de l'art abstrait privilégie la fonction créatrice de l'esprit. En musique, Gide reconnaît chez Debussy et Stravinsky, surtout, une langue inouïe et une « gamme inconnue » ; mais il est en revanche assez maladroit sur ses choix en peinture.

La structure de *La Porte étroite* témoigne d'un renouvellement du regard sur les choses et les êtres qui engendre une technique narrative neuve. En substituant délibérément le « récit » au roman, Gide révèle son intention profonde : changer les perspectives par la modification des points de vue. C'est l'entreprise du cubisme.

Une intemporalité affirmée

« Je ne cherche pas à être de mon époque, je cherche à déborder mon époque », écrit Gide dans son *Journal* le 23 avril 1918. Dans le contexte foisonnant et militant de la Belle Époque, la position de Gide reste singulière. Habité de contradictions, détestant la nécessité de choisir, Gide est isolé, hors des courants qui font l'opinion et la littérature de son temps. Son souci de l'art fait de lui un écrivain de tous les temps – en d'autres termes un « classique ».

La NRF

C'est son esprit d'autonomie qui inspire Gide lorsqu'il fonde avec quelques amis *La Nouvelle Revue française*. C'est dans les revues que les opinions s'expriment alors. Les plus importantes : *Le Mercure de France*, garant des valeurs littéraires traditionnelles ; *Les Cahiers de la quinzaine*, de Péguy, défenseur des idéaux socialistes puis patriotiques du poète ; *L'Action française*, dirigée par Charles Maurras, antisémite et antiparlementariste ; *La Revue des Deux-Mondes* s'adresse au public cultivé.

N° 1.   15 NOVEMBRE 1908.

LA NOUVELLE
REVUE FRANÇAISE

SOMMAIRE :

Avertissement.
MICHEL ARNAULD : Jeanne d'Arc et les Pingouins.
CHARLES-LOUIS PHILIPPE : Sur les maladies.
MARCEL BOULENGER : En regardant Chevaucher d'Annunzio.
JEAN SCHLUMBERGER : Sur les bords du Styx.
T. E. LASCARIS : Les jardins d'Ithéria.

LES ROMANS : Mariage de demain, Le Voleuse des Corneaux, Miguette de Coste-Cigale, La Petite Chiquette, La Montée, L'idylle de Maria Birli, par Jean Viollis.
LA POÉSIE : Le Valet de cœur, Les Sèves originaires, La Dévouté Quotidienne par Jean Schlumberger.
LITTÉRATURE : Muses et Bourgeoises de Jadis, La Journée d'Arles, par André Ruyters.
CHRONIQUE ITALIENNE : par Francesco Coppola.
LES REVUES : par Léon Bocquet.
ECHOS.

26, RUE HENRI MONNIER, 26
PARIS

EXEMPLAIRE DE LUXE

L'article de Marcel Boulenger sur l'écrivain nationaliste italien D'Annunzio et des extraits d'un article de J.M. Bernard contre Mallarmé suscitent l'indignation de Gide envers ce premier numéro de *La NRF*.

Le projet de *La NRF* naît dans l'esprit de Gide et de ses amis (en particulier Jean Schlumberger et Jacques Copeau) pour réaliser leur désir de promouvoir des œuvres de qualité, sans aucune considération morale, politique ou religieuse de leur auteur. Le critère unique est une haute tenue littéraire. Le premier numéro, en 1908, entraîne la rupture entre Gide et E. de Monfort, le directeur de la revue, à cause de deux articles qui ont déplu à Gide. Après quelques atermoiements, Gide décide de publier son roman *La Porte étroite* dans le véritable numéro 1 de la revue, le 1er février 1909. Inspirateur, conseiller, rédacteur, Gide ne voudra jamais diriger la revue lui-même. Le premier directeur sera Jacques Copeau, désigné en 1912. Et pour aider les auteurs à publier leurs œuvres, les fondateurs se sont liés à Gaston Gallimard par un contrat signé le 31 mai 1911. *La NRF* accueillera tous les écrivains qui contribueront au renouvellement de la littérature du XXe siècle.

Une œuvre taillée dans la chair de son auteur

L'irréparable déchirure

Le combat intime – Dès l'enfance, Gide est déchiré. Enfant unique, il perd son père à l'âge de onze ans. Il est élevé par sa mère et la gouvernante de celle-ci, Anna Shackleton. L'origine de sa famille est double : normande et catholique par sa mère, méridionale et protestante par son père. Son éducation se déroule dans un climat affectueux mais extrêmement austère et puritain. Il est un élève fragile, sujet aux crises nerveuses qui le soustraient opportunément à l'ennui du monde scolaire. Malgré l'exemple de son père, éminent juriste, il se destine aux Lettres où il veut suivre «un chemin non tracé» (Album Pléiade, p. 64). La découverte de sa nature sensuelle est un drame secret, lourd à porter dans une famille où l'on enseigne l'horreur du «péché de chair». Il se sent douloureusement écartelé entre son âme et son corps dont les aspirations sont inconciliables.

Entre la morale catholique et la morale protestante – Les origines de Gide sont marquées par la double appartenance catholique et protestante. La religion catholique prône l'obéissance au dogme et repose sur l'autorité de l'Église : entre le croyant et Dieu, le lien passe par les représentants de Dieu sur terre, seuls détenteurs de la parole divine et seuls témoins de la présence de Dieu. Les protestants, eux, s'adressent directement à Dieu et trouvent leur chemin vers lui par la fréquentation constante des textes bibliques. De plus,

Portrait de Gide. «[…] ses yeux d'hématite, bridés, étincelants vous fixent avec un regard de prédicateur…», écrit J.E. Blanche, peintre, auteur de ce portrait.

le protestant est responsable devant Dieu, seul avec lui, dans ce qu'il appelle l'examen de conscience – tandis que le catholique confie la direction de sa vie intérieure à un homme d'Église, et s'en remet à lui pour le pardon de ses fautes. Pour Gide, le protestantisme est un ferment de libération intellectuelle car la lecture des textes sacrés favorise et féconde l'esprit critique. Mais il contient un élément destructeur : l'horreur de la chair, le culte de la vertu pour elle-même. En séparant l'âme du corps, en faisant de l'ascétisme un absolu, le protestantisme supprime toute joie de vivre : l'esprit de sacrifice devient tyrannique ; et l'être voué à l'abstinence, à la chasteté, à toutes sortes de mortifications, dépérit et se condamne à mourir – comme Alissa.

Toutefois, Gide ne pense pas la morale catholique plus heureuse, car l'essence du catholicisme d'alors est l'orthodoxie qui sécrète inévitablement le conformisme récusé par Gide de toutes ses forces. Toute sa vie, Gide lit les textes de l'Écriture, et il les lit avec la rigueur du savant. À maintes reprises, il dénoncera les déviations que les doctrinaires font subir aux paroles de Jésus : « Mon christianisme ne relève que du Christ. Entre lui et moi, je tiens Calvin ou saint Paul pour deux écrans également néfastes » (*Journal*, 1910). Gide proclamera avec force que l'Évangile dit le contraire de ce qui est enseigné et répandu par la religion chrétienne. Pour lui, c'est un texte accoucheur de liberté.

Un impossible amour – La vie de Gide est hantée par la figure de sa cousine germaine, Madeleine Rondeaux. Adolescent, il s'éprend d'elle à l'occasion du drame de l'infidélité de sa mère, Mathilde Rondeaux ; il se persuade que sa cousine a désormais besoin de lui pour être à nouveau heureuse. Il en fait l'héroïne de ses *Cahiers d'André Walter* (1891), et l'épouse le 7 octobre 1895. Il souhaite l'entraîner avec lui sur les chemins ouverts de la vie. Un voyage en Algérie, avant leur mariage, lui a révélé son homosexualité, qu'il assume sous l'influence d'Oscar Wilde. Dès lors, Madeleine consacre toute son existence à la piété, et s'enferme dans les bonnes œuvres. Gide assiste, sa vie durant, au lent dépérissement de leur mariage ; il s'en évadera de plus en plus, au point que Madeleine brûlera toute leur correspondance. Pour Gide, cette perte est irréparable, car en dépit d'une liaison qui lui donne une fille, Madeleine est demeurée pour lui l'unique et absolu amour de sa vie. « Je voulais son bonheur », écrit-il dans *Et nunc manet in te*, mais leur union ne pouvait être que d'âmes, et cela fut le douloureux déboire de leur vie.

Les chemins de l'harmonie

Trouver l'harmonie sera « la sensible raison » de sa vie, écrit-il dans ses Mémoires (*Si le grain ne meurt*).

Un itinéraire spirituel – Ne pouvant supporter le secret de sa marginalité, étouffé par son sentiment de culpabilité, Gide cherche à se réconcilier avec lui-même. Il se déprend peu à peu de l'influence du christianisme dont il condamne l'emprise totalitaire. Il veut se délivrer des devoirs que la morale chrétienne impose à tous, au mépris des individualités singulières. Il combat les valeurs du sacrifice et de l'abnégation en faisant l'éloge du plaisir et de l'aspiration au bonheur. *Les Nourritures terrestres* (1897) expriment un émerveillement lyrique devant la nature et la joie des sens. Mais Gide sait que cette ferveur enivrée peut détourner du droit chemin. Aussi ne se résout-il pas à l'abandon définitif des valeurs de la morale chrétienne, car l'homme, dans un monde privé de sens (de Dieu) doit garder une discipline : ni excès d'immoralisme, ni excès de mysticisme. La pensée de Gide s'exerce donc en vue de son émancipation. Pour lui, le sens de la vie est épanouissement. Mais s'il combat le puritanisme chrétien, il conserve cependant la morale comme un moyen de vivre avec les hommes et comme un art d'équilibre entre soi et les autres.

Un itinéraire intellectuel – La rencontre de quelques auteurs a profondément influencé son cheminement intellectuel. La lecture de Nietzsche lui révèle la critique de l'idéalisme* chrétien, un idéalisme obstinément sourd aux aspirations du corps. Son admiration va à Goethe qui, selon lui, a le mieux réussi à résoudre ses contradictions intimes en les extériorisant à tour de rôle au cours de sa vie. La découverte de Dostoïevski, explorateur des abîmes de la complexité humaine, l'aide dans le domaine psychique à comprendre ses propres intuitions. Le lieu où s'opère cette maturation intellectuelle est son œuvre : constamment, il y inscrit les interrogations contradictoires qui l'habitent. Dans la vie sociale et politique, l'engagement en même temps que le refus de se laisser emprisonner dans les illusions ou les mensonges sécrétés par les «justes» causes sont une illustration de son attitude intellectuelle. Ainsi, au retour de certains de ses voyages, il dénonce le colonialisme au Congo (1927), et les purges staliniennes en URSS (1937). Sur le plan éthique*, son champ de revendications est la différence ; il est le premier à écrire un traité sur l'homosexualité, *Corydon* (1924).

L'ironie gidienne – Gide qualifie lui-même son œuvre d'ironique. À l'origine, chez Socrate, l'ironie* désigne l'action d'interroger. Or, ce qui caractérise l'œuvre gidienne est justement sa **nature critique**. La fiction, en effet, est le lieu et le prétexte de procéder à une expérimentation des voies possibles pour réaliser son être. Par le truchement de ses personnages, il organise une rigoureuse confrontation des points de vue et des choix moraux et existentiels qui se présentent dans une vie. Par là, il donne à son œuvre une portée critique et didactique. Il se refuse à seulement divertir son lecteur : il le tient en éveil pour l'amener à prendre conscience de ce qui détermine ses comportements et à se libérer. Authenticité, lucidité et liberté, telles sont les valeurs fondatrices de la pensée de Gide. Elles ont motivé sa quête infatigable d'un humanisme serein qui s'exprime dans les derniers mots de son *Thésée* (1946) : «Il m'est doux de penser qu'après moi, grâce à moi, les hommes se reconnaîtront plus heureux, meilleurs et plus libres.»

Pour un portrait : le «passeur» inlassable

La mobilité

Gide voyage beaucoup, longtemps, et loin. Son esprit n'est jamais au repos et ne se tient jamais à une idée sans que l'idée contraire ne surgisse aussitôt. Une telle démarche lui vaut fréquemment le reproche de la versatilité, mais c'est ce qui donne une si riche souplesse à son insatiable curiosité intellectuelle. La nouveauté est pour lui une vertu, non point une mode. Son œuvre à *La NRF* illustre ce sens si juste de la découverte. Grâce à lui, la revue fera connaître tout ce que la littérature du XXᵉ siècle compte d'important en France et à l'étranger.

La disponibilité

Divisé entre son aspiration à la pureté et les besoins de sa nature sensuelle, Gide redoute ce qui peut l'enfermer dans un choix unique. Il se prête, mais ne se donne jamais définitivement. Toujours attiré par l'autre et l'ailleurs, et toujours fidèle à lui-même : la cohérence du sens de son œuvre illustre, à travers sa diversité, la rigueur profonde de sa pensée.

L'insoumission

«Ondoyant et divers» (Montaigne) mais ferme, Gide ne se démet jamais de sa mission d'inquiéteur des consciences. Partout, y compris dans le domaine de l'art, il traque l'hypocrisie que génère un choix imposé du dehors. Gide n'entend pas délivrer un message. Il est un passeur qui fait parvenir aux générations suivantes, au travers des haines et des sarcasmes, les valeurs toujours menacées de la liberté et le goût indéfectible du bonheur. L'authenticité qui garantit la vérité, la curiosité qui nourrit la tolérance, l'insoumission qui assure le progrès, l'ironie qui fait dépérir le fanatisme : Gide amène au jour toutes ces valeurs dans une œuvre où l'esthétique* du dialogue manifeste sa passion de la complexité et sape la tentation trop humaine du confort intellectuel et moral.

Au seuil de la lecture

«Relu, hier soir, cinquante pages de *La Porte étroite*; chaque fois que je reprends ce livre c'est avec une émotion indicible» (*Journal*, mars 1913).

Une difficile gestation

Gide a beaucoup de mal à définir son sujet. Il y songe depuis 1894. On lit dans son *Journal* : «Possibilité de détresse : l'âme qui croit avoir mal adoré.» Il pense à plusieurs titres, s'arrête à celui de *La Route étroite*, qu'il change en *La Porte étroite*. À maintes reprises, Gide avoue son envie d'abandonner la rédaction de cette œuvre. Il la trouve terne, anachronique, informe… Les critiques et les contresens qui ont suivi la parution de *L'Immoraliste* (1902) entraînent chez l'écrivain une longue période d'asthénie dont il se plaint régulièrement dans son *Journal*. En octobre 1908, il achève enfin *La Porte étroite*, qui sera publiée en 1909.

Les racines autobiographiques

La nature du sujet explique les lenteurs et les hésitations de l'écriture. L'œuvre est taillée au vif de son expérience. Gide doit traduire, sans en livrer l'énigme, la crise intime dans laquelle il se débat.

Il s'est toujours défendu de transposer directement sa vie dans son œuvre : «peut-être approche-t-on de plus près la vérité dans le roman», écrit-il dans *Si le grain ne meurt*. Il a même affirmé que Madeleine ne pouvait être confondue avec Alissa : elle ne pouvait se reconnaître en cette jeune fille «trop cornélienne», trop tendue. Pourtant, bien des traits de Madeleine (goût du sacrifice, peur du bonheur, amour des enfants) sont des traits d'Alissa. On sait aussi que Gide a retranscrit sans retouche des passages entiers des lettres de Madeleine. Il situe le roman à Fongueusemare, peu éloigné de Cuverville, propriété familiale dont il peint très fidèlement le jardin. Lucile Bucolin est calquée sur la personnalité de Mathilde Rondeaux, mère de Madeleine. Abel est sans doute inspiré par son ami Pierre Louÿs et son beau-frère Marcel Drouin. On peut penser qu'il se souvient pour le mariage de Juliette des épisodes du mariage de sa jeune belle-sœur, Jeanne. Et si le personnage de tante Félicie est emprunté à sa propre tante, on peut supposer qu'il lui a prêté son talent personnel de «marieuse».

Pour créer, Gide puise dans sa vie. Mais son propos n'est nulle-

« … la maison des Bucolin, blanche, à deux étages, […] ouvre une vingtaine de fenêtres sur le devant du jardin, au levant… » (p. 28). Cela pourrait être la description du château de Cuverville ci-dessus.

ment de se peindre soi-même. Écoutons-le : «Quel que soit le livre que j'écris, je ne m'y donne jamais tout entier. […] Si quelqu'un dans mon dernier écrit pense saisir enfin ma ressemblance, qu'il se détrompe» (*Journal*).

Une œuvre d'inquiéteur

Alissa verse dans un mysticisme chimérique, comme Michel – le héros de *L'Immoraliste* – sombre dans un dangereux immoralisme. Cette peinture contradictoire permet à Gide «d'éclairer davantage la figure humaine», grâce à la vision contrastée qu'elle en donne. Elle amène le lecteur à réfléchir par lui-même : «Inquiéter, tel est mon rôle.» En effet, l'œuvre pose de brûlantes questions pour l'époque : pourquoi l'esprit de sacrifice serait-il meilleur que la recherche du plaisir ? En quoi la domestication des sens enrichit-elle l'être humain si elle est un devoir imposé ? Pourquoi Dieu s'offenserait-il du bonheur humain ? Or, Gide ne veut pas écrire un roman à thèse. Il peint des caractères et éclaire ses personnages de façon à laisser le lecteur choisir son interprétation.

Les indices d'une parabole

Le titre, extrait d'un verset – Le titre est extrait de l'Évangile selon saint Luc (Luc, XIII, 24). En exergue à son roman, Gide ne cite qu'une partie de ce verset : «Efforcez-vous d'entrer par la porte étroite, car beaucoup, je vous le dis, chercheront et ne pourront pas.». La porte étroite est la voie difficile du salut; elle exprime l'idée que celui-ci est réservé au petit nombre des êtres ayant cultivé la vertu. Ainsi, pour un public chrétien, la référence biblique est contenue dans le titre. Elle connote un enseignement religieux axé sur une morale sévère de renoncement et de sacrifice.

La force du symbole – Aujourd'hui, la référence biblique ne s'impose plus à tous comme telle. À la lecture du titre, ce sont plutôt les images contraires de l'exil et de la fermeture, du passage et de l'épreuve qui se lèvent confusément comme autant de thèmes entre-croisés dans le récit. Alors, en opposition à la signification biblique, la porte, parce qu'elle est étroite justement, n'assure pas le bonheur; elle peut au contraire empêcher le passage, devenir un dangereux obstacle, un piège mortel. Le titre reste éminemment symbolique. Il désigne l'exigence vertueuse et l'amenuisement de la vie comme deux corollaires. Ainsi avant même que nous en ayons commencé la lecture, Gide situe son œuvre dans un débat moral.

Parution et succès de *La Porte étroite*

La Porte étroite est publiée en trois livraisons dans *La NRF*, et aux Éditions du Mercure de France. Dès sa parution, l'œuvre connaît un vrai succès de librairie. La critique littéraire est unanime dans ses éloges, mais Gide estime que l'on fait des contresens sur son œuvre. On croit qu'il approuve l'héroïsme ascétique d'Alissa et qu'il adhère à son refus héroïque du bonheur. Quant à confondre Alissa et Madeleine comme le fait le poète Francis Jammes, ami de Gide, c'est pour l'auteur une méprise grave car son œuvre est nourrie des tendances possibles qui sont, à l'état latent, dans sa nature intime et qui s'incarnent dans chacun de ses personnages. Les détracteurs peu nombreux mais véhéments dénoncèrent un combat contre le christianisme. Aucun des jugements de l'époque ne sut apercevoir et comprendre la signification ironique, c'est-à-dire critique, de l'œuvre : « Malheur aux livres qui concluent », c'est encore cette formule de Gide qui définit le mieux le charme de *La Porte étroite*.

Histoire et culture au temps de Gide

	Histoire	Culture	Vie et œuvre de Gide
1869		Flaubert : *L'Éducation sentimentale*.	Naissance à Paris, rue de Médicis.
1870	Chute du Second Empire.		
1880		Zola : *Nana*.	Mort de son père, Paul Gide.
1883		Maupassant : *Une vie*.	
1884			Mort d'Anna Shackleton.
1885		Mort de V. Hugo.	
1888		Nietzsche : *Le Crépuscule des idoles. L'Antéchrist*.	Lycée Henri-IV. Succès au baccalauréat.
1891			*Les Cahiers d'André Walter*. Rencontre O. Wilde.
1892			Service militaire à Nancy. Réformé pour tuberculose.
1893		Procès et condamnation de Wilde.	Découverte de son homosexualité. Tuberculose.
1895			Voyage en Algérie. *Paludes*. Mort de Mme Gide. Fiançailles avec Madeleine (juin), puis mariage (octobre). Voyage en Suisse, Italie, Tunisie.
1897		Barrès : *Les Déracinés*.	*Les Nourritures terrestres*.
1898	« J'accuse » de Zola.		Se range derrière les dreyfusards.
1899			*Le Prométhée mal enchaîné. Philoctète*. Voyage en Algérie.
1900		Freud : *L'Interprétation des rêves*. Mort de Wilde et de Nietzsche.	
1902			*L'Immoraliste*.
1905	« Bloc des gauches ».		
1906	Séparation de l'Église et de l'État.	Claudel : *Partage de midi*.	Amyntas. Emménagement à Auteuil.
1907	Réhabilitation de Dreyfus.	Bergson : *L'Évolution créatrice*.	*Le Retour de l'enfant prodigue*.
1908	Loi sur la liberté des cultes.		Publication dans *La Grande Revue* de « Dostoïevski d'après sa correspondance ». Fondation de *La NRF*. **La Porte étroite**.
1909		Freud : *Cinq Leçons sur la psychanalyse*.	
1911		Saint-John Perse : *Éloges*.	*Nouveaux Prétextes. Isabelle*.
1913		Apollinaire : *Alcools*.	
1913-1927		Proust : *À la recherche du temps perdu*.	

	Événements historiques	Événements littéraires et artistiques	Vie et œuvre de Gide
1914	Assassinat de Jaurès. Début de la Première Guerre mondiale.		Gide, non mobilisé, se consacre aux réfugiés du foyer franco-belge.
1917	Révolution bolchevique.		Liaison avec Marc Allégret. Séjour en Suisse.
1918	Armistice du 11 novembre.	Valéry : *La Jeune Parque*. Apollinaire : *Calligrammes*. Manifeste dada à Zurich.	Voyage en Angleterre avec Marc Allégret.
1919			*La Symphonie pastorale*.
1920	Création du parti communiste.		*Si le grain ne meurt* (mémoires).
1922	Marche sur Rome de Mussolini.	Joyce : *Ulysse*. Valéry : *Charmes*.	*Numquid et tu...?*
1923			Voyage en Italie et au Maroc. *Dostoïevski*.
1924	Cartel des gauches.	Breton : *Manifeste du surréalisme*. Éluard : *Capitale de la douleur*. Puccini : *Turandot*.	*Incidences*. *Corydon*.
1926			*Les Faux-Monnayeurs*. Campagne de Gide contre les injustices du système colonial. *Le Journal des Faux-Monnayeurs*.
1927		Proust : *Le Temps retrouvé*.	Voyage au Congo.
1928		Breton : *Nadja*.	*Le Retour du Tchad*. Installation à Paris.
1929	Krach de Wall Street.		*L'École des femmes*. *Essai sur Montaigne*.
1932		Céline : *Voyage au bout de la nuit*.	
1935			*Les Nouvelles Nourritures*.
1936	Front populaire. Guerre d'Espagne.	Bernanos : *Journal d'un curé de campagne*. Giraudoux : *Électre*. Picasso : *Guernica*.	Séjour en URSS sur invitation du gouvernement soviétique. *Retour de l'URSS*.
1937			Rupture de Gide avec le communisme.
1938	Défaite des républicains espagnols.	Sartre : *La Nausée*.	Mort de Madeleine. Nouveau voyage en Afrique.
1939	Début de la Seconde Guerre mondiale.	Sarraute : *Tropismes*.	Voyage en Égypte, en Grèce.
1940	Mai : défaite. Juillet : pleins pouvoirs accordés à Pétain.	Chaplin : *Le Dictateur*.	*Journal 1889-1939*. S'installe à Cabris (près de Grasse).
1941		Koestler : *Le Zéro et l'Infini*.	Gide rompt avec *La NRF* dirigée par Drieu la Rochelle qui collabore avec l'occupant.
1944	25 août : Libération de Paris.	Anouilh : *Antigone*.	
1945	Fin de la Seconde Guerre mondiale.	Carné : *Les Enfants du paradis*.	
1950		Ionesco : *La Cantatrice chauve*.	*Journal 1942-1949*.
1951	Mort du maréchal Pétain à l'Île d'Yeu.	Gracq : *Le Rivage des Syrtes*. Yourcenar : *Mémoires d'Hadrien*.	Meurt d'une congestion pulmonaire. Inhumation à Cuverville.

La porte étroite

Efforcez-vous d'entrer par la porte étroite.

LUC, XIII, 24.

CHAPITRE

1

D'autres en auraient pu faire un livre; mais l'histoire que je raconte ici, j'ai mis toute ma force à la vivre et ma vertu s'y est usée. J'écrirai donc très simplement mes souvenirs, et s'ils sont en lambeaux par endroits, je n'aurai recours à aucune invention pour les rapiécer ou les joindre; l'effort que j'apporterais à leur apprêt[1] gênerait le dernier plaisir que j'espère trouver à les dire.

Je n'avais pas douze ans lorsque je perdis mon père. Ma mère, que plus rien ne retenait au Havre, où mon père avait été médecin, décida de venir habiter Paris, estimant que j'y finirais mieux mes études. Elle loua, près du Luxembourg, un petit appartement, que Miss Ashburton vint occuper avec nous. Miss Flora Ashburton, qui n'avait plus de famille, avait été d'abord l'institutrice de ma mère, puis sa compagne et bientôt son amie. Je vivais auprès de ces deux femmes à l'air également doux et triste, et que je ne puis revoir qu'en deuil. Un jour, et, je pense, assez longtemps

1. Apprêt : (vieilli) préparation, disposition. On apprête des aliments ou des matières que l'on va travailler.

après la mort de mon père, ma mère avait remplacé par un ruban mauve le ruban noir de son bonnet du matin :

«Ô maman! m'étais-je écrié, comme cette couleur te va mal!»

Le lendemain elle avait remis un ruban noir.

J'étais de santé délicate. La sollicitude de ma mère et de Miss Ashburton, tout occupée à prévenir ma fatigue, si elle n'a pas fait de moi un paresseux, c'est que j'ai vraiment goût au travail. Dès les premiers beaux jours, toutes deux se persuadent qu'il est temps pour moi de quitter la ville, que j'y pâlis; vers la mi-juin, nous partons pour Fongueusemare, aux environs du Havre, où mon oncle Bucolin nous reçoit chaque été.

Dans un jardin pas très grand, pas très beau, que rien de bien particulier ne distingue de quantité d'autres jardins normands, la maison des Bucolin, blanche, à deux étages, ressemble à beaucoup de maisons de campagne du siècle avant-dernier. Elle ouvre une vingtaine de grandes fenêtres sur le devant du jardin, au levant; autant par-derrière; elle n'en a pas sur les côtés. Les fenêtres sont à petits carreaux : quelques-uns, récemment remplacés, paraissent trop clairs parmi les vieux qui, auprès, paraissent verts et ternis. Certains ont des défauts que nos parents appellent des «bouillons»; l'arbre qu'on regarde au travers se dégingande; le facteur, en passant devant, prend une bosse brusquement.

Le jardin, rectangulaire, est entouré de murs. Il forme devant la maison une pelouse assez large, ombragée, dont une allée de sable et de gravier fait le tour. De ce côté, le mur s'abaisse pour laisser voir la cour de ferme qui enveloppe le jardin et qu'une avenue de hêtres limite à la manière du pays.

Derrière la maison, au couchant, le jardin se développe plus à l'aise. Une allée, riante de fleurs, devant les espaliers au midi, est abritée contre les vents de mer par un épais rideau de lauriers du Portugal et par quelques arbres. Une autre allée, le long du mur du nord, disparaît sous les branches. Mes cousines l'appelaient «l'allée noire», et, passé le crépuscule du soir, ne s'y aventuraient pas volontiers. Ces deux allées mènent au potager, qui continue en contrebas le jardin, après qu'on a descendu quelques marches. Puis, de l'autre côté du mur que troue, au fond du potager, une petite porte à secret, on trouve un bois taillis où l'avenue de hêtres, de droite et de gauche, aboutit. Du perron du couchant le regard, par-dessus ce bosquet retrouvant le plateau, admire la moisson qui le couvre. A l'horizon, pas très distant, l'église d'un petit village et, le soir, quand l'air est tranquille, les fumées de quelques maisons.

Chaque beau soir d'été, après dîner, nous descendions dans «le bas jardin». Nous sortions par la petite porte secrète et gagnions un banc de l'avenue d'où l'on domine un peu la contrée; là, près du toit de chaume d'une marnière [1] abandonnée, mon oncle, ma mère et Miss Ashburton s'asseyaient; devant nous, la petite vallée s'emplissait de brume et le ciel se dorait au-dessus du bois plus lointain. Puis nous nous attardions au fond du jardin déjà sombre. Nous rentrions; nous retrouvions au salon ma tante qui ne sortait presque jamais avec nous… Pour nous, enfants, là se terminait la soirée; mais bien souvent nous étions

1. Marnière : carrière de marbre, mélange d'argile et de calcaire.

encore à lire dans nos chambres quand, plus tard, nous entendions monter nos parents.

Presque toutes les heures du jour que nous ne passions pas au jardin, nous les passions dans «la salle d'étude», le bureau de mon oncle où l'on avait disposé des pupitres d'écoliers. Mon cousin Robert et moi, nous travaillions côte à côte; derrière nous, Juliette et Alissa. Alissa a deux ans de plus, Juliette un an de moins que moi; Robert est, de nous quatre, le plus jeune.

Ce ne sont pas mes premiers souvenirs que je prétends écrire ici, mais ceux-là seuls qui se rapportent à cette histoire. C'est vraiment l'année de la mort de mon père que je puis dire qu'elle commence. Peut-être ma sensibilité, surexcitée par notre deuil et, sinon par mon propre chagrin, du moins par la vue du chagrin de ma mère, me prédisposait-elle à de nouvelles émotions : j'étais précocement mûri; lorsque, cette année, nous revînmes à Fongueusemare, Juliette et Robert m'en parurent d'autant plus jeunes, mais, en revoyant Alissa, je compris brusquement que tous deux nous avions cessé d'être enfants.

Oui, c'est bien l'année de la mort de mon père; ce qui confirme ma mémoire, c'est une conversation de ma mère avec Miss Ashburton, sitôt après notre arrivée. J'étais inopinément entré dans la chambre où ma mère causait avec son amie; il s'agissait de ma tante; ma mère s'indignait qu'elle n'eût pas pris le deuil ou qu'elle l'eût déjà quitté. (Il m'est, à vrai dire, aussi impossible d'imaginer ma tante Bucolin en noir que ma mère en robe claire.) Ce jour de notre arrivée, autant qu'il m'en souvient, Lucile Bucolin portait une robe de mousseline. Miss Ashburton, conciliante comme toujours, s'efforçait de calmer ma mère; elle arguait craintivement :

«Après tout, le blanc aussi est de deuil.

– Et vous appelez aussi "de deuil" ce châle rouge qu'elle a mis sur ses épaules? Flora, vous me révoltez!» s'écriait ma mère.

Je ne voyais ma tante que durant les mois de vacances et sans doute la chaleur de l'été motivait ces corsages légers et largement ouverts que je lui ai toujours connus; mais, plus encore que l'ardente couleur des écharpes que ma tante jetait sur ses épaules nues, ce décolletage[1] scandalisait ma mère.

Lucile Bucolin était très belle. Un petit portrait d'elle que j'ai gardé me la montre telle qu'elle était alors, l'air si jeune qu'on l'eût prise pour la sœur aînée de ses filles, assise de côté, dans cette pose qui lui était coutumière : la tête inclinée sur la main gauche au petit doigt mièvrement replié vers la lèvre. Une résille à grosses mailles retient la masse de ses cheveux crépelés à demi croulés sur la nuque; dans l'échancrure du corsage pend, à un lâche collier de velours noir, un médaillon de mosaïque italienne. La ceinture de velours noir au large nœud flottant, le chapeau de paille souple à grands bords qu'au dossier de la chaise elle a suspendu par la bride, tout ajoute à son air enfantin. La main droite, tombante, tient un livre fermé.

Lucile Bucolin était créole; elle n'avait pas connu ou avait perdu très tôt ses parents. Ma mère me raconta, plus tard, qu'abandonnée ou orpheline elle fut recueillie par le ménage du pasteur Vautier qui n'avait pas encore d'enfants et qui, bientôt après quittant la Martinique, amena celle-ci au Havre où la famille Bucolin était fixée. Les Vautier et les Bucolin se fréquentèrent; mon oncle était alors

---

1. Décolletage : décolleté.

employé dans une banque à l'étranger, et ce ne fut que trois ans plus tard, lorsqu'il revint auprès des siens, qu'il vit la petite Lucile ; il s'éprit d'elle et aussitôt demanda sa main, au grand chagrin de ses parents et de ma mère. Lucile avait alors seize ans. Entre-temps, Mme Vautier avait eu deux enfants ; elle commençait à redouter pour eux l'influence de cette sœur adoptive dont le caractère s'affirmait plus bizarrement de mois en mois ; puis les ressources du ménage étaient maigres… tout ceci, c'est ce que me dit ma mère pour m'expliquer que les Vautier aient accepté la demande de son frère avec joie. Ce que je suppose, au surplus, c'est que la jeune Lucile commençait à les embarrasser terriblement. Je connais assez la société du Havre pour imaginer aisément le genre d'accueil qu'on fit à cette enfant si séduisante. Le pasteur Vautier, que j'ai connu plus tard doux, circonspect et naïf à la fois, sans ressources contre l'intrigue et complètement désarmé devant le mal – l'excellent homme devait être aux abois. Quant à Mme Vautier, je n'en puis rien dire ; elle mourut en couches à la naissance d'un quatrième enfant, celui qui, de mon âge à peu près, devait devenir plus tard mon ami.

Lucile Bucolin ne prenait que peu de part à notre vie ; elle ne descendait de sa chambre que passé le repas de midi ; elle s'allongeait aussitôt sur un sofa ou dans un hamac, demeurait étendue jusqu'au soir et ne se relevait que languissante. Elle portait parfois à son front, pourtant parfaitement mat, un mouchoir comme pour essuyer une moiteur ; c'était un mouchoir dont m'émerveillaient la finesse et l'odeur qui semblait moins un parfum de fleur que de fruit ; parfois elle tirait de sa ceinture un minuscule miroir à glissant couvercle d'argent, qui pendait à sa chaîne de montre avec divers objets; elle se regardait, d'un doigt touchait sa lèvre, cueillait un peu de salive et s'en mouillait le coin des yeux. Souvent elle tenait un livre, mais un livre presque toujours fermé; dans le livre, une liseuse[1] d'écaille restait prise entre les feuillets. Lorsqu'on approchait d'elle, son regard ne se détournait pas de sa rêverie pour vous voir. Souvent, de sa main ou négligente ou fatiguée, de l'appui du sofa, d'un repli de sa jupe, le mouchoir tombait à terre, ou le livre, ou quelque fleur, ou le signet. Un jour, ramassant le livre – c'est un souvenir d'enfant que je vous dis – en voyant que c'étaient des vers, je rougis.

Le soir, après dîner, Lucile Bucolin ne s'approchait pas à notre table de famille, mais, assise au piano, jouait avec complaisance de lentes mazurkas de Chopin; parfois rompant la mesure, elle s'immobilisait sur un accord…

J'éprouvais un singulier malaise auprès de ma tante, un sentiment fait de trouble, d'une sorte d'admiration et d'effroi. Peut-être un obscur instinct me prévenait-il contre elle; puis je sentais qu'elle méprisait Flora Ashburton et ma mère, que Miss Ashburton la craignait et que ma mère ne l'aimait pas.

Lucile Bucolin, je voudrais ne plus vous en vouloir, oublier un instant que vous avez fait tant de mal… du moins j'essaierai de parler de vous sans colère.

Un jour de cet été – ou de l'été suivant, car dans ce décor toujours pareil, parfois mes souvenirs superposés se confondent – j'entre au salon chercher un livre; elle y était.

1. Liseuse : petit couteau à papier servant de signet.

J'allais me retirer aussitôt; elle qui, d'ordinaire, semble à peine me voir, m'appelle :

«Pourquoi t'en vas-tu si vite? Jérôme ! est-ce que je te fais peur?»

Le cœur battant, je m'approche d'elle; je prends sur moi de lui sourire et de lui tendre la main. Elle garde ma main dans l'une des siennes et de l'autre caresse ma joue.

«Comme ta mère t'habille mal, mon pauvre petit !... »

Je portais alors une sorte de vareuse à grand col, que ma tante commence de chiffonner.

«Les cols marins se portent beaucoup plus ouverts ! dit-elle en faisant sauter un bouton de chemise. – Tiens ! regarde si tu n'es pas mieux ainsi !» et, sortant son petit miroir, elle attire contre le sien mon visage, passe autour de mon cou son bras nu, descend sa main dans ma chemise entrouverte, demande en riant si je suis chatouilleux, pousse plus avant... J'eus un sursaut si brusque que ma vareuse se déchira; le visage en feu, et tandis qu'elle s'écriait :

«Fi ! le grand sot !» je m'enfuis; je courus jusqu'au fond du jardin; là, dans un petit citerneau du potager, je trempai mon mouchoir, l'appliquai sur mon front, lavai, frottai mes joues, mon cou, tout ce que cette femme avait touché.

Certains jours, Lucile Bucolin avait «sa crise». Cela la prenait tout à coup et révolutionnait la maison. Miss Ashburton se hâtait d'emmener et d'occuper les enfants; mais on ne pouvait pas, pour eux, étouffer les cris affreux qui partaient de la chambre à coucher ou du salon. Mon oncle s'affolait, on l'entendait courir dans les couloirs, cherchant des serviettes, de l'eau de Cologne, de l'éther; le soir, à table, où ma tante ne paraissait pas encore, il gardait une mine anxieuse et vieillie.

Quand la crise était à peu près passée, Lucile Bucolin appelait ses enfants auprès d'elle ; du moins Robert et Juliette ; jamais Alissa. Ces tristes jours, Alissa s'enfermait dans sa chambre, où parfois son père venait la retrouver ; car il causait souvent avec elle.

Les crises de ma tante impressionnaient beaucoup les domestiques. Un soir que la crise avait été particulièrement forte et que j'étais resté avec ma mère, consigné dans sa chambre d'où l'on percevait moins ce qui se passait au salon, nous entendîmes la cuisinière courir dans les couloirs cn criant :

«Que Monsieur descende vite, la pauvre Madame est en train de mourir !»

Mon oncle était monté dans la chambre d'Alissa ; ma mère sortit à sa rencontre. Un quart d'heure après, comme tous deux passaient sans y faire attention devant les fenêtres ouvertes de la chambre où j'étais resté, me parvint la voix de ma mère :

«Veux-tu que je te dise, mon ami : tout cela, c'est de la comédie.» Et plusieurs fois, séparant les syllabes : de la co-mé-die.

Ceci se passait vers la fin des vacances, et deux ans après notre deuil. Je ne devais plus revoir longtemps ma tante. Mais avant de parler du triste événement qui bouleversa notre famille, et d'une petite circonstance qui, précédant de peu le dénouement, réduisit en pure haine le sentiment complexe et indécis encore que j'éprouvais pour Lucile Bucolin, il est temps que je vous parle de ma cousine.

Qu'Alissa Bucolin fût jolie, c'est ce dont je ne savais

m'apercevoir encore ; j'étais requis et retenu près d'elle par un charme autre que celui de la simple beauté. Sans doute, elle ressemblait beaucoup à sa mère ; mais son regard était d'expression si différente que je ne m'avisai de cette ressemblance que plus tard. Je ne puis décrire un visage ; les traits m'échappent, et jusqu'à la couleur des yeux ; je ne revois que l'expression presque triste déjà de son sourire et que la ligne de ses sourcils, si extraordinairement relevés au-dessus des yeux, écartés de l'œil en grand cercle. Je n'ai vu les pareils nulle part... si pourtant : dans une statuette florentine de l'époque de Dante ; et je me figure volontiers que Béatrix[1] enfant avait des sourcils très largement arqués comme ceux-là. Ils donnaient au regard, à tout l'être, une expression d'interrogation à la fois anxieuse et confiante, – oui, d'interrogation passionnée. Tout, en elle, n'était que question et qu'attente... Je vous dirai comment cette interrogation s'empara de moi, fit ma vie.

Juliette cependant pouvait paraître plus belle ; la joie et la santé posaient sur elle leur éclat ; mais sa beauté, près de la grâce de sa sœur, semblait extérieure et se livrer à tous d'un seul coup. Quant à mon cousin Robert, rien de particulier ne le caractérisait. C'était simplement un garçon à peu près de mon âge ; je jouais avec Juliette et avec lui ; avec Alissa je causais ; elle ne se mêlait guère à nos jeux ; si loin que je replonge dans le passé, je la vois sérieuse, doucement souriante et recueillie. – De quoi causions-nous ? De quoi peuvent causer deux enfants ? Je vais bientôt tâcher de vous le dire, mais je veux d'abord et pour ne plus ensuite reparler d'elle, achever de vous raconter ce qui a trait à ma tante.

---

1. Béatrix : Béatrice Portinari inspira un amour platonique à Dante (1265-1321), père de la poésie italienne, auteur de la *Divine Comédie*.

Deux ans après la mort de mon père, nous vînmes, ma mère et moi, passer les vacances de Pâques au Havre. Nous n'habitions pas chez les Bucolin qui, en ville, étaient assez étroitement logés, mais chez une sœur aînée de ma mère, dont la maison était plus vaste. Ma tante Plantier, que je n'avais que rarement l'occasion de voir, était veuve depuis longtemps ; à peine connaissais-je ses enfants, beaucoup plus âgés que moi et de nature très différente. La «maison Plantier», comme on disait au Havre, n'était pas dans la ville même, mais à mi-hauteur de cette colline qui domine la ville et qu'on appelle «la Côte». Les Bucolin habitaient près du quartier des affaires ; un raidillon menait assez rapidement de l'une à l'autre maison ; je le dégringolais et le regravissais plusieurs fois par jour.

Ce jour-là je déjeunai chez mon oncle. Peu de temps après le repas, il sortit ; je l'accompagnai jusqu'à son bureau, puis remontai à la maison Plantier chercher ma mère. Là j'appris qu'elle était sortie avec ma tante et ne rentrerait que pour dîner. Aussitôt je redescendis en ville, où il était rare que je pusse librement me promener. Je gagnai le port, qu'un brouillard de mer rendait morne ; j'errai une heure ou deux sur les quais. Brusquement le désir me saisit d'aller surprendre Alissa que pourtant je venais de quitter... Je traverse la ville en courant, sonne à la porte des Bucolin ; déjà je m'élançais dans l'escalier. La bonne qui m'a ouvert m'arrête :

«Ne montez pas, monsieur Jérôme ! ne montez pas : Madame a une crise.»

Mais je passe outre : «Ce n'est pas ma tante que je viens voir... » La chambre d'Alissa est au troisième étage. Au premier, le salon et la salle à manger ; au second, la chambre de ma tante d'où jaillissent des voix. La porte est ouverte, devant laquelle il faut passer ; un rai de lumière sort de la chambre et coupe le palier de l'escalier ; par crainte d'être vu, j'hésite un instant, me dissimule, et plein de stupeur, je vois ceci : au milieu de la chambre aux rideaux clos, mais où les bougies de deux candélabres répandent une clarté joyeuse, ma tante est couchée sur une chaise longue ; à ses pieds, Robert et Juliette ; derrière elle, un inconnu jeune homme en uniforme de lieutenant. — La présence de ces deux enfants m'apparaît aujourd'hui monstrueuse ; dans mon innocence d'alors, elle me rassura plutôt.

Ils regardent en riant l'inconnu qui répète d'une voix flûtée :

« Bucolin ! Bucolin !... Si j'avais un mouton, sûrement je l'appellerais Bucolin. »

Ma tante elle-même rit aux éclats. Je la vois tendre au jeune homme une cigarette qu'il allume et dont elle tire quelques bouffées. La cigarette tombe à terre. Lui s'élance pour la ramasser, feint de se prendre les pieds dans une écharpe, tombe à genoux devant ma tante... A la faveur de ce ridicule jeu de scène, je me glisse sans être vu.

Me voici devant la porte d'Alissa. J'attends un instant. Les rires et les éclats de voix montent de l'étage inférieur ; et peut-être ont-ils couvert le bruit que j'ai fait en frappant, car je n'entends pas de réponse. Je pousse la porte, qui cède silencieusement. La chambre est déjà si sombre que je ne distingue pas aussitôt Alissa ; elle est au chevet de son lit, à genoux, tournant le dos à la croisée d'où tombe un jour mourant. Elle se retourne, sans se relever pourtant, quand j'approche ; elle murmure :

«Oh! Jérôme, pourquoi reviens-tu?»

Je me baisse pour l'embrasser; son visage est noyé de larmes...

Cet instant décida ma vie; je ne puis encore aujourd'hui le remémorer sans angoisse. Sans doute je ne comprenais que bien imparfaitement la cause de la détresse d'Alissa, mais je sentais intensément que cette détresse était beaucoup trop forte pour cette petite âme palpitante, pour ce frêle corps tout secoué de sanglots.

Je restais debout près d'elle, qui restait agenouillée; je ne savais rien exprimer du transport nouveau de mon cœur; mais je pressais sa tête contre mon cœur et sur son front mes lèvres par où mon âme s'écoulait. Ivre d'amour, de pitié, d'un indistinct mélange d'enthousiasme, d'abnégation[1], de vertu, j'en appelais à Dieu de toutes mes forces et m'offrais, ne concevant plus d'autre but à ma vie que d'abriter cette enfant contre la peur, contre le mal, contre la vie. Je m'agenouille enfin plein de prière; je la réfugie[2] contre moi; confusément je l'entends dire :

«Jérôme! ils ne t'ont pas vu, n'est-ce pas? Oh! va-t'en vite! Il ne faut pas qu'ils te voient.»

Puis plus bas encore :

«Jérôme, ne raconte à personne... mon pauvre papa ne sait rien... »

Je ne racontai donc rien à ma mère; mais les interminables chuchoteries que ma tante Plantier tenait avec elle, l'air mystérieux, affairé et peiné de ces deux femmes, le :

1. Abnégation : sacrifice consenti de soi-même et de son intérêt personnel.
2. Je la réfugie : (vieilli) je la mets à l'abri.

«Mon enfant, va jouer plus loin!» avec lequel elles me repoussaient chaque fois que je m'approchais de leurs conciliabules, tout me montrait qu'elles n'ignoraient pas complètement le secret de la maison Bucolin.

Nous n'étions pas plus tôt rentrés à Paris qu'une dépêche rappelait ma mère au Havre : ma tante venait de s'enfuir.

«Avec quelqu'un? demandai-je à Miss Ashburton, auprès de qui ma mère me laissait.

— Mon enfant, tu demanderas cela à ta mère; moi je ne peux rien te répondre», disait cette chère vieille amie, que cet événement consternait.

Deux jours après, nous partions, elle et moi, rejoindre ma mère. C'était un samedi. Je devais retrouver mes cousines le lendemain, au temple, et cela seul occupait ma pensée; car mon esprit d'enfant attachait une grande importance à cette sanctification de notre revoir. Après tout, je me souciais peu de ma tante, et mis un point d'honneur à ne pas questionner ma mère.

Dans la petite chapelle, il n'y avait, ce matin-là, pas grand monde. Le pasteur Vautier, sans doute intentionnellement, avait pris pour texte de sa méditation ces paroles du Christ : *Efforcez-vous d'entrer par la porte étroite.*

Alissa se tenait à quelques places devant moi. Je voyais de profil son visage; je la regardais fixement, avec un tel oubli de moi qu'il me semblait que j'entendais à travers elle ces mots que j'écoutais éperdument. — Mon oncle était assis à côté de ma mère et pleurait.

Le pasteur avait d'abord lu tout le verset[1] : *Efforcez-vous d'entrer par la porte étroite, car la porte large et le chemin spacieux mènent à la perdition, et nombreux sont ceux qui*

---

1. Verset : maxime tirée de l'Écriture, chantée ou commentée à l'office religieux.

y passent ; mais étroite est la porte et resserrée la voie qui conduisent à la Vie, et il en est peu qui les trouvent[1]. Puis, précisant les divisions du sujet, il parlait d'abord du chemin spacieux... L'esprit perdu, et comme en rêve, je revoyais la chambre de ma tante ; je revoyais ma tante étendue, riante ; je voyais le brillant officier rire aussi... et l'idée même du rire, de la joie, se faisait blessante, outrageuse, devenait comme l'odieuse exagération du péché !...

Et nombreux sont ceux qui y passent, reprenait le pasteur Vautier ; puis il peignait et je voyais une multitude parée, riant et s'avançant folâtrement, formant cortège où je sentais que je ne pouvais, que je ne voulais pas trouver place, parce que chaque pas que j'eusse fait avec eux m'aurait écarté d'Alissa. – Et le pasteur ramenait le début du texte, et je voyais cette porte étroite par laquelle il fallait s'efforcer d'entrer. Je me la représentais, dans le rêve où je plongeais, comme une sorte de laminoir, où je m'introduisais avec effort, avec une douleur extraordinaire où se mêlait pourtant un avant-goût de la félicité du ciel. Et cette porte devenait encore la porte même de la chambre d'Alissa ; pour entrer je me réduisais, me vidais de tout ce qui subsistait en moi d'égoïsme... *Car étroite est la voie qui conduit à la Vie,* continuait le pasteur Vautier – et par-delà toute macération[2], toute tristesse, j'imaginais, je pressentais une autre joie, pure, mystique[3], séraphique[4] et dont mon âme déjà s'assoiffait. Je l'imaginais, cette joie, comme un chant de violon à la fois strident et tendre, comme une flamme aiguë où le cœur d'Alissa et le mien s'épuisaient. Tous

---

1. «Efforcez-vous d'entrer...» : Évangile selon saint Luc, XIII, 24-25 et selon saint Matthieu, VII, 13-14.
2. Macération : pratique d'ascétisme en vue d'une pénitence.
3. Mystique : qui cherche une fusion intime avec Dieu.
4. Séraphique : propre aux séraphins, anges à trois paires d'ailes ; angélique.

deux nous avancions, vêtus de ces vêtements blancs dont nous parlait l'Apocalypse[1], nous tenant par la main et regardant un même but… Que m'importe si ces rêves d'enfant font sourire ! je les redis sans y changer. La confusion qui peut-être y paraît n'est que dans les mots et dans les imparfaites images pour rendre un sentiment très précis.

— *Il en est peu qui la trouvent,* achevait le pasteur Vautier. Il expliquait comment trouver la porte étroite… *Il en est peu.* — Je serais de ceux-là…

J'étais parvenu vers la fin du sermon à un tel état de tension morale que, sitôt le culte fini, je m'enfuis sans chercher à voir ma cousine – par fierté, voulant déjà mettre mes résolutions (car j'en avais pris) à l'épreuve, et pensant la mieux mériter en m'éloignant d'elle aussitôt.

---

1. Apocalypse : dernier livre du Nouveau Testament, écrit par saint Jean, riche en visions de fin du monde. Ici, allusion au triomphe final.

Arrêt
sur
lecture 1

Les procédés stylistiques utilisés dans ce premier chapitre, la présentation des personnages et des lieux manifestent le souci de susciter et de contrôler la perplexité du lecteur. Gide cultive l'ambiguïté en faisant constamment balancer le récit entre réalité et symbole. En orchestrant savamment les éléments de son expérience personnelle, il soumet la représentation du réel à une intention.

Une œuvre en questions

Des doutes partagés

Dès le préambule*, Gide inscrit l'œuvre dans une problématique du genre : s'agit-il d'un simple document ? Ce document est-il fidèle ? Qui est le narrateur ?

Le ton de la première phrase oscille entre la décision et le regret : « D'autres en auraient pu faire un livre […] J'écrirai donc simplement mes souvenirs. » De plus, si la matière des souvenirs semble bien fixée, les images de la deuxième phrase : « lambeaux », « rapiécer »,

« joindre », suggèrent cependant qu'un travail pourrait se substituer à la mémoire défaillante. Le narrateur prétend résister à cette tentation. Mais est-il possible qu'il écrive « simplement » ? Enfin, pourquoi le fait de dire ses souvenirs constitue-t-il un « dernier plaisir » ? et quel est-il ?

L'instance narrative : qui parle ?

Au seuil même du récit, l'emploi de la première personne crée une confusion possible entre le moi du narrateur et le moi de l'auteur. « [...] certains ont pris chacun de mes livres pour des confessions successives », écrit Gide dans son *Journal* (29 mai 1923). La dimension autobiographique de l'œuvre est indiscutable mais elle ne constitue qu'un point de départ au développement d'une histoire autonome. Le narrateur n'est pas Gide : le « je » qui parle est Jérôme. *La Porte étroite* se situe donc dans le domaine incertain où s'efface toute frontière vraiment distincte entre la mémoire et la création, entre l'expérience et l'écriture. Dans ce préambule*, Gide prépare son interlocuteur à une lecture active, critique et distanciée.

Une conscience duelle

Il faut attendre la page 34 pour connaître le prénom de celui qui parle : Jérôme est à la fois narrateur (témoin) et acteur (héros) du drame qui va se jouer. C'est un personnage dédoublé, une conscience duelle. Lorsqu'il rédige ses souvenirs, Jérôme n'est plus l'adolescent d'autrefois qui évoluait au cours des événements. Cette dualité met en question l'objectivité du récit et souligne la difficulté de saisir l'être dans son unité. Le lecteur est donc poussé à des interrogations nombreuses : s'agit-il seulement de faire revivre des souvenirs pour le plaisir de les dire ? Comment Jérôme peut-il distinguer en lui-même les phases successives de son moi : le moi héros du récit et le moi narrateur de ce même récit. La mémoire de Jérôme est-elle fidèle aux faits qu'il a vécus ? Ces questions font apparaître les ombres du récit. Gide-auteur s'attache à gérer cette ambiguïté pour que le lecteur décrypte les non-dits du récit de Jérôme.

La complexité de l'œuvre se situe dans la présence de trois voix qui s'entremêlent subtilement : Jérôme-héros, Jérôme-narrateur et Gide-auteur.

Une technique narrative volontairement complexe

Une composition « apprêtée »

La décomposition possible du réel que l'on a vue à travers le dédoublement du « je » se retrouve également dans la perception et la représentation du temps qui n'est pas linéaire. Ainsi, notez que le narrateur met l'accent sur le drame psychologique et sur son retentissement. Le temps se répartit dans le récit entre « avant » et « après » une crise décisive : « […] je compris brusquement que tous deux nous avions cessé d'être enfants » (p. 30), ou encore : « cet instant décida ma vie » (p. 39).

Le souvenir se concentre sur trois scènes* capitales : la scène d'adultère, le désespoir d'Alissa, le sermon du pasteur Vautier. Jérôme ne se soumet donc pas au flux de ses souvenirs. Il maîtrise le temps et le plie au gré de ses intentions. L'emploi de certains procédés stylistiques nous font sentir cette volonté.

Le jeu avec les rythmes du récit : flash-back et anticipations

Observons la répartition du temps dans ce chapitre. La perte des repères semble naturelle. On lit : « Un jour de cet été – ou de l'été suivant » (p. 33); « Un jour, et, je pense, assez longtemps après la mort de mon père » (p. 27-28). Mais on note aussi la précision de

« C'était un samedi » (p. 40) et cette mise au point : « Oui, c'est bien l'année de la mort de mon père » (p. 30). De même les retours en arrière ou **analepses** (p. 31 et 32) pour relater l'histoire de Lucile Bucolin, ou bien encore l'anticipation ou **prolepse** (p. 35) attestent un travail mûri de construction.

Vous pouvez étudier aussi les rythmes variables qu'observe le récit. Soit le narrateur fait un **sommaire*** d'événements sur lesquels il ne veut pas s'attarder – c'est le cas pages 27-28 (« Je n'avais pas douze ans […] un ruban noir »); soit il fait une **pause*** pour présenter les lieux (le jardin, p. 28 et 29) ou les personnages (Lucile Bucolin, p. 30, 31, 32 ; Alissa, p. 35-36); soit, enfin, il isole un événement qu'il met en **scène*** (hypotypose) en employant le présent et en faisant inter-venir le dialogue. La relecture des pages 38-39 (« Me voici devant la porte d'Alissa » jusqu'à « mon pauvre papa ne sait rien ») vous fera sentir le lourd étirement du temps que confirme l'emploi insistant de l'imparfait à la suite du présent de narration. On note, de plus, que deux heures s'envolent en une ligne (« j'errai une heure ou deux sur les quais », p. 37), tandis qu'il faut plus de deux pages pour faire s'écouler moins de quelques minutes (p. 38, 39). Enfin, le temps s'éternise parfois, puisque les scènes figent les images, les sensations en des clichés immuables. L'emploi du présent atteste alors plus que la permanence du souvenir, il dit sa netteté et son acuité obsession-nelle.

Ainsi, le temps du récit n'est plus celui de l'histoire racontée. Cela pose la question de l'authenticité de celle-ci. Le rythme du récit n'est pas exactement celui de la mémoire. Cela pose le problème de l'ap-prêt, c'est-à-dire de la re-composition des événements en un récit calculé. À travers le traitement du temps, nous saisissons l'ambiva-lence de l'œuvre : d'une part le narrateur trahit ses choix et ses inter-prétations des événements rapportés par lui, d'autre part Gide-auteur met en question la simplicité du récit de son personnage.

Des silences éloquents

Les dialogues – Jérôme-narrateur s'investit inévitablement dans le flot de ses souvenirs, en opérant parmi eux une sélection, consciente ou non, et créant ainsi de grandes zones d'ombre. Gide-auteur utilise celles-ci comme preuves de la singularité intime de ses personnages. Les dialogues et leurs silences font entendre le mystère des êtres. Les parallélismes calculés font apparaître ce qui est tu ou ignoré en eux-mêmes à travers un système d'échos et de variantes.

Ainsi, lisez les conversations du chapitre 1 et celles – il y en a dix – du chapitre 2. Vous constatez que Jérôme y est impliqué soit comme rapporteur (p. 68), soit comme témoin involontaire (p. 30, 60), soit comme locuteur ou auditeur (p. 69). Relevez à l'intérieur de ces scènes dialoguées les marques des silences : points de suspension, phrases inachevées, questions demeurées en suspens, etc. (p. 73, 74-75, 77). En dépit des propos transcrits directement, le lecteur pressent le malentendu tragique sous-jacent. Lors de la scène pages 38-39, observez les notations scéniques qui entourent le dialogue : vous pouvez deviner ce qui sépare déjà Jérôme d'Alissa. Gide-auteur ne manque pas de souligner l'absence de communication entre Jérôme et Alissa ; curieusement, c'est à Juliette que celui-ci fait ses confidences (p. 73). Gide-auteur ménage délibérément ces lacunes du discours dans le récit de Jérôme. Il s'agit pour lui de n'éclairer qu'une face de ses personnages. Cette esthétique* du clair-obscur leur donne une épaisseur troublante.

Les parallélismes – Dans le même but, Gide utilise le procédé du parallélisme entre les scènes pour faire découvrir à son lecteur les régions profondes où des relations muettes mais décisives s'établissent entre les situations, les choses et les êtres. Étudiez la symétrie des scènes aux pages 60 et 73 : même lieu, le jardin ; même situation, un « écouteur » involontaire (p. 60). Mais il y a une variante : Jérôme parle pour être entendu (p. 73). Quelle est alors la part d'innocence de Jérôme ? Comparez également les deux scènes aux pages 38-39 et 78. Vous constaterez que la variante – les flambeaux allumés – renvoie à la scène* de la page 38. Par ailleurs, le miroir ajoute le signe d'une invisible séparation entre les deux héros.

Le souci de l'art est évident, « seul point de vue, disait Gide, qui ne soit exclusif d'aucun des autres ». Le seul qui permette de sonder la complexité humaine.

Une double dimension, la réalité au service du symbole

Un cadre confiné

Le confinement du cadre se retrouve dans tous les lieux de la propriété de Fongueusemare : le jardin comme les pièces de la maison : salon, salle d'étude, chambre (le mot revient onze fois), et enfin le temple. Tous ces lieux sont caractérisés – par exemple dans la description du jardin (p. 28-29) – par des modalisateurs* qui soulignent les limites et font voir un univers borné propre à encourager l'évasion des âmes. L'espace est également structuré de façon binaire : « dedans » (p. 66, 68-69, 70-71) et « dehors » (p. 66, 73 à 84). Au cours du récit, un rétrécissement des lieux s'opère, de la maison « qui ouvre une vingtaine de grandes fenêtres sur le devant du jardin » (p. 28) au temple, réduit aux proportions d'une « petite chapelle » (p. 40). Ce phénomène s'accomplit insensiblement : l'espace réel cède sa place au symbole annoncé par le titre. La « porte à secret » du jardin, comme la porte d'Alissa, reprend le symbole de *La Porte étroite*. Comme des témoins silencieux, les lieux attestent la signification latente des événements.

Un univers humain désaccordé

Province et famille sont des univers clos au sein desquels se dessinent deux clans. D'un côté les bien-pensants ; la mère de Jérôme, son

Madeleine, cousine et épouse de Gide. « Je ne revois que l'expression presque triste déjà de son sourire… »

amie Miss Ashburton, la tante Plantier, l'oncle Bucolin et le pasteur Vautier incarnent l'ordre moral, qui ne souffre aucune exception.

De l'autre côté, Lucile Bucolin, seule. Jérôme-narrateur lui consacre cinq pages (p. 31 à 35). Notez aussi qu'il a étrangement conservé un petit portrait d'elle (p. 31). Étudiez dans cette description les indices de la nonchalance, de la langueur et de la sensualité. Notez les traits qui marquent son exil au sein d'un milieu rigoriste et austère (p. 31-33). Pour toute la famille, Lucile Bucolin incarne le « péché de la chair ». Elle trouble son neveu Jérôme par un silencieux manège de séduction (deux scènes* illustrent sa perversité, p. 34 et 38). Elle est le personnage maléfique qui fait basculer la vie de Jérôme et d'Alissa.

Au personnage sulfureux de la mère, s'oppose la pureté virginale de la fille, Alissa. Ces deux personnages antithétiques incarnent le double symbole du Bien et du Mal, du Ciel et de l'Enfer. Le portrait d'Alissa, stylisé, se concentre dans un bel alexandrin : « Tout, en elle, n'était que question et qu'attente » (p. 36). À l'intersection de ces deux mondes, Juliette incarne l'équilibre, une forme de réalisme non dénué de sagesse. Tous ces personnages sont composés selon « un système [...] d'ébranchement, en enlevant tout ce qui était inutile » (*Entretiens* avec Jean Amrouche). Le pittoresque réaliste est absent. Seule compte la signification symbolique que le narrateur tire des relations entre les personnages.

Un violent conflit de valeurs

Au sein de cet univers confiné se jouent des drames décisifs. L'innocence des enfants se trouve mutilée et flétrie par la licence et la vanité des adultes. L'univers rigide de la famille exacerbe l'aspiration à la pureté et à la spiritualité des deux adolescents, Alissa et Jérôme. On peut déceler une vision critique au travers de laquelle Gide dénonce une sorte d'agression perpétrée par les adultes contre la jeunesse. Par une sorte d'anticipation des travaux de Freud sur la psychanalyse, Gide prend la mesure des hantises et des inhibitions* qu'engendre chez l'adolescent une expérience sensuelle traumatisante (p. 34). Il dénonce une éducation qui aliène l'enfant par excès d'une discipline puritaine : « [...] déjà [je] confondais bonheur et vertu » (p. 59). Vue sous cet angle, *La Porte étroite* pourrait être lue comme l'histoire d'un crime moral.

Ce qui intéresse Gide-auteur, c'est la vie psychologique. Il veut représenter les sources et le cheminement d'une crise intérieure en disposant un faisceau d'hypothèses qui doivent engendrer une lecture active.

Pour une lecture

Nous étudierons en lecture méthodique les pages 40 à 42 : « Le pasteur avait d'abord lu tout le verset [...] pensant la mieux mériter en m'éloignant d'elle aussitôt. »

> Expliquer un texte permet de mesurer l'écart entre ce que l'on comprend à la première lecture, et ce que l'on découvre après une étude détaillée. L'étude méthodique consiste à se donner une hypothèse de travail et à construire une argumentation à partir de l'observation des procédés mis en œuvre dans le texte. Il s'agit de conduire une démonstration rigoureuse pour vérifier (ou infirmer) et pour enrichir, à l'aide d'exemples précis et commentés, des axes de lecture choisis en fonction de l'hypothèse énoncée.

Introduction

Situation du passage – Lucile Bucolin vient de s'enfuir de chez elle. À l'office du dimanche, le pasteur Vautier choisit de commenter le verset : « Efforcez-vous d'entrer par la porte étroite. » Jérôme écoute le sermon en regardant le profil d'Alissa, située à quelques places devant lui.

Idée générale – Jérôme-narrateur décrit l'effet du sermon sur l'adolescent qu'il était alors.

Centres d'intérêt et axes de lecture – Écrit à l'âge adulte, le récit comporte une interprétation de la scène* vécue par l'adolescent : il obéit à une intention critique sous-jacente. La description de l'expérience mystique est provoquée par la puissance du sermon, dont on étudiera la stratégie oratoire. Cette étude nous permettra de décomposer les mouvements d'un véritable mécanisme de **sublimation**, c'est-à-dire d'une évasion vers les hautes sphères de la spiritualité par la purification exaltée des émotions.

Développement : les axes de lecture

<u>1 – L'expérience mystique</u>

a – L'opposition plaisir / sacrifice :
Elle parcourt tout le sermon à travers le système d'énonciation qui oppose la « multitude parée, riant et s'avançant folâtrement », soumise à la fascination des plaisirs, à Jérôme, solitaire et vertueux : « Je m'introduisais avec effort, avec une douleur extraordinaire. » La formule « formant cortège » qui évoque une joie carnavalesque, s'oppose à l'expression « un avant-goût de la félicité du ciel » faisant allusion à la joie divine. Jérôme se sent transporté dans un monde exigeant et exaltant. Les manifestations humaines, le rire et la joie, sont défigurées.

b – Le vocabulaire de la vision :
C'est l'imagination qui est affectée : « il peignait », « je voyais », « je me la représentais », « j'imaginais ». La force du verbe prend possession de l'esprit de Jérôme.

c – Le vocabulaire de l'assomption :
Le terme d'assomption désigne, dans le vocabulaire chrétien, l'enlèvement de Marie par les anges. Or, le sermon enlève Jérôme à lui-même, vers une joie « séraphique », détachée du monde terrestre. Le champ lexical* qui traduit cette dépossession a une connotation* généralement négative, et suggère une idée de raréfaction, de déperdition : l'image du « laminoir » est complétée par les verbes « je plongeais », « je me vidais », « je me réduisais », « le cœur d'Alissa et le mien s'épuisaient ». L'imparfait suggère la profondeur de l'effet et donne au processus de dépersonnalisation une densité intense. L'image des vêtements blancs confirme ce processus qui est en même temps une ascension vers la pureté.

Jérôme vit donc un moment exalté où l'illusion couvre la réflexion. Et le sermon agit efficacement grâce à des procédés spécifiques.

2 – La stratégie oratoire du sermon

a – Les citations :

Elles reviennent comme un leitmotiv* et ponctuent le passage selon un rythme lyrique et répétitif. Elles scandent la division du sermon en trois grandes phrases. Elles donnent au discours sa force incantatoire : « Efforcez-vous d'entrer par la porte étroite […] et il en est peu qui les trouvent » (p. 40-41) ; « Et nombreux sont ceux qui y passent » (p.41) ; « car étroite est la voie qui conduit à la Vie » (p. 41).

b – L'éloquence :

À travers ses expressions, on sent l'intention de l'orateur. On devine les procédés utilisés par le pasteur pour capter l'auditoire : les images : « parée », « folâtrement », « cortège » ; les injonctions : « il expliquait comment trouver », « il fallait » (explicite), « je serais de ceux-là » (implicite) et l'art de la composition : « le pasteur avait d'abord lu tout le verset », « puis précisant les divisions du sujet », « il parlait d'abord », « reprenait les divisions du sujet », « ramenait le début du texte ».

c – La contamination :

Jérôme est peu à peu envahi. Il écoute au début, il est transporté ensuite. Les notations deviennent de plus en plus brèves ; Jérôme vit vraiment le sermon : « je sentais », « un avant-goût de la félicité du ciel », « je pressentais ». Ces expressions montrent combien les paroles agissent sur Jérôme.

On a là un magnifique exemple de la rhétorique qui engendre chez l'adolescent un véritable mécanisme de sublimation.

3 – Le mécanisme de sublimation ou l'évasion vers la spiritualité

a – Le mouvement sublimatoire :

Les expressions utilisées par Jérôme-narrateur pour décrire son trouble sont significatives d'une sorte de dépossession, d'aliénation* de l'être : « l'esprit perdu », « dans le rêve où je plongeais », « ces rêves », « et mon âme s'assoiffait ». Les verbes « plongeais », « entrer », « introduisais » ne montrent pourtant pas un mouvement ascendant qui serait celui d'un processus mystique, mais plutôt une transposition.

b – La transposition :

Elle s'exprime à travers les comparaisons : « comme un chant de violon », « comme une flamme aiguë ». Elle s'exprime aussi à l'aide du verbe « devenait » (« Et cette porte devenait encore la porte même de la chambre d'Alissa »). La réalité concrète est progressivement altérée, épurée.

c – La désincarnation :

Le champ lexical* de la spiritualité est de plus en plus insistant : « macération », « pure », « mystique », « séraphique », « félicité ». Tous ces mots suggèrent l'exaltation de Jérôme. L'allusion à l'Apocalypse, ainsi que « les vêtements blancs » suggèrent la relation intime avec la blessure psychologique des deux enfants. Le vêtement blanc rappelle l'épisode des pages 33 et 34 : « je trempai mon mouchoir, lavai, frottai mes joues, mon cou, tout ce que cette femme avait touché ». « La flamme aiguë » évoque les lumières de la chambre de Lucile.

Conclusion

À la fin du chapitre, le sermon du pasteur provoque une transmutation de la réalité et annonce la voie que prendra Jérôme. Il va fuir, pour mieux mériter Alissa. Le monde réel et charnel est devenu synonyme de péché, lieu de perdition. En s'éloignant d'Alissa au sortir du temple, Jérôme accomplit un geste de purification. Les connotations* souvent négatives du texte montrent en filigrane comment le sermon catalyse dans l'inconscient de Jérôme l'effet traumatisant et inhibant de sa première expérience intime. Le sermon donne donc l'exemple de ce que l'on peut appeler un crime moral : la manipulation des âmes.

à vous...

1 – L'incipit – Relevez dans le premier chapitre les éléments qui caractérisent l'incipit.
– Analysez la composition binaire de ce chapitre.

2 – Vocabulaire – Relevez le champ lexical* de l'apparence ou de l'illusion. Que traduit-il ?
– Notez les emplois du verbe « oser ». Que nous apprennent-ils ?

3 – Étudiez le personnage d'Alissa dans le premier chapitre. Que pouvez-vous d'ores et déjà en dire ?

4 – Thème d'exposé – Le portrait en littérature.

Groupement de textes : l'incipit

On appelle incipit la première phrase d'un roman. Mais il est d'usage courant d'étendre l'emploi du terme à la première page de l'œuvre. L'incipit prépare la suite du texte en disposant les indices – personnages, données spatio-temporelles, éléments de l'intrigue – qui orientent la lecture. Les textes choisis ici sont tous postérieurs à *La Porte étroite*. Ils présentent des caractéristiques communes : auteur et narrateur sont distincts, et le narrateur lui-même est un personnage. Les événements sont accomplis au moment où ils sont relatés. Le narrateur est un témoin privilégié (voire un acteur) des faits, il en a donc une perception subjective. Ainsi, l'incipit guide le lecteur vers les questions suivantes : quelle est la position du narrateur par rapport au récit ? Quelle est la part du discours dans le récit ? Quels liens l'auteur entretient-il avec son narrateur ?

Patrick Modiano, *Du plus loin de l'oubli*

« Elle était de taille moyenne, et lui, Gérard Van Bever, légèrement plus petit. Le soir de notre première rencontre, cet hiver d'il y a trente ans, je les avais accompagnés jusqu'à un hôtel du quai de la Tournelle et je m'étais retrouvé dans leur chambre. Deux lits, l'un près de la porte, l'autre au bas de la fenêtre. Celle-ci ne donnait pas sur le quai et il me semble qu'elle était mansardée.

Je n'avais remarqué aucun désordre dans la chambre. Les lits étaient faits. Pas de valises. Pas de vêtements. Rien qu'un gros réveil, sur l'une des tables de nuit. Et, malgré ce réveil, on aurait dit qu'ils habitaient ici de manière clandestine en évitant de laisser des traces de leur présence. D'ailleurs, ce premier soir, nous n'étions restés qu'un bref moment dans la chambre, juste le temps d'y déposer des ouvrages d'art que j'étais fatigué de porter et que je n'avais pas réussi à vendre chez un libraire de la place Saint-Michel. »

Éditions Gallimard, 1996.

William Faulkner, *Le Bruit et la Fureur*

« À travers la barrière, entre les vrilles des fleurs, je pouvais les voir frapper. Ils s'avançaient vers le drapeau, et je les suivais le long de la barrière. Luster cherchait quelque chose dans l'herbe, près de l'arbre à fleurs. Ils ont enlevé le drapeau et ils ont frappé. Et puis ils ont remis le drapeau et ils sont allés vers le terre-plein, et puis il a frappé, et l'autre a frappé aussi. Et puis, ils se sont éloignés et j'ai longé la barrière. Luster a quitté l'arbre à fleurs et nous avons suivi la barrière, et ils se sont arrêtés, et nous nous sommes arrêtés aussi, et j'ai regardé à travers la barrière pendant que Luster cherchait dans l'herbe. **»**

Éditions Gallimard, 1938 (trad. de Maurice Edgar Coindreau).

Marguerite Duras, *Le Ravissement de Lol V. Stein*

« Lol V. Stein est née ici, à S. Tahla, et elle y a vécu une grande partie de sa jeunesse. Son père était professeur à l'Université. Elle a un frère plus âgé qu'elle de neuf ans – je ne l'ai jamais vu – on dit qu'il vit à Paris. Ses parents sont morts.

Je n'ai rien entendu dire sur l'enfance de Lol V. Stein qui m'ait frappé, même par Tatiana Karl, sa meilleure amie durant leurs années de collège.

Elles dansaient toutes les deux, le jeudi, dans le préau vide. Elles ne voulaient pas sortir en rangs avec les autres, elles préféraient rester au collège. Elles, on les laissait faire, dit Tatiana, elles étaient charmantes, elles savaient mieux que les autres demander cette faveur, on la leur accordait. On danse, Tatiana ? Une radio dans un immeuble voisin jouait des danses démodées – une émission souvenir – dont elles se contentaient. Les surveillantes envolées, seules dans le grand préau où ce jour-là, entre les danses, on entendait le bruit des rues, allez Tatiana, allez viens, on danse Tatiana, viens. C'est ce que je sais.

Cela aussi : Lol a rencontré Michael Richardson à dix-neuf ans pendant les vacances scolaires, un matin, au tennis. Il avait vingt-cinq ans. Il était le fils unique de grands propriétaires terriens des environs de T. Beach. Il ne faisait rien. Les parents consentirent au mariage. Lol devait être fiancée depuis six mois, le mariage devait avoir lieu à l'automne, Lol devait quitter définitivement le collège, elle était en vacances à T. Beach lorsque le grand bal de la saison eut lieu au Casino municipal. **》**

Éditions Gallimard, 1988.

Amin Maalouf, *Les Échelles du Levant*

《 Cette histoire ne m'appartient pas, elle raconte la vie d'un autre. Avec ses propres mots, que j'ai seulement agencés quand ils m'ont paru manquer de clarté ou de cohérence. Avec ses propres vérités, qui valent ce que valent toutes les vérités.

M'aurait-il menti quelquefois ? Je l'ignore. Pas sur elle, en tout cas, pas sur la femme qu'il a aimée, par sur leurs rencontres, leurs égarements, leurs croyances, leurs désillusions ; de cela j'ai la preuve. Mais sur ses propres motivations à chaque étape de sa vie, sur sa famille si peu commune, sur cette étrange marée de sa raison – je veux dire ces flux et reflux incessants de la folie à la sagesse, de la sagesse à la folie –, il est possible qu'il ne m'ait pas tout dit. Cependant, je le pense de bonne foi. Mal assuré sans doute dans sa mémoire comme dans son jugement, je veux bien l'admettre. Mais constamment de bonne foi.

C'est à Paris que je l'ai croisé, pur hasard, dans une rame de métro, en juin 1976. Je me souviens d'avoir murmuré : « C'est lui ! » Il m'avait fallu quelques secondes à peine pour le reconnaître.

Je ne l'avais jamais rencontré jusque-là, ni entendu son nom. J'avais seulement vu une image de lui dans un livre, des années plus tôt. **》**

Éditions Grasset, 1996.

Cet enseignement austère trouvait une âme préparée, naturellement disposée au devoir, et que l'exemple de mon père et de ma mère, joint à la discipline puritaine à laquelle ils avaient soumis les premiers élans de mon cœur, achevait d'incliner vers ce que j'entendais appeler : la vertu. Il m'était aussi naturel de me contraindre qu'à d'autres de s'abandonner, et cette rigueur à laquelle on m'asservissait, loin de me rebuter, me flattait. Je quêtais de l'avenir non tant le bonheur que l'effort infini pour l'atteindre, et déjà confondais bonheur et vertu. Sans doute, comme un enfant de quatorze ans, je restais encore indécis, disponible; mais bientôt mon amour pour Alissa m'enfonça délibérément dans ce sens. Ce fut une subite illumination[1] intérieure à la faveur de laquelle je pris conscience de moi-même : je m'apparus replié, mal éclos, plein d'attente, assez peu soucieux d'autrui, médiocrement entreprenant, et ne rêvant d'autres victoires que celles qu'on obtient sur soi-même. J'aimais l'étude ; parmi les jeux, ne m'éprenais que pour ceux qui demandent ou recueillement ou effort. Avec les camarades de mon âge, je frayais peu et ne me prêtais à

1. Illumination : lumière que Dieu répand dans l'âme d'un homme.

leurs amusements que par affection ou complaisance. Je me liai pourtant avec Abel Vautier, qui, l'an suivant, vint me rejoindre à Paris, dans ma classe. C'était un garçon gracieux, indolent, pour qui je me sentais plus d'affection que d'estime, mais avec qui du moins je pouvais parler du Havre et de Fongueusemare, vers où revolait sans cesse ma pensée.

Quant à mon cousin Robert Bucolin, qu'on avait mis pensionnaire au même lycée que nous, mais deux classes au-dessous, je ne le retrouverais que les dimanches. S'il n'avait été frère de mes cousines, auxquelles du reste il ressemblait peu, je n'aurais pris aucun plaisir à le voir.

J'étais alors tout occupé par mon amour et ce ne fut qu'éclairées par lui que ces deux amitiés prirent pour moi quelque importance. Alissa était pareille à cette perle de grand prix dont m'avait parlé l'Évangile ; j'étais celui qui vend tout ce qu'il a pour l'avoir. Si enfant que je fusse encore, ai-je tort de parler d'amour et de nommer ainsi le sentiment que j'éprouvais pour ma cousine ? Rien de ce que je connus ensuite ne me paraît mieux digne de ce nom, – et d'ailleurs, lorsque je devins d'âge à souffrir des plus précises inquiétudes de la chair, mon sentiment ne changea pas beaucoup de nature ; je ne cherchai pas plus directement à posséder celle que, tout enfant, je prétendais seulement mériter. Travail, efforts, actions pies[1], mystiquement j'offrais tout à Alissa, inventant un raffinement de vertu à lui laisser souvent ignorer ce que je n'avais fait que pour elle. Je m'enivrais ainsi d'une sorte de modestie capiteuse

1. Actions pies : actions pieuses ; l'adjectif « pie » s'emploie habituellement dans l'expression « œuvre pie ».

et m'habituais, hélas! consultant peu ma plaisance[1], à ne me satisfaire à rien qui ne m'eût coûté quelque effort.

Cette émulation n'éperonnait-elle que moi? Il ne me paraît pas qu'Alissa fût sensible et fît rien à cause de moi, ou pour moi, qui ne m'efforçais que pour elle. Tout, dans son âme sans apprêt, restait de la plus naturelle beauté. Sa vertu gardait tant d'aisance et de grâce qu'elle semblait un abandon. À cause de son sourire enfantin, la gravité de son regard était charmante; je revois ce regard si doucement, si tendrement interrogateur se lever et comprends que mon oncle ait, dans son désarroi, cherché près de sa fille aînée soutien, conseil et réconfort. Souvent, dans l'été qui suivit, je le vis causer avec elle. Son chagrin l'avait beaucoup vieilli; il ne parlait guère aux repas, ou parfois montrait brusquement une sorte de joie de commande, plus pénible que son silence. Il restait à fumer dans son bureau jusqu'à l'heure du soir où venait le retrouver Alissa; il se faisait prier pour sortir; elle l'emmenait comme un enfant, dans le jardin. Tous deux, descendant l'allée aux fleurs, allaient s'asseoir dans le rond-point, près l'escalier du potager, où nous avions porté des chaises.

Un soir que je m'attardais à lire, étendu sur le gazon à l'ombre d'un des grands hêtres pourpres, séparé de l'allée aux fleurs simplement par la haie de lauriers qui empêchait les regards, point les voix, j'entendis Alissa et mon oncle. Sans doute ils venaient de parler de Robert; mon nom fut alors prononcé par Alissa, et, comme je commençais à distinguer leurs paroles, mon oncle s'écria:

«Oh! lui, il aimera toujours le travail.»

1. Plaisance: (vieilli) plaisir.

Écouteur[1] malgré moi, je voulus m'en aller, tout au moins faire quelque mouvement qui leur signalât ma présence ; mais quoi ? tousser ? crier : je suis là ! je vous entends !… et ce fut bien plutôt la gêne et la timidité, que la curiosité d'en entendre davantage, qui me tinrent coi. Du reste ils ne faisaient que passer et je n'entendais que très imparfaitement leurs propos… Mais ils avançaient lentement ; sans doute, comme elle avait accoutumé, Alissa, un léger panier au bras, enlevait les fleurs fanées et ramassait au pied des espaliers les fruits encore verts que les fréquents brouillards de mer faisaient choir. J'entendis sa claire voix :

« Papa, est-ce que mon oncle Palissier était un homme remarquable ? »

La voix de mon oncle était sourde et voilée ; je ne distinguai pas sa réponse. Alissa insista :

« Très remarquable, dis ? »

De nouveau trop confuse réponse ; puis Alissa de nouveau :

« Jérôme est intelligent, n'est-ce pas ? »

Comment n'eussé-je pas tendu l'oreille ?… Mais non, je ne pus rien distinguer. Elle reprit :

« Est-ce que tu crois qu'il deviendra quelqu'un de remarquable ? »

Ici la voix de l'oncle se haussa :

« Mais, mon enfant, je voudrais d'abord savoir ce que tu entends par ce mot : remarquable ! Mais on peut être très remarquable sans qu'il y paraisse, du moins aux yeux des hommes… très remarquable aux yeux de Dieu.

– C'est bien ainsi que je l'entends, dit Alissa.

1. Écouteur : (vieilli) qui écoute avec indiscrétion.

— Et puis… est-ce qu'on peut savoir? Il est trop jeune… Oui, certainement, il promet beaucoup; mais cela ne suffit pas pour réussir…

— Qu'est-ce qu'il faut encore?

— Mais, mon enfant, que veux-tu que je te dise? Il faut de la confiance, du soutien, de l'amour…

— Qu'appelles-tu du soutien? interrompit Alissa.

— L'affection et l'estime qui m'ont manqué», répondit tristement mon oncle; puis leur voix définitivement se perdit.

Au moment de ma prière du soir, j'eus des remords de mon indiscrétion involontaire, et me promis de m'en accuser à ma cousine. Peut-être que cette fois la curiosité d'en savoir un peu plus s'y mêlait.

Aux premiers mots que je lui dis le lendemain :

«Mais Jérôme, c'est très mal d'écouter ainsi. Tu devais nous avertir ou t'en aller.

— Je t'assure que je n'écoutais pas… que j'entendais sans le vouloir… Puis vous ne faisiez que passer.

— Nous marchions lentement.

— Oui, mais je n'entendais qu'à peine. J'ai cessé de vous entendre aussitôt… Dis, que t'a répondu mon oncle quand tu lui as demandé ce qu'il fallait pour réussir?

— Jérôme, dit-elle en riant, tu l'as parfaitement entendu! Tu t'amuses à me le faire redire.

— Je t'assure que je n'ai entendu que le commencement… quand il parlait de confiance et d'amour.

— Il a dit, après, qu'il fallait beaucoup d'autres choses.

— Mais toi, qu'est-ce que tu avais répondu?»

Elle devint tout à coup très grave :

«Quand il a parlé de soutien dans la vie, j'ai répondu que tu avais ta mère.

« – Oh ! Alissa, tu sais bien que je ne l'aurai pas toujours…
Et puis ce n'est pas la même chose… »

Elle baissa le front :

« C'est aussi ce qu'il m'a répondu. »

Je lui pris la main en tremblant.

« Tout ce que je serai plus tard, c'est pour toi que je le
veux être.

– Mais, Jérôme, moi aussi je peux te quitter. »

Mon âme entrait dans mes paroles :

« Moi, je ne te quitterai jamais. »

Elle haussa un peu les épaules :

« N'es-tu pas assez fort pour marcher seul ? C'est tout
seul que chacun de nous doit gagner Dieu.

– Mais c'est toi qui me montres la route.

– Pourquoi veux-tu chercher un autre guide que le
Christ ?… Crois-tu que nous soyons jamais plus près l'un
de l'autre que lorsque, chacun de nous deux oubliant
l'autre, nous prions Dieu ?

– Oui, de nous réunir, interrompis-je ; c'est ce que je lui
demande chaque matin et chaque soir.

– Est-ce que tu ne comprends pas ce que peut être la
communion en Dieu ?

– Je la comprends de tout mon cœur : c'est se retrouver
éperdument dans une même chose adorée. Il me semble
que c'est précisément pour te retrouver que j'adore ce que
je sais que tu adores aussi.

– Ton adoration n'est point pure.

– Ne m'en demande pas trop. Je ferais fi du ciel si je ne
devais pas t'y retrouver. »

Elle mit un doigt sur ses lèvres et un peu solennelle-
ment :

« Recherchez premièrement le royaume de Dieu et sa justice[1].*»*

En transcrivant nos paroles, je sens bien qu'elles paraîtront peu enfantines à ceux qui ne savent pas combien sont volontiers graves les propos de certains enfants. Qu'y puis-je ? Chercherai-je à les excuser ? Pas plus que je ne veux les farder pour les faire paraître plus naturelles.

Nous nous étions procuré les Évangiles dans le texte de la Vulgate[2] et en savions par cœur de longs passages. Sous prétexte d'aider son frère, Alissa avait appris avec moi le latin ; mais plutôt, je suppose, pour continuer de me suivre dans mes lectures. Et, certes, à peine osais-je prendre goût à une étude où je savais qu'elle ne m'accompagnerait pas. Si cela m'empêcha parfois, ce ne fut pas, comme on pourrait le croire, en arrêtant l'élan de mon esprit ; au contraire, il me semblait qu'elle me précédât partout librement. Mais mon esprit choisissait ses voies selon elle, et ce qui nous occupait alors, ce que nous appelions : pensée, n'était souvent qu'un prétexte à quelque communion plus savante qu'un déguisement du sentiment, qu'un revêtement de l'amour.

Ma mère avait pu s'inquiéter d'abord d'un sentiment dont elle ne mesurait pas encore la profondeur ; mais, à présent qu'elle sentait ses forces décliner, elle aimait à nous réunir dans un même embrassement maternel. La maladie de cœur dont elle souffrait depuis longtemps lui causait de plus en plus fréquents malaises. Au cours d'une crise particulièrement forte, elle me fit approcher d'elle :

1. « Recherchez premièrement... » : Évangile selon saint Matthieu, VI, 33.
2. Vulgate : traduction latine des livres saints par saint Jérôme, adoptée par le concile de Trente au XVIe siècle.

«Mon pauvre petit, tu vois que je vieillis beaucoup, me dit-elle; un jour je te laisserai brusquement.»

Elle se tut, très oppressée. Irrésistiblement, alors je m'écriai, ce qu'il semblait qu'elle attendait que je lui dise:

«Maman…, tu sais que je veux épouser Alissa.» Et ma phrase faisait suite sans doute à ses plus intimes pensées, car elle reprit aussitôt:

«Oui, c'est de cela que je voulais te parler, mon Jérôme.

— Maman! dis-je en sanglotant: tu crois qu'elle m'aime, n'est-ce pas?

— Oui, mon enfant.» Elle répéta plusieurs fois tendrement: «Oui, mon enfant.» Elle parlait péniblement. Elle ajouta: «Il faut laisser faire au Seigneur.» Puis, comme j'étais incliné près d'elle, elle posa sa main sur ma tête, dit encore:

«Que Dieu vous garde, mes enfants! Que Dieu vous garde tous les deux!» puis tomba dans une sorte d'assoupissement dont je ne cherchai pas à la tirer.

Cette conversation ne fut jamais reprise; le lendemain, ma mère se sentit mieux; je repartis pour mes cours, et le silence se referma sur cette demi-confidence. Du reste, qu'eussé-je appris davantage? Qu'Alissa m'aimât, je n'en pouvais douter un instant. Et quand je l'eusse fait jusqu'alors, le doute eût disparu pour jamais de mon cœur lors du triste événement qui suivit.

Ma mère s'éteignit très doucement un soir, entre Miss Ashburton et moi. La dernière crise qui l'enleva ne semblait d'abord pas plus forte que les précédentes; elle ne prit un caractère alarmant que vers la fin, avant laquelle aucun de nos parents n'eut le temps d'accourir. C'est près de la vieille amie de ma mère que je restai à veiller la chère morte la première nuit. J'aimais profondément ma mère et m'étonnais malgré mes larmes de ne point sentir en moi de tristesse; lorsque je pleurais, c'était en m'apitoyant sur Miss Ashburton, qui voyait son amie, plus jeune qu'elle de beaucoup d'années, la précéder ainsi devant Dieu. Mais la secrète pensée que ce deuil allait précipiter vers moi ma cousine dominait immensément mon chagrin.

Le lendemain, arriva mon oncle. Il me tendit une lettre de sa fille qui ne vint, avec ma tante Plantier, que le jour suivant:

... Jérôme, mon ami, mon frère, y disait-elle..., *combien je me désole de n'avoir pas pu lui dire avant sa mort les quelques mots qui lui eussent donné ce grand contentement qu'elle attendait. À présent, qu'elle me pardonne! et que Dieu seul nous guide tous deux désormais! Adieu, mon pauvre ami. Je suis, plus tendrement que jamais, ton Alissa.*

Qu'eût pu signifier cette lettre? Quels étaient donc ces mots qu'elle se désolait de n'avoir pas prononcés, sinon ceux par lesquels elle eût engagé notre avenir? J'étais si jeune encore que je n'osais pourtant demander aussitôt sa main. Du reste, avais-je besoin de sa promesse? N'étions-nous pas déjà comme fiancés? Notre amour n'était plus un secret pour nos proches; mon oncle, pas plus que ma mère, n'y apportait d'obstacles; au contraire, il me traitait déjà comme son fils.

Les vacances de Pâques, qui vinrent quelques jours après, je les passai au Havre, logeant chez ma tante Plantier, et prenant presque tous mes repas chez mon oncle Bucolin.

Ma tante Félicie Plantier était la meilleure des femmes, mais ni mes cousines ni moi n'avions avec elle une grande intimité. Un affairement continu l'essoufflait; ses gestes étaient sans douceur, sa voix était sans mélodie; elle nous bousculait de caresses, prise, à n'importe quel moment du jour, d'un besoin d'effusion où son affection pour nous débordait. Mon oncle Bucolin l'aimait beaucoup, mais rien qu'au son de sa voix, lorsqu'il lui parlait, il nous était aisé de sentir combien il avait préféré ma mère.

«Mon pauvre enfant, commença-t-elle un soir, je ne sais ce que tu as l'intention de faire cet été, mais j'attendrai de connaître tes projets avant de décider de ce que je ferai moi-même; si je peux t'être utile...

— Je n'y ai pas encore beaucoup pensé, lui répondis-je. Peut-être essaierai-je de voyager.»

Elle reprit :

«Tu sais que, chez moi comme à Fongueusemare, tu seras toujours le bienvenu. Tu feras plaisir à ton oncle et à Juliette en allant là-bas...

— Vous voulez dire à Alissa.

— C'est vrai! Pardon... Croirais-tu que je m'étais figuré que c'était Juliette que tu aimais! jusqu'à ce que ton oncle m'eût parlé... il n'y a pas un mois... Tu sais, moi, je vous aime bien, mais je ne vous connais pas beaucoup; j'ai si peu l'occasion de vous voir!... et puis je ne suis guère observatrice; je n'ai pas le temps de m'arrêter à regarder ce qui ne me regarde pas. C'est toujours avec Juliette que je t'avais vu jouer... j'avais pensé... elle est si jolie, si gaie.

— Oui, je joue encore volontiers avec elle; mais c'est Alissa que j'aime...

— Très bien! très bien! libre à toi... moi, tu sais, autant te dire que je ne la connais pas; elle parle moins que sa sœur;

je pense que, si tu l'as choisie, tu as eu quelque bonne raison pour cela.

— Mais, ma tante, je n'ai pas choisi de l'aimer et je ne me suis jamais demandé quelles raisons j'avais de…

— Ne te fâche pas, Jérôme ; moi je te parle sans malice… Tu m'as fait oublier ce que je voulais te dire… Ah ! voici : Je pense, bien entendu, que tout cela finira par un mariage ; mais, à cause de ton deuil, tu ne peux pas te fiancer déjà, décemment… et puis, tu es encore bien jeune… J'ai pensé que ta présence à Fongueusemare, à présent que tu y serais sans ta mère, pourrait être mal vue…

— Mais, ma tante, c'est précisément pour cela que je parlais de voyager.

— Oui. Eh bien, mon enfant, j'ai pensé que ma présence à moi pourrait faciliter les choses et je me suis arrangée de manière à être libre une partie de l'été.

— Pour peu que je l'en eusse priée, Miss Ashburton serait venue volontiers.

— Je sais déjà qu'elle viendra. Mais cela ne suffit pas ! J'irai également… Oh ! je n'ai pas la prétention de remplacer ta pauvre mère, ajouta-t-elle, en sanglotant subitement ; — mais je m'occuperai du ménage… et enfin ni toi, ni ton oncle, ni Alissa n'aurez à vous sentir gênés. »

Ma tante Félicie s'abusait sur l'efficacité de sa présence. À vrai dire, nous ne fûmes gênés que par elle. Ainsi qu'elle l'avait annoncé, elle s'installa, dès juillet, à Fongueusemare, où Miss Ashburton et moi ne tardâmes pas à la rejoindre. Sous prétexte d'aider Alissa dans les soins de la maison, elle emplissait cette maison si tranquille d'une rumeur continue. L'empressement qu'elle mettait à nous être agréable et, comme elle disait, à «faciliter les choses», était si épais que nous restions le plus souvent, Alissa et moi, contraints et quasi muets devant elle. Elle dut nous trouver bien froids… – Et quand nous ne nous serions pas tus, aurait-elle pu comprendre la nature de notre amour? – Le caractère de Juliette, par contre, s'accommodait assez de cette exubérance; et peut-être quelque ressentiment gênait-il mon affection pour ma tante, à la voir manifester pour la cadette de ses nièces une prédilection très marquée.

Un matin, après l'arrivée du courrier, elle me fit venir:

«Mon pauvre Jérôme, je suis absolument désolée; ma fille est souffrante et m'appelle; je vais être forcée de vous quitter… »

Gonflé d'inutiles scrupules, j'allai trouver mon oncle, ne sachant plus si j'oserais rester à Fongueusemare après le départ de ma tante. Mais dès les premiers mots:

«Qu'est-ce que ma pauvre sœur vient encore imaginer pour compliquer les choses les plus naturelles? Eh! pourquoi nous quitterais-tu, Jérôme? s'écria-t-il. N'es-tu pas déjà presque mon enfant?»

Ma tante n'était guère restée à Fongueusemare que quinze jours. Dès qu'elle fut partie, la maison put se recueillir; cette sérénité de nouveau l'habita qui ressemblait beaucoup au bonheur. Mon deuil n'avait pas assombri, mais comme aggravé notre amour. Une vie au monotone cours commença où, comme en un milieu très sonore, le moindre mouvement de nos cœurs s'entendait.

Quelques jours après le départ de ma tante, un soir, à table, nous parlâmes d'elle – je me souviens:

«Quelle agitation! disons-nous. Se peut-il que les flots

de la vie ne laissent pas plus de répit à son âme? Belle apparence de l'amour, que devient ici ton reflet?»… Car nous nous souvenions du mot de Goethe[1] qui, parlant de Mme de Stein, écrivait : «Il serait beau de voir se réfléchir le monde dans cette âme.» Et nous établissions aussitôt je ne sais quelle hiérarchie, estimant au plus haut les facultés contemplatives[2]. Mon oncle, qui s'était tu jusqu'alors, nous reprit en souriant tristement :

«Mes enfants, dit-il, même brisée, Dieu reconnaîtra son image. Gardons-nous de juger les hommes d'après un seul moment de leur vie. Tout ce qui vous déplaît en ma pauvre sœur, elle le doit à des événements que je connais trop pour pouvoir la critiquer aussi sévèrement que vous faites. Il n'y a pas qualité si plaisante de la jeunesse qui ne puisse, à vieillir, se gâter. Ce que vous appelez : agitation, chez Félicie, n'était d'abord qu'élan charmant, prime-saut[3], abandon à l'instant et grâce… Nous n'étions pas bien différents, je vous assure, de ce que vous paraissez aujourd'hui. J'étais assez pareil à toi, Jérôme; plus peut-être que je ne le sais. Félicie ressemblait beaucoup à ce qu'est à présent Juliette… oui, physiquement même – et brusquement je la retrouve, ajouta-t-il en se tournant vers sa fille, dans certains éclats de ta voix; elle avait ton sourire – et ce geste, qu'elle a bientôt perdu, de rester comme toi, parfois, sans rien faire, assise, les coudes en avant, le front buté dans les doigts croisés de ses mains.»

Miss Ashburton se tourna vers moi, et presque à voix basse :

«Ta mère, c'est Alissa qui la rappelle.»

1. Goethe : écrivain allemand (1749-1832).
2. Facultés contemplatives : aptitude à la méditation.
3. Prime-saut : (vieilli) action spontanée.

L'été, cette année, fut splendide. Tout semblait pénétré d'azur. Notre ferveur triomphait du mal, de la mort ; l'ombre reculait devant nous. Chaque matin j'étais éveillé par ma joie ; je me levais dès l'aurore, à la rencontre du jour m'élançais... Quand je rêve à ce temps, je le revois plein de rosée. Juliette, plus matinale que sa sœur qui prolongeait très tard ses veillées, descendait avec moi dans le jardin. Entre sa sœur et moi elle se faisait messagère ; je lui racontais interminablement notre amour et elle ne semblait pas se lasser de m'entendre. Je lui disais ce que je n'osais dire à Alissa devant qui, par excès d'amour, je devenais craintif et contraint. Alissa semblait se prêter à ce jeu, s'amuser que je parlasse si gaiement à sa sœur, ignorant ou feignant d'ignorer qu'au demeurant nous ne parlions que d'elle.

Ô feinte exquise de l'amour, de l'excès même de l'amour, par quel secret chemin tu nous menas du rire aux pleurs et de la plus naïve joie à l'existence de la vertu !

L'été fuyait si pur, si lisse que, de ses glissantes journées, ma mémoire aujourd'hui ne peut presque rien retenir. Les seuls événements étaient des conversations, des lectures...

« J'ai fait un triste rêve, me dit Alissa, au matin de mes derniers jours de vacances. Je vivais et tu étais mort. Non ; je ne te voyais pas mourir. Simplement il y avait ceci : tu étais mort. C'était affreux ; c'est tellement impossible que j'obtenais que simplement tu sois absent. Nous étions séparés et je sentais qu'il y avait moyen de te rejoindre ; je cherchais comment, et, pour y arriver, j'ai fait un tel effort que cela m'a réveillée.

« Ce matin, je crois que je restais sous l'impression de ce rêve ; c'était comme si je le continuais. Il me semblait encore que j'étais séparée de toi, que j'allais rester séparée de toi longtemps, longtemps – et très bas elle ajouta : toute ma vie – et que toute la vie il faudrait faire un grand effort...

– Pourquoi?

– Chacun, un grand effort pour nous rejoindre.»

Je ne prenais pas au sérieux ou craignais de prendre au sérieux ses paroles. Comme pour y protester, mon cœur battant beaucoup, dans un soudain courage je lui dis :

«Eh bien, moi, ce matin, j'ai rêvé que j'allais t'épouser si fort que rien, rien ne pourrait nous séparer – que la mort.

– Tu crois que la mort peut séparer? reprit-elle.

– Je veux dire...

– Je pense qu'elle peut rapprocher, au contraire... oui, rapprocher ce qui a été séparé pendant la vie.»

Tout cela entrait en nous si avant que j'entends encore jusqu'à l'intonation de nos paroles. Pourtant je ne compris toute leur gravité que plus tard.

L'été fuyait. Déjà la plupart des champs étaient vides, où la vue plus inespérément s'étendait. La veille, non, l'avant-veille de mon départ, au soir, je descendais avec Juliette vers le bosquet du bas-jardin.

«Qu'est-ce que tu récitais hier à Alissa? me dit-elle.

– Quand donc?

– Sur le banc de la marnière, quand nous vous avions laissés derrière nous...

– Ah!... quelques vers de Baudelaire, je crois...

– Lesquels? Tu ne veux pas me le dire.

– *Bientôt nous plongerons dans les froides ténèbres*», commençai-je d'assez mauvaise grâce; mais elle, m'interrompant aussitôt, continua d'une voix tremblante et changée :

«Adieu, vive clarté de nos étés trop courts[1] *!*

— Eh quoi! tu les connais? m'écriai-je, extrêmement surpris. Je croyais que tu n'aimais pas les vers…

— Pourquoi donc? Est-ce parce que tu ne m'en récites pas? dit-elle en riant, mais un peu contrainte… Par moments tu sembles me croire complètement stupide.

— On peut être très intelligent et n'aimer pas les vers. Jamais je ne t'en ai entendu dire ou tu ne m'as demandé d'en réciter.

— Parce qu'Alissa s'en charge… » Elle se tut quelques instants, puis brusquement :

«C'est après-demain que tu pars?

— Il le faut bien.

— Qu'est-ce que tu vas faire cet hiver?

— Ma première année de Normale.

— Quand penses-tu épouser Alissa?

— Pas avant mon service militaire. Pas même avant de savoir un peu mieux ce que je veux faire ensuite.

— Tu ne le sais donc pas encore?

— Je ne veux pas encore le savoir. Trop de choses m'intéressent. Je diffère le plus que je peux le moment où il me faudra choisir et ne plus faire que cela.

— Est-ce aussi la crainte de te fixer qui te fait différer tes fiançailles?»

Je haussai les épaules sans répondre. Elle insista :

«Alors, qu'est-ce que vous attendez pour vous fiancer? Pourquoi est-ce que vous ne vous fiancez pas tout de suite?

— Mais pourquoi nous fiancerions-nous? Ne nous suffit-il pas de savoir que nous sommes et que nous resterons

1. «Bientôt nous plongerons…», «Adieu, vive clarté…» : Baudelaire, *Les Fleurs du mal*, «Chant d'Automne».

l'un à l'autre, sans que le monde en soit informé? S'il me plaît d'engager toute ma vie pour elle, trouverais-tu plus beau que je lie mon amour par des promesses? Pas moi. Des vœux sembleraient une injure à l'amour… Je ne désirerais me fiancer que si je me défiais d'elle.

– Ce n'est pas d'elle que je me défie… »

Nous marchions lentement. Nous étions parvenus à ce point du jardin d'où j'avais naguère involontairement entendu la conversation qu'Alissa avait eue avec son père. Il me vint brusquement à la pensée que peut-être Alissa, que j'avais vue sortir dans le jardin, était assise dans le rond-point et qu'elle pouvait également bien nous entendre; la possibilité de lui faire écouter ce que je n'osais lui dire directement me séduisit aussitôt; amusé par mon artifice, haussant la voix :

« Oh! » m'écriai-je, avec cette exaltation un peu pompeuse de mon âge, et prêtant trop d'attention à mes paroles pour entendre à travers celles de Juliette tout ce qu'elle ne disait pas… « Oh! si seulement nous pouvions, nous penchant sur l'âme qu'on aime, voir en elle, comme en un miroir, quelle image nous y posons! lire en autrui comme en nous-mêmes, mieux qu'en nous-mêmes! Quelle tranquillité dans la tendresse ! Quelle pureté dans l'amour !… »

J'eus la fatuité de prendre pour un effet de mon médiocre lyrisme le trouble de Juliette. Elle cacha brusquement sa tête sur mon épaule :

« Jérôme! Jérôme! Je voudrais être sûre que tu la rendras heureuse! Si par toi aussi elle devait souffrir, je crois que je te détesterais.

– Mais, Juliette, m'écriai-je, l'embrassant et relevant son front, je me détesterais moi-même. Si tu savais !… mais c'est pour mieux ne commencer qu'avec elle ma vie que je ne veux pas encore décider de ma carrière! mais je suspends tout mon avenir après elle! mais, tout ce que je pourrais être sans elle, je n'en veux pas...

— Qu'est-ce qu'elle dit lorsque tu lui parles de cela?

— Mais je ne lui parle jamais de cela! Jamais; c'est aussi pour cela que nous ne nous fiançons pas encore; jamais il n'est question de mariage entre nous, ni de ce que nous ferons ensuite. Ô Juliette! la vie avec elle m'apparaît tellement belle que je n'ose pas... comprends-tu cela? que je n'ose pas lui en parler.

— Tu veux que le bonheur la surprenne.

— Non! ce n'est pas cela. Mais j'ai peur... de lui faire peur, comprends-tu?... J'ai peur que cet immense bonheur, que j'entrevois, ne l'effraie! — Un jour, je lui ai demandé si elle souhaitait voyager. Elle m'a dit qu'elle ne souhaitait rien, et qu'il lui suffisait de savoir que ces pays existaient, qu'ils étaient beaux, qu'il était permis à d'autres d'y aller...

— Toi, Jérôme, tu désires voyager?

— Partout! la vie tout entière m'apparaît comme un long voyage — avec elle, à travers les livres, les hommes, les pays... Songes-tu à ce que signifient ces mots : lever l'ancre?

— Oui! j'y pense souvent», murmura-t-elle.

Mais moi qui l'écoutais à peine et qui laissais tomber à terre ses paroles comme de pauvres oiseaux blessés, je reprenais :

«Partir la nuit; se réveiller dans l'éblouissement de l'aurore; se sentir tous deux seuls sur l'incertitude des flots...

— Et l'arrivée dans un port que tout enfant déjà l'on avait regardé sur les cartes; où tout est inconnu... Je t'imagine sur la passerelle, descendant du bateau avec Alissa appuyée à ton bras.

– Nous irions vite à la poste, ajoutai-je en riant, réclamer la lettre que Juliette nous aurait écrite…

– … de Fongueusemare, où elle serait restée, et qui vous apparaîtrait tout petit, tout triste et tout loin… »

Sont-ce là précisément ses paroles ? je ne puis l'affirmer, car, je vous le dis, j'étais si plein de mon amour qu'à peine entendais-je, auprès, quelque autre expression que la sienne.

Nous arrivions près du rond-point ; nous allions revenir sur nos pas, quand, sortant de l'ombre, Alissa se montra tout à coup. Elle était si pâle que Juliette se récria.

« En effet, je ne me sens pas très bien, balbutia hâtivement Alissa. L'air est frais. Je crois que je ferais mieux de rentrer. » Et tout aussitôt nous quittant, elle s'en retourna d'un pas rapide, vers la maison.

« Elle a entendu ce que nous disions, s'écria Juliette dès qu'Alissa se fut un peu éloignée.

– Mais nous n'avons rien dit qui puisse la peiner. Au contraire…

– Laisse-moi », dit-elle en s'élançant à la poursuite de sa sœur.

Cette nuit, je ne pus dormir. Alissa avait paru au dîner, puis s'était retirée aussitôt après, se plaignant de migraine. Qu'avait-elle entendu de notre conversation ? Et je me remémorais inquiètement[1] nos paroles. Puis je songeais que peut-être j'avais eu tort, marchant trop près de Juliette,

---

1. Inquiètement : adverbe formé par Gide semble-t-il ; voir aussi « orientalement » (p. 84).

d'abandonner mon bras autour d'elle; mais c'était habitude d'enfant; et maintes fois déjà Alissa nous avait vus marchant ainsi. Ah! triste aveugle que j'étais, cherchant mes torts en tâtonnant, de n'avoir pas songé un instant que les paroles de Juliette, que j'avais si mal écoutées et dont je me souvenais si mal, Alissa les avait peut-être mieux entendues. N'importe! égaré par mon inquiétude, épouvanté à l'idée qu'Alissa pût douter de moi, et n'imaginant pas d'autre péril, je me résolus, malgré ce que j'en avais pu dire à Juliette, et peut-être impressionné par ce qu'elle m'en avait dit, je me résolus à vaincre mes scrupules, mon appréhension et à me fiancer le lendemain.

C'était la veille de mon départ. Je pouvais attribuer à cela sa tristesse. Il me parut qu'elle m'évitait. Le jour passait sans que j'eusse pu la rencontrer seule; la crainte de devoir partir avant de lui avoir parlé me poussa jusque dans sa chambre peu de temps avant le dîner; elle mettait un collier de corail et pour l'attacher levait les bras et se penchait, tournant le dos à la porte et regardant par-dessus son épaule, dans un miroir entre deux flambeaux allumés. C'est dans le miroir qu'elle me vit d'abord et qu'elle continua de me regarder quelques instants, sans se retourner.

«Tiens! Ma porte n'était donc pas fermée? dit-elle.

– J'ai frappé; tu n'as pas répondu, Alissa, tu sais que je pars demain?»

Elle ne répondit rien, mais posa sur la cheminée le collier qu'elle ne parvenait pas à agrafer. Le mot : fiançailles me paraissait trop nu, trop brutal, j'employai je ne sais quelle périphrase à la place. Dès qu'Alissa me comprit, il me parut qu'elle chancela, s'appuya contre la cheminée… mais j'étais moi-même si tremblant que craintivement j'évitais de regarder vers elle.

J'étais près d'elle et, sans lever les yeux, lui pris la main; elle ne se dégagea pas, mais, inclinant un peu son visage et soulevant un peu ma main, elle y posa ses lèvres et murmura, appuyée à demi contre moi :

«Non, Jérôme, non; ne nous fiançons pas, je t'en prie…»

Mon cœur battait si fort que je crois qu'elle le sentit; elle reprit plus tendrement : «Non, pas encore…»

Et comme je lui demandais :

«Pourquoi?

— Mais c'est moi qui peux te demander : pourquoi? pourquoi changer?»

Je n'osais lui parler de la conversation de la veille, mais sans doute elle sentit que j'y pensais, et, comme une réponse à ma pensée, dit en me regardant fixement :

«Tu te méprends, mon ami : je n'ai pas besoin de tant de bonheur. Ne sommes-nous pas heureux ainsi?»

Elle s'efforçait en vain à sourire.

«Non, puisque je dois te quitter.

— Écoute, Jérôme, je ne puis te parler ce soir… Ne gâtons pas nos derniers instants… Non, non. Je t'aime autant que jamais; rassure-toi. Je t'écrirai; je t'expliquerai. Je te promets de t'écrire, dès demain… dès que tu seras parti. — Va, maintenant! Tiens, voici que je pleure… laisse-moi.»

Elle me repoussait, m'arrachait d'elle doucement – et ce furent là nos adieux, car ce soir je ne pus plus rien lui dire et, le lendemain, au moment de mon départ, elle s'enferma dans sa chambre. Je la vis à sa fenêtre me faire un signe d'adieu en regardant s'éloigner la voiture qui m'emportait.

Je n'avais presque pas pu voir Abel Vautier cette année ; devançant l'appel, il s'était engagé, tandis que je préparais ma licence en redoublant une rhétorique[1]. De deux ans moins âgé qu'Abel, j'avais remis mon service à la sortie de l'École Normale, où tous deux nous devions entrer cette année.

Nous nous revîmes avec plaisir. Au sortir de l'armée, il avait voyagé plus d'un mois. Je craignais de le trouver changé ; simplement il avait pris plus d'assurance, mais sans rien perdre de sa séduction. L'après-midi qui précéda la rentrée, et que nous passâmes au Luxembourg, je ne pus retenir ma confidence et lui parlai longuement de mon amour, que, du reste, il connaissait déjà. Il avait, cette année, acquis quelque pratique des femmes, ce qui lui permettait un air de supériorité un peu fat, mais dont je ne m'offensai point. Il me plaisanta pour ce que je n'avais pas su poser mon dernier mot, comme il disait, émettant en axiome qu'il ne faut jamais laisser une femme se ressaisir.

---

1. Rhétorique : année de préparation au concours d'entrée à l'École normale supérieure.

Je le laissai dire, mais pensai que ses excellents arguments n'étaient bons ni pour moi ni pour elle et qu'il montrait tout simplement qu'il ne nous comprenait pas bien.

Le lendemain de notre arrivée, je reçus cette lettre :

Mon cher Jérôme,

J'ai beaucoup réfléchi à ce que tu me proposais (ce que je proposais ! appeler ainsi nos fiançailles !). *J'ai peur d'être trop âgée pour toi. Cela ne te paraît peut-être pas encore parce que tu n'as pas encore eu l'occasion de voir d'autres femmes ; mais je songe à ce que je souffrirais plus tard, après m'être donnée à toi, si je vois que je ne puis plus te plaire. Tu vas t'indigner beaucoup, sans doute, en me lisant ; je crois entendre tes protestations : pourtant je te demande d'attendre encore que tu sois un peu plus avancé dans la vie.*

Comprends que je ne parle ici que pour toi-même, car pour moi je crois bien que je ne pourrai jamais cesser de t'aimer.

Alissa.

Cesser de nous aimer ! Mais pouvait-il être question de cela ! – J'étais encore plus étonné qu'attristé, mais si bouleversé que je courus aussitôt montrer cette lettre à Abel.

« Eh bien, que comptes-tu faire ? » dit celui-ci, après avoir lu la lettre en hochant la tête et les lèvres serrées. Je soulevai les bras, plein d'incertitude et de désolation. « J'espère au moins que tu ne vas pas répondre ! Quand on commence à discuter avec une femme, on est perdu… Écoute : en couchant au Havre samedi, nous pouvons être à Fongueusemare dimanche matin et rentrer ici pour le premier cours de lundi. Je n'ai pas revu tes parents depuis mon service; c'est un prétexte suffisant et qui me fait honneur. Si Alissa voit que ce n'est qu'un prétexte, tant mieux! Je m'occuperai de Juliette pendant que tu causeras avec sa sœur. Tu tâcheras de ne pas faire l'enfant… À vrai dire, il y a dans ton histoire quelque chose que je ne m'explique pas bien; tu n'as pas dû tout me raconter… N'importe! J'éclaircirai ça… Surtout n'annonce pas notre arrivée : il faut surprendre ta cousine et ne pas lui laisser le temps de s'armer.»

Le cœur me battait fort en poussant la barrière du jardin. Juliette aussitôt vint à notre rencontre en courant. Alissa, occupée à la lingerie, ne se hâta pas de descendre. Nous causions avec mon oncle et Miss Ashburton lorsqu'enfin elle entra dans le salon. Si notre brusque arrivée l'avait troublée, du moins sut-elle n'en rien laisser voir; je pensais à ce que m'avait dit Abel et que c'était précisément pour s'armer contre moi qu'elle était restée si longtemps sans paraître. L'extrême animation de Juliette faisait paraître encore plus froide sa réserve. Je sentis qu'elle désapprouvait mon retour; du moins cherchait-elle à montrer dans son air une désapprobation derrière laquelle je n'osais chercher une secrète émotion plus vive. Assise assez loin de nous, dans un coin, près d'une fenêtre, elle paraissait tout absorbée dans un ouvrage de broderie, dont elle repérait les points en remuant les lèvres. Abel parlait; heureusement! car, pour moi, je ne m'en sentais pas la force, et sans les récits qu'il faisait de son année de service et de son voyage, les premiers instants de ce revoir eussent été mornes. Mon oncle lui-même semblait particulièrement soucieux.

Sitôt après le déjeuner, Juliette me prit à part et m'entraîna dans le jardin :

«Figure-toi qu'on me demande en mariage! s'écriat-elle dès que nous fûmes seuls. La tante Félicie a écrit hier à papa pour lui faire part des avances d'un viticulteur de Nîmes; quelqu'un de très bien, affirme-t-elle, qui s'est épris de moi pour m'avoir rencontrée quelquefois dans le monde ce printemps.

— Tu l'as remarqué, ce Monsieur? interrogeai-je avec une involontaire hostilité contre le prétendant.

— Oui, je vois bien qui c'est. Une espèce de Don Quichotte bon enfant, sans culture, très laid, très vulgaire, assez ridicule et devant qui la tante ne pouvait garder son sérieux.

— Est-ce qu'il a... des chances? dis-je, sur un ton moqueur.

— Voyons, Jérôme! Tu plaisantes! Un négociant!... Si tu l'avais vu, tu ne m'aurais pas posé la question.

— Et... Qu'est-ce que mon oncle a répondu?

— Ce que j'ai répondu moi-même : que j'étais trop jeune pour me marier... Malheureusement, ajouta-t-elle en riant, ma tante avait prévu l'objection; dans un post-scriptum elle dit que M. Édouard Teissières, c'est son nom, consent à attendre, qu'il se déclare aussi tôt simplement pour "prendre rang"... C'est absurde; mais qu'est-ce que tu veux que j'y fasse? Je ne peux pourtant pas lui faire dire qu'il est trop laid!

— Non, mais que tu ne veux pas épouser un viticulteur.»

Elle haussa les épaules :

«Ce sont des raisons qui n'ont pas cours dans l'esprit de ma tante... Laissons cela. — Alissa t'a écrit?»

Elle parlait avec une volubilité extrême et semblait dans

une grande agitation. Je lui tendis la lettre d'Alissa, qu'elle lut en rougissant beaucoup. Je crus distinguer un accent de colère dans sa voix quand elle me demanda :

«Alors, qu'est-ce que tu vas faire?

— Je ne sais plus, répondis-je. À présent que je suis ici, je sens que j'aurais plus facilement fait d'écrire, et je me reproche déjà d'être venu. Tu comprends ce qu'elle a voulu dire?

— Je comprends qu'elle veut te laisser libre.

— Mais est-ce que j'y tiens, moi, à ma liberté? Et tu comprends pourquoi elle m'écrit cela?»

Elle répondit : Non, si sèchement que, sans du tout pressentir la vérité, du moins me persuadai-je dès cet instant que Juliette n'en était peut-être pas ignorante. — Puis, brusquement, tournant sur elle-même à un détour de l'allée que nous suivions :

«À présent, laisse-moi. Ce n'est pas pour causer avec moi que tu es venu. Nous sommes depuis bien trop longtemps ensemble.»

Elle s'enfuit en courant vers la maison et un instant après je l'entendis au piano.

Quand je rentrai dans le salon, elle causait, sans s'arrêter de jouer, mais indolemment à présent et comme improvisant au hasard, avec Abel qui était venu la rejoindre. Je les laissai. J'errai assez longtemps dans le jardin à la recherche d'Alissa.

Elle était au fond du verger, cueillant au pied d'un mur les premiers chrysanthèmes qui mêlaient leur parfum à celui des feuilles mortes de la hêtraie. L'air était saturé d'automne. Le soleil ne tiédissait plus qu'à peine les espaliers, mais le ciel était orientalement pur. Elle avait le visage encadré, caché presque au fond d'une grande coiffe zélandaise qu'Abel lui avait rapportée de voyage et qu'elle avait mise aussitôt. Elle ne se retourna pas d'abord à mon approche, mais un léger tressaillement qu'elle ne put réprimer m'avertit qu'elle avait reconnu mon pas ; et déjà je me raidissais, m'encourageais contre ses reproches et la sévérité qu'allait faire peser sur moi son regard. Mais lorsque je fus assez près, comme craintivement je ralentissais déjà mon allure, elle, sans d'abord tourner le front vers moi, mais le gardant baissé comme fait un enfant boudeur, tendit vers moi, presque en arrière, la main qu'elle avait pleine de fleurs, semblant m'inviter à venir. Et comme, au contraire, par jeu, à ce geste, je m'arrêtais, elle, se retournant enfin, fit vers moi quelques pas, relevant son visage, et je le vis plein de sourire. Éclairé par son regard, tout me parut soudain de nouveau simple, aisé, de sorte que, sans effort et d'une voix non changée, je commençai :

«C'est ta lettre qui m'a fait revenir.

– Je m'en suis bien doutée», dit-elle, puis, émoussant par l'inflexion de sa voix l'aiguillon de sa réprimande : «et c'est bien là ce qui me fâche. Pourquoi as-tu mal pris ce que je disais ? C'était pourtant bien simple… (Et déjà tristesse et difficulté ne m'apparaissaient plus en effet qu'imaginaires, n'existaient plus qu'en mon esprit.) Nous étions heureux ainsi, je te l'avais bien dit, pourquoi t'étonner que je refuse lorsque tu me proposes de changer ?»

En effet, je me sentais heureux auprès d'elle, si parfaitement heureux que ma pensée allait chercher à ne différer plus en rien de la sienne ; et déjà je ne souhaitais plus rien au-delà de son sourire, et que de marcher avec elle, ainsi, dans un tiède chemin bordé de fleurs, en lui donnant la main.

«Si tu le préfères, lui dis-je gravement, résignant d'un coup tout autre espoir et m'abandonnant au parfait bonheur de l'instant, — si tu le préfères, nous ne nous fiancerons pas. Quand j'ai reçu ta lettre, j'ai bien compris du même coup que j'étais heureux, en effet, et que j'allais cesser de l'être. Oh! rends-moi ce bonheur que j'avais; je ne puis pas m'en passer. Je t'aime assez pour t'attendre toute ma vie; mais, que tu doives cesser de m'aimer ou que tu doutes de mon amour, Alissa, cette pensée m'est insupportable.

— Hélas! Jérôme, je n'en puis pas douter.»

Et sa voix en me disant cela était à la fois calme et triste; mais le sourire qui l'illuminait restait si sereinement beau que je prenais honte de mes craintes et de mes protestations; il me semblait alors que d'elles seules vînt cet arrière-son[1] de tristesse que je sentais au fond de sa voix. Sans aucune transition, je commençai à parler de mes projets, de mes études et de cette nouvelle forme de vie de laquelle je me promettais tant de profit. L'École normale n'était pas alors ce qu'elle est devenue depuis peu; une discipline assez rigoureuse ne pesait qu'aux esprits indolents ou rétifs; elle favorisait l'effort d'une volonté studieuse. Il me plaisait que cette habitude quasi monacale me préservât d'un monde qui, du reste, m'attirait peu et qu'il m'eût suffi qu'Alissa pût craindre pour m'apparaître haïssable aussitôt. Miss Ashburton gardait à Paris l'appartement qu'elle occupait d'abord avec ma mère. Ne connaissant guère qu'elle à Paris, Abel et moi passerions quelques heures de chaque dimanche auprès d'elle; chaque dimanche j'écrirais à Alissa et ne lui laisserais rien ignorer de ma vie.

Nous étions assis à présent sur le cadre des châssis

---

1. Arrière-son : formé comme arrière-saison qu'il connote ici, désignant une nuance de tristesse derrière le calme apparent.

ouverts qui laissaient déborder au hasard d'énormes tiges de concombre dont les derniers fruits étaient cueillis. Alissa m'écoutait, me questionnait; jamais encore je n'avais senti sa tendresse plus attentive, ni son affection plus pressante. Crainte, souci, même le plus léger émoi s'évaporait dans son sourire, se résorbait dans cette intimité charmante, comme les brumes dans le parfait azur du ciel.

Puis, sur un banc de la hêtraie où Juliette et Abel étaient venus nous rejoindre, nous occupâmes la fin du jour à relire *Le Triomphe du temps,* de Swinburne [1], chacun de nous en lisant tour à tour une strophe. Le soir vint.

«Allons!» dit Alissa en m'embrassant, au moment de notre départ, plaisantant à demi, mais pourtant avec cet air de sœur aînée que peut-être ma conduite inconsidérée l'invitait à prendre et qu'elle prenait volontiers. «Promets-moi maintenant de n'être plus si romanesque désormais…»

« Eh bien! Es-tu fiancé? me demanda Abel dès que nous fûmes seuls de nouveau.

– Mon cher, il n'en est plus question», répondis-je, ajoutant aussitôt, d'un ton qui coupait court à toute nouvelle question : «Et cela vaut beaucoup mieux ainsi. Jamais je n'ai été plus heureux que ce soir.

– Moi non plus», s'écria-t-il; puis, brusquement, me sautant au cou : «Je m'en vais te dire quelque chose d'admirable, d'extraordinaire! Jérôme, je suis amoureux fou de Juliette! Déjà je m'en doutais un peu l'an dernier; mais j'ai vécu depuis, et je n'avais rien voulu te dire avant d'avoir revu tes cousines. À présent, c'en est fait; ma vie est prise.

---

1. «Le Triomphe du temps» : long poème, extrait de *Poèmes et Ballades* (1866) du poète Swinburne (1837-1909) dans lequel le thème principal est la victoire du temps sur l'homme.

J'aime, que dis-je aimer – j'idolâtre Juliette[1] *!*

«Depuis longtemps il me semblait bien que j'avais pour toi une espèce d'affection de beau-frère... »

Puis, riant et jouant, il m'embrassait à tour de bras et se roulait comme un enfant sur les coussins du wagon qui nous ramenait à Paris. J'étais tout suffoqué par son aveu, et quelque peu gêné par l'appoint de littérature que je sentais s'y mêler ; mais le moyen de résister à tant de véhémence et de joie ?...

« Enfin quoi ! t'es-tu déclaré ? parvins-je à lui demander entre deux effusions.

— Mais non ! mais non, s'écria-t-il ; je ne veux pas brûler le plus charmant chapitre de l'histoire.

Le meilleur moment des amours
N'est pas quand on a dit : Je t'aime[2]*...*

« Voyons ! tu ne vas pas me reprocher cela, toi, le maître de la lenteur.

— Mais enfin, repris-je, un peu agacé, penses-tu qu'elle, de son côté... ?

— Tu n'as donc pas remarqué son trouble en me revoyant ! Et tout le temps de notre visite, cette agitation, ces rougeurs, cette profusion de paroles !... Non, tu n'as rien remarqué, naturellement ; parce que tu es tout occupé d'Alissa... Et comme elle me questionnait ! comme elle buvait mes paroles ! Son intelligence s'est rudement développée, depuis un an. Je ne sais où tu avais pu prendre

1. «J'aime, que dis-je...» : citation parodique de *Britannicus* de Racine (acte II, sc. 2, v. 382).
2. Citation de *Stances et Poèmes* (1865) de Sully Prudhomme.

qu'elle n'aimait pas la lecture ; tu crois toujours qu'il n'y en a que pour Alissa... Mais mon cher, c'est étonnant tout ce qu'elle connaît ! Sais-tu à quoi nous nous sommes amusés avant le dîner ? À nous remémorer une *Canzone* du Dante ; chacun de nous récitait un vers ; et elle me reprenait quand je me trompais. Tu sais bien :

Amor che nella mente mi ragiona[1].

« Tu ne m'avais pas dit qu'elle avait appris l'italien.

— Je ne le savais pas moi-même, dis-je, assez surpris.

— Comment ! Au moment de commencer la *Canzone,* elle m'a dit que c'était toi qui la lui avais fait connaître.

— Elle m'aura sans doute entendu la lire à sa sœur, un jour qu'elle cousait ou brodait auprès de nous, comme elle fait souvent ; mais du diable si elle a laissé paraître qu'elle comprenait.

— Vrai ! Alissa et toi, vous êtes stupéfiants d'égoïsme. Vous voilà tout confits dans votre amour, et vous n'avez pas un regard pour l'éclosion admirable de cette intelligence, de cette âme ! Ce n'est pas pour me faire un compliment, mais tout de même il était temps que j'arrive... Mais non, mais non, je ne t'en veux pas, tu vois bien, disait-il en m'embrassant encore. Seulement, promets-moi : pas un mot de tout ça à Alissa. Je prétends mener mon affaire tout seul. Juliette est prise, c'est certain, et assez pour que j'ose la laisser jusqu'aux prochaines vacances. Je pense même ne pas lui écrire d'ici là. Mais, le congé du Nouvel An, toi et moi, nous irons le passer au Havre, et alors...

— Et alors...

---

1. « Amour en mon esprit toujours raisonne » : *Le Banquet*, III, 2, de Dante Alighieri.

— Eh bien, Alissa apprendra tout d'un coup nos fiançailles. Je compte mener ça rondement. Et sais-tu ce qui va se passer ? Ce consentement d'Alissa, que tu n'es pas capable de décrocher, je te l'obtiendrai par la force de notre exemple. Nous lui persuaderons qu'on ne peut célébrer notre mariage avant le vôtre... »

Il continuait, me submergeait sous un intarissable flux de paroles qui ne s'arrêta même pas à l'arrivée du train à Paris, même pas à notre rentrée à Normale, car, bien que nous eussions fait à pied le chemin de la gare à l'École, et malgré l'heure avancée de la nuit, Abel m'accompagna dans ma chambre, où nous prolongeâmes la conversation jusqu'au matin.

L'enthousiasme d'Abel disposait du présent et de l'avenir. Il voyait, racontait déjà nos doubles noces ; imaginait, peignait la surprise et la joie de chacun ; s'éprenait de la beauté de notre histoire, de notre amitié, de son rôle dans mes amours. Je me défendais mal contre une si flatteuse chaleur, m'en sentais enfin pénétré et cédais doucement à l'attrait de ses propositions chimériques. À la faveur de notre amour, se gonflaient notre ambition et notre courage ; à peine au sortir de l'École, notre double mariage béni par le pasteur Vautier, nous partions tous les quatre en voyage ; puis nous lancions dans d'énormes travaux, où nos femmes devenaient volontiers nos collaboratrices. Abel, que le professorat attirait peu et qui se croyait né pour écrire, gagnait rapidement, au moyen de quelques pièces à succès, la fortune qui lui manquait ; pour moi, plus attiré par l'étude que par le profit qui peut en revenir, je pensais m'adonner à celle de la philosophie religieuse, dont je projetais d'écrire l'histoire... Mais que sert de rappeler ici tant d'espoirs ?

Le lendemain nous nous plongeâmes dans le travail.

Le temps, jusqu'aux vacances du Nouvel An, était si court que, tout exaltée par mon dernier entretien avec Alissa, ma foi put ne pas défaillir un instant. Ainsi que je me l'étais promis, je lui écrivais très longuement chaque dimanche : les autres jours, me tenant à l'écart de mes camarades et ne fréquentant guère qu'Abel, je vivais avec la pensée d'Alissa et couvrais mes livres favoris d'indications à son usage, soumettant à l'intérêt qu'elle y pourrait prendre l'intérêt que moi-même y cherchais. Ses lettres ne laissaient pas de m'inquiéter ; encore qu'elle répondît assez régulièrement aux miennes, je croyais voir plutôt, dans son zèle à me suivre, un souci d'encourager mon travail, qu'un entraînement de son esprit ; et même il me semblait, tandis qu'appréciations, discussions, critiques ne m'étaient qu'un moyen d'exprimer ma pensée, qu'au contraire elle s'aidât de tout cela pour me cacher la sienne. Parfois je doutais si elle ne s'en faisait pas un jeu… N'importe ! bien résolu à ne me plaindre de rien, je ne laissais dans mes lettres rien percer de mon inquiétude.

Vers la fin de décembre, nous partîmes donc pour Le Havre, Abel et moi.

Je descendis chez ma tante Plantier. Elle n'était pas à la maison quand j'arrivai. Mais à peine avais-je eu le temps de m'installer dans ma chambre qu'un domestique vint m'avertir qu'elle m'attendait dans le salon.

Elle ne fut pas plus tôt informée de ma santé, de mon installation, de mes études que, se laissant aller sans plus de précautions à son affectueuse curiosité :

« Tu ne m'as pas encore dit, mon enfant, si tu avais été content de ton séjour à Fongueusemare ? As-tu pu avancer un peu tes affaires ? »

Il fallait endurer la maladroite bonhomie de ma tante ; mais pour pénible qu'il me fût d'entendre traiter si sommairement des sentiments que les mots les plus purs et les plus doux me semblaient brutaliser encore, cela était dit sur un ton si simple et si cordial qu'il eût été stupide de s'en fâcher. Néanmoins je me rebiffai d'abord quelque peu :

« Ne m'avez-vous pas dit au printemps que vous considériez des fiançailles comme prématurées ?

— Oui, je sais bien ; on dit cela d'abord, repartit-elle en s'emparant d'une de mes mains qu'elle pressa pathétiquement dans les siennes. Et puis, à cause de tes études, de ton service militaire, vous ne pouvez pas vous marier avant nombre d'années, je sais bien. D'ailleurs, moi, personnellement, je n'approuve pas beaucoup les longues fiançailles ; cela fatigue les jeunes filles… Mais c'est quelquefois bien touchant… Au reste, il n'est pas nécessaire de rendre les fiançailles officielles… seulement cela permet de faire comprendre – oh ! discrètement – qu'il n'est plus nécessaire de chercher pour elles ; et puis cela autorise votre correspondance, vos rapports ; et enfin, si quelque autre parti se présentait de lui-même – et cela pourrait bien arriver, insinua-t-elle avec un sourire pertinent, – cela permet de répondre délicatement que… non; que ce n'est pas la peine. Tu sais qu'on est venu demander la main de Juliette! Elle a été très remarquée, cet hiver. Elle est encore un peu jeune; et c'est aussi ce qu'elle a répondu; mais le jeune homme propose d'attendre; – ce n'est plus précisément un jeune homme… bref, c'est un excellent parti; quelqu'un de très sûr; du reste tu le verras demain; il doit venir à mon arbre de Noël. Tu me diras ton impression.

– Je crains, ma tante, qu'il n'en soit pour ses frais et que Juliette n'ait quelqu'un d'autre en tête, dis-je en faisant un grand effort pour ne pas nommer Abel aussitôt.

– Hum? fit ma tante interrogativement, avec une moue sceptique et portant sa tête de côté. Tu m'étonnes! Pourquoi ne m'en aurait-elle rien dit?»

Je me mordis les lèvres pour ne pas parler davantage.

«Bah! nous le verrons bien… Elle est un peu souffrante, Juliette, ces derniers temps, reprit-elle… D'ailleurs, ce n'est pas d'elle qu'il s'agit à présent… Ah! Alissa est bien aimable aussi… Enfin, oui ou non, lui as-tu fait ta déclaration?

Bien que regimbant de tout mon cœur contre ce mot : déclaration, qui me semblait si improprement brutal, pris de front par la question et mal capable de mentir, je répondis confusément :

– Oui – et sentis mon visage s'embraser.

«Et qu'a-t-elle dit?»

Je baissai la tête; j'aurais voulu ne pas répondre. Plus confusément encore et comme malgré moi :

«Elle a refusé de se fiancer.

– Eh bien, elle a raison, cette petite! s'écria ma tante. Vous avez tout le temps, parbleu…

– Oh! ma tante, laissons cela, dis-je en tâchant en vain de l'arrêter.

– D'ailleurs, cela ne m'étonne pas d'elle; elle m'a paru toujours plus raisonnable que toi, ta cousine… »

Je ne sais ce qui me prit alors; énervé sans doute par cet interrogatoire, il me sembla soudain que mon cœur crevait; comme un enfant, je laissai rouler mon front sur les genoux de la bonne tante, et, sanglotant :

«Ma tante, non, vous ne comprenez pas, m'écriai-je. Elle ne m'a pas demandé d'attendre…

– Quoi donc! Elle t'aurait repoussé! dit-elle avec un ton de commisération très doux en me relevant le front de la main.

– Non plus… non, pas précisément.»

Je secouai la tête tristement.

«As-tu peur qu'elle ne t'aime plus?

– Oh! non; ce n'est pas cela que je crains.

– Mon pauvre enfant, si tu veux que je te comprenne, il faut t'expliquer un peu plus clairement.»

J'étais honteux et désolé de m'être laissé aller à ma faiblesse; ma tante restait sans doute incapable d'apprécier les raisons de mon incertitude; mais, si quelque motif précis se cachait derrière le refus d'Alissa, ma tante, en l'interrogeant doucement, m'aiderait peut-être à le découvrir. Elle y vint d'elle-même bientôt :

«Écoute, reprit-elle : Alissa doit venir demain matin arranger avec moi l'arbre de Noël; je verrai bien vite de quoi il retourne; je te le ferai savoir au déjeuner, et tu comprendras, j'en suis sûre, qu'il n'y a pas de quoi t'alarmer.»

J'allai dîner chez les Bucolin. Juliette, souffrante en effet depuis quelques jours, me parut changée; son regard avait pris une expression un peu farouche et presque dure, qui la faisait différer encore plus qu'auparavant de sa sœur. À aucune d'elles deux je ne pus parler en particulier ce soir-là ; je ne le souhaitais point, du reste, et, comme mon oncle se montrait fatigué, je me retirai peu de temps après le repas.

L'arbre de Noël que préparait ma tante Plantier réunissait chaque année un grand nombre d'enfants, de parents et d'amis. Il se dressait dans un vestibule formant cage d'escalier et sur lequel ouvraient une première antichambre, un salon et les portes vitrées d'une sorte de jardin d'hiver où l'on avait dressé un buffet. La toilette de l'arbre n'était pas achevée et, le matin de la fête, lendemain de mon arrivée, Alissa, ainsi que me l'avait annoncé ma tante, vint d'assez bonne heure l'aider à accrocher aux branches les ornements, les lumières, les fruits, les friandises et les jouets. J'aurais pris moi-même grand plaisir auprès d'elle à ces soins, mais il fallait laisser ma tante lui parler. Je partis donc sans l'avoir vue et tâchai toute la matinée d'occuper mon inquiétude.

J'allai d'abord chez les Bucolin, désireux de revoir Juliette ; j'appris qu'Abel m'avait devancé auprès d'elle, et, craignant d'interrompre une conversation décisive, je me retirai aussitôt, puis j'errai sur les quais et dans les rues jusqu'à l'heure du déjeuner.

« Gros bêta ! s'écria ma tante quand je rentrai, est-il permis de se gâter ainsi la vie ! Il n'y a pas un mot de raisonnable dans tout ce que tu m'as conté ce matin… Oh ! je n'y ai pas été par quatre chemins : j'ai envoyé promener Miss Ashburton qui se fatiguait à nous aider et, dès que je me suis trouvée seule avec Alissa, je lui ai demandé tout simplement pourquoi elle ne s'était pas fiancée cet été. Tu crois peut-être qu'elle a été embarrassée? – Elle ne s'est pas troublée un instant, et, tout tranquillement, m'a répondu qu'elle ne voulait pas se marier avant sa sœur. Si tu le lui avais demandé franchement, elle t'aurait répondu comme à moi. Il y a bien là de quoi se tourmenter, n'est-ce pas? Vois-tu, mon enfant, il n'y a rien de tel que la franchise... Pauvre Alissa, elle m'a parlé aussi de son père qu'elle ne pouvait quitter... Oh! nous avons beaucoup causé. Elle est très raisonnable, cette petite; elle m'a dit aussi qu'elle n'était pas encore bien convaincue d'être celle qui te convenait; qu'elle craignait d'être trop âgée pour toi et souhaiterait plutôt quelqu'un de l'âge de Juliette... »

Ma tante continuait; mais je n'écoutais plus; une seule chose m'importait : Alissa refusait de se marier avant sa sœur. – Mais Abel n'était-il pas là! Il avait donc raison, ce grand fat : du même coup, comme il disait, il allait décrocher nos deux mariages...

Je cachai de mon mieux à ma tante l'agitation dans laquelle cette révélation pourtant si simple me plongeait, ne laissant paraître qu'une joie qui lui parut très naturelle et qui lui plaisait d'autant plus qu'il semblait qu'elle me l'eût donnée; mais sitôt après déjeuner je la quittai sous je ne sais quel prétexte et courus retrouver Abel.

« Hein! qu'est-ce que je te disais! s'écria-t-il en m'embrassant, dès que je lui eus fait part de ma joie. – Mon cher, je peux déjà t'annoncer que la conversation que j'ai eue ce matin avec Juliette a été presque décisive, bien que nous n'ayons presque parlé que de toi. Mais elle paraissait fatiguée, nerveuse... j'ai craint de l'agiter en allant trop loin et de l'exalter en demeurant trop longtemps. Après ce que tu m'apprends, c'en est fait! Mon cher, je bondis sur ma canne et mon chapeau. Tu m'accompagnes jusqu'à la porte des Bucolin, pour me retenir si je m'envole en route : je me sens plus léger qu'Euphorion[1]… Quand Juliette saura que ce n'est qu'à cause d'elle que sa sœur te refuse son consentement ; quand, aussitôt, je ferai ma demande… Ah! mon ami, je vois déjà mon père, ce soir, devant l'arbre de Noël, louant le Seigneur en pleurant de bonheur et étendant sa main pleine de bénédictions sur les têtes des quatre fiancés prosternés. Miss Ashburton s'évaporera dans un soupir, la tante Plantier fondra dans son corsage et l'arbre tout en feu chantera la gloire de Dieu et battra des mains à la manière des montagnes de l'Écriture.»

Ce n'était que vers la fin du jour qu'on devait illuminer l'arbre de Noël et qu'enfants, parents et amis allaient se réunir autour. Désœuvré, plein d'angoisse et d'impatience, après avoir laissé Abel, pour tromper mon attente je me lançai dans une longue course sur la falaise de Sainte-Adresse, m'égarai, fis si bien que, lorsque je rentrai chez ma tante Plantier, la fête était depuis quelque temps commencée.

Dès le vestibule, j'aperçus Alissa ; elle semblait m'attendre et vint aussitôt vers moi. Elle portait au cou, dans l'échancrure de son corsage clair, une ancienne petite croix d'améthyste que je lui avais donnée en souvenir de ma mère, mais que je ne lui avais pas encore vu mettre. Ses traits étaient tirés et l'expression douloureuse de son visage me fit mal.

---

1. Euphorion : dans le second *Faust* de Goethe, ce personnage symbolise l'âme du poète.

«Pourquoi viens-tu si tard? me dit-elle d'une voix oppressée et rapide. J'aurais voulu te parler.

– Je me suis perdu sur la falaise... Mais tu es souffrante... Oh! Alissa, qu'est-ce qu'il y a?»

Elle resta un instant devant moi comme interdite et les lèvres tremblantes; une telle angoisse m'étreignait que je n'osais l'interroger; elle posa sa main sur mon cou comme pour attirer mon visage. Je croyais qu'elle voulait parler; mais à ce moment des invités entrèrent; sa main découragée retomba...

« Il n'est plus temps», murmura-t-elle. Puis, voyant mes yeux s'emplir de larmes, et, comme si cette dérisoire explication eût pu suffire à me calmer, répondant à l'interrogation de mon regard :

«Non... rassure-toi : simplement j'ai mal de tête; ces enfants font un tel vacarme... j'ai dû me réfugier ici... Il est temps que je retourne auprès d'eux maintenant.»

Elle me quitta brusquement. Du monde entra qui me sépara d'elle. Je pensais la rejoindre dans le salon; je l'aperçus à l'autre extrémité de la pièce, entourée d'une bande d'enfants dont elle organisait les jeux. Entre elle et moi je reconnaissais diverses personnes auprès de qui je n'aurais pu m'aventurer sans risquer d'être retenu; politesses, conversations, je ne m'en sentais pas capable; peut-être qu'en me glissant le long du mur... J'essayai.

Comme j'allais passer devant la grande porte vitrée du jardin, je me sentis saisir par le bras. Juliette était là, à demi cachée dans l'embrasure, enveloppée par le rideau.

«Allons dans le jardin d'hiver, dit-elle précipitamment. Il faut que je te parle. Va de ton côté; je t'y retrouve aussitôt.» Puis, entrouvrant un instant la porte, elle s'enfuit dans le jardin.

Que s'était-il passé? J'aurais voulu revoir Abel. Qu'avait-il dit? Qu'avait-il fait?... Revenant vers le vestibule, je gagnai la serre où Juliette m'attendait.

Elle avait le visage en feu; le froncement de ses sourcils donnait à son regard une expression dure et douloureuse; ses yeux luisaient comme si elle eût eu la fièvre; sa voix même semblait rêche et crispée. Une sorte de fureur l'exaltait; malgré mon inquiétude, je fus étonné, presque gêné par sa beauté. Nous étions seuls.

«Alissa t'a parlé ? me demanda-t-elle aussitôt.

— Deux mots à peine : je suis rentré très tard.

— Tu sais qu'elle veut que je me marie avant elle?

— Oui.»

Elle me regardait fixement...

« Et tu sais qui elle veut que j'épouse?»

Je restai sans répondre.

«Toi, reprit-elle dans un cri.

— Mais c'est de la folie!

— N'est-ce pas!» Il y avait à la fois du désespoir et du triomphe dans sa voix. Elle se redressa, ou plutôt se rejeta toute en arrière...

« Maintenant je sais ce qui me reste à faire», ajouta-t-elle confusément en ouvrant la porte du jardin, qu'elle referma violemment derrière elle.

Tout chancelait dans ma tête et dans mon cœur. Je sentais le sang battre à mes tempes. Une seule pensée résistait à mon désarroi : retrouver Abel; lui pourrait m'expliquer peut-être les bizarres propos des deux sœurs... Mais je n'osais rentrer dans le salon où je pensais que chacun verrait mon trouble. Je sortis. L'air glacé du jardin me calma; j'y restai quelque temps. Le soir tombait et le brouillard de mer cachait la ville ; les arbres étaient sans feuilles, la terre et le ciel paraissaient immensément désolés… Des chants s'élevèrent ; sans doute un chœur d'enfants réunis autour de l'arbre de Noël. Je rentrai par le vestibule. Les portes du salon et de l'antichambre étaient ouvertes ; j'aperçus, dans le salon maintenant désert, mal dissimulée derrière le piano, ma tante, qui parlait avec Juliette. Dans l'anti-chambre, autour de l'arbre en fête, les invités se pressaient. Les enfants avaient achevé leur cantique ; il se fit un silence, et le pasteur Vautier, devant l'arbre, commença une manière de prédication[1]. Il ne laissait échapper aucune occasion de ce qu'il appelait «semer le bon grain». Les lumières et la chaleur m'incommodaient ; je voulus ressor-tir ; contre la porte je vis Abel ; sans doute il était là depuis quelque temps. Il me regardait hostilement et haussa les épaules quand nos regards se rencontrèrent. J'allai à lui.

«Imbécile ! » fit-il à mi-voix ; puis, soudain : «Ah ! tiens ! sortons ; j'en ai soupé de la bonne parole ! » Et dès que nous fûmes dehors : «Imbécile ! fit-il de nouveau, comme je le regardais anxieusement sans parler. – Mais c'est toi qu'elle aime, imbécile ! Tu ne pouvais donc pas me le dire ? »

J'étais atterré. Je me refusais à comprendre.

«Non, n'est-ce pas ! tu ne pouvais même pas t'en aperce-voir tout seul ! »

Il m'avait saisi le bras et me secouait furieusement. Sa voix, entre ses dents serrées, se faisait tremblante et sif-flante.

«Abel, je t'en supplie, lui dis-je après un instant de silence, d'une voix qui tremblait aussi, et tandis qu'il

1. Prédication : sermon prononcé par un homme d'Église.

m'entraînait à grands pas au hasard, – au lieu de t'emporter ainsi, tâche de me raconter ce qui s'est passé. J'ignore tout.»

À la lueur d'un réverbère, il m'arrêta soudain, me dévisagea; puis m'attirant vivement contre lui, il posa sa tête sur mon épaule et murmura dans un sanglot:

«Pardon! je suis stupide, moi aussi, et n'ai pas su y voir plus clair que toi, mon pauvre frère.»

Ses pleurs parurent un peu le calmer; il releva la tête, se remit à marcher et reprit:

«Ce qui s'est passé?... À quoi sert à présent d'y revenir? J'avais parlé à Juliette le matin, je te l'ai dit. Elle était extraordinairement belle et animée; je croyais que c'était à cause de moi; c'était parce que nous parlions de toi, simplement.

— Tu n'as pas su t'en rendre compte alors?...

— Non; pas précisément; mais maintenant les plus petits indices s'éclairent...

— Es-tu sûr de ne pas te tromper?

— Me tromper! Mais, mon cher, il faut être aveugle pour ne pas voir qu'elle t'aime.

— Alors Alissa...

— Alors Alissa se sacrifie. Elle avait surpris le secret de sa sœur et voulait lui céder la place. Voyons, mon vieux! ce n'est pas difficile à comprendre, pourtant... J'ai voulu reparler à Juliette; aux premiers mots que je lui ai dits, ou plutôt dès qu'elle a commencé à me comprendre, elle s'est levée du canapé où nous étions assis, a répété plusieurs fois: " J'en étais sûre ", du ton d'une personne qui n'en était pas sûre du tout...

— Ah! ne plaisante donc pas!

— Pourquoi? Je trouve ça bouffon, cette histoire… Elle s'est élancée dans la chambre de sa sœur. J'ai surpris des éclats de voix impétueux qui m'alarmaient. J'espérais revoir Juliette, mais au bout d'un instant c'est Alissa qui est sortie. Elle avait son chapeau sur la tête, a paru gênée de me voir, m'a dit rapidement bonjour en passant… C'est tout.

— Tu n'as pas revu Juliette?»

Abel hésita quelque peu :

«Si. Après qu'Alissa fut partie, j'ai poussé la porte de la chambre. Juliette était là, immobile, devant la cheminée, les coudes sur le marbre, le menton dans les mains; elle se regardait fixement dans la glace. Quand elle m'a entendu, elle ne s'est pas retournée, mais a frappé du pied en criant : "Ah! laissez-moi!" d'un ton si dur que je suis reparti sans demander mon reste. Voilà tout.

— Et maintenant?

— Ah! de t'avoir parlé m'a fait du bien… Et maintenant? Eh bien, tu vas tâcher de guérir Juliette de son amour, car, ou je connais bien mal Alissa, ou elle ne te reviendra pas auparavant.»

Nous marchâmes assez longtemps, silencieux.

«Rentrons! dit-il enfin. Les invités sont partis à présent. J'ai peur que mon père ne m'attende.»

Nous rentrâmes. Le salon en effet était vide; il ne restait dans l'antichambre, auprès de l'arbre dépouillé, presque éteint, que ma tante et deux de ses enfants, mon oncle Bucolin, Miss Ashburton, le pasteur, mes cousines et un assez ridicule personnage que j'avais vu causer longuement avec ma tante, mais que je ne reconnus qu'à ce moment pour le prétendant dont m'avait parlé Juliette. Plus grand, plus fort, plus coloré qu'aucun de nous, à peu près chauve, d'autre rang, d'autre milieu, d'autre race, il semblait se sentir étranger parmi nous; il tirait et tordait nerveusement, sous une énorme moustache, un pinceau d'impériale[1] grisonnante. Le vestibule, dont les portes restaient ouvertes, n'était plus éclairé; rentrés tous deux sans bruit, personne ne s'apercevait de notre présence. Un pressentiment affreux m'étreignit :

«Halte!» fit Abel en me saisissant par le bras.

Nous vîmes alors l'inconnu s'approcher de Juliette, et prendre la main que celle-ci lui abandonna sans résistance, sans tourner vers lui son regard. La nuit se fermait dans mon cœur.

«Mais, Abel, que se passe-t-il? murmurai-je, comme si je ne comprenais pas encore ou espérais que je comprenais mal.

— Parbleu! La petite fait de la surenchère, dit-il d'une voix sifflante. — Elle ne veut pas rester au-dessous de sa sœur. Pour sûr que les anges applaudissent là-haut!»

Mon oncle vint embrasser Juliette, que Miss Ashburton et ma tante entouraient. Le pasteur Vautier s'approcha… Je fis un mouvement en avant. Alissa m'aperçut, courut à moi, frémissante :

«Mais, Jérôme, cela ne se peut pas. Mais elle ne l'aime pas! Mais elle me l'a dit ce matin même. Tâche de l'empêcher, Jérôme! Oh! qu'est-ce qu'elle va devenir?… »

Elle se penchait à mon épaule dans une supplication désespérée; j'aurais donné ma vie pour diminuer son angoisse.

---

1. Impériale : petite touffe de poils sous la lèvre inférieure, mise à la mode par Napoléon III.

Un cri soudain près de l'arbre ; un mouvement confus... Nous accourons, Juliette est tombée sans connaissance dans les bras de ma tante. Chacun s'empresse, se penche vers elle, et je peux à peine la voir ; ses cheveux défaits semblent tirer en arrière sa face affreusement pâlie. Il paraissait, aux sursauts de son corps, que ce n'était point là un évanouissement ordinaire.

« Mais non ! mais non ! dit à haute voix ma tante, pour rassurer mon oncle Bucolin qui s'effare et que déjà le pasteur Vautier console, l'index dirigé vers le ciel, – mais non ! ce ne sera rien. C'est l'émotion ; une simple crise de nerfs. Monsieur Teissières, aidez-moi donc, vous qui êtes fort. Nous allons la monter dans ma chambre ; sur mon lit... sur mon lit... » Puis elle se penche sur l'aîné de ses fils, lui dit une phrase à l'oreille, et je vois celui-ci qui part aussitôt, sans doute chercher un médecin.

Ma tante et le prétendant maintiennent Juliette sous les épaules, à demi renversée dans leurs bras. Alissa soulève les pieds de sa sœur et les embrasse tendrement. Abel soutient la tête qui retomberait en arrière, – et je le vois, courbé, couvrir de baisers ses cheveux abandonnés qu'il rassemble.

Devant la porte de la chambre, je m'arrête. On étend Juliette sur le lit ; Alissa dit à M. Teissières et à Abel quelques mots que je n'entends point ; elle les accompagne jusqu'à la porte, nous prie de laisser reposer sa sœur, auprès de qui elle veut rester seule avec ma tante Plantier...

Abel me saisit par le bras et m'entraîne au-dehors, dans la nuit où nous marchons longtemps, sans but, sans courage et sans pensée.

Arrêt
sur
lecture 2

Tout romancier cherche à créer l'illusion du vrai. Il prétend restituer la vie en la recréant dans son œuvre. Or le but de Gide est différent. On le constate en observant la démarche de l'auteur dans ces chapitres. En feignant de nouer son intrigue, Gide dispose en fait un **faisceau de conjectures** qui, toutes, tendent à déjouer l'illusion romanesque. Il rompt ainsi avec la convention du genre.

La singularité de la trame romanesque

Les mouvements de l'intrigue

Dès le chapitre 2, Gide met en place l'intrigue romanesque. La question du mariage de Jérôme et Alissa est abordée par Jérôme et sa mère (p. 66), évoquée par tante Félicie (p. 69) et par Juliette (p. 74). Au chapitre 3, Alissa refuse de se fiancer (p. 81).

En parallèle, se tisse une autre intrigue autour de Juliette. Celle-ci, secrètement amoureuse de Jérôme, est demandée en mariage par un viticulteur, Édouard Teissières (p. 83); Abel en est tombé amoureux (p. 87). Alissa a découvert l'amour de sa sœur pour Jérôme, et Juliette, qui a lu la lettre d'Alissa à Jérôme dans laquelle elle refuse de se fiancer, donnera sa main à Édouard Teissières.

Dans l'économie du roman, le refus d'Alissa, l'apparition du prétendant, le coup de foudre d'Abel pour Juliette, constituent ce que l'on appelle la **complication**. Dans le déroulement de l'action, ils sont la force perturbatrice de l'état initial et suscitent la question : Jérôme épousera-t-il Alissa ? Ce que l'on pourrait traduire par le schéma* actantiel suivant :

Sujet	Objet	Destinataire
Jérôme	mariage	Alissa

Adjuvant	Adjuvant & opposant	Opposant
Mère Oncle Tante	Abel	Alissa Juliette Jérôme ?

Abel est à la fois actant positif puisqu'il propose un plan pour aider Jérôme, et actant négatif car ce plan (p. 81-82) desservira Jérôme en aggravant le malentendu qui le sépare d'Alissa. Les obstacles au mariage sont levés par les fiançailles de Juliette (p. 103), l'effacement d'Abel (p. 115) et le mariage de Juliette (p.120).

Pourtant l'échec se précise et semble inévitable. Il faut en déduire que Gide-auteur s'intéresse moins aux événements qu'aux forces psychiques irrationnelles ou inconscientes qui commandent les actes des deux héros et leurs propos. Ainsi on peut remarquer au cours du tête-à-tête entre Jérôme et Juliette (p. 73 à 77) les notations nombreuses, en marge du dialogue, qui soulignent comme le feraient les didascalies* dans une scène* de théâtre, le jeu ambigu et cruel de Jérôme, sourd à l'appel vibrant de Juliette, mais complice de sa rêverie. On peut relever plus loin les marques d'une étrange timidité près d'Alissa (p. 82), une soumission empressée aux apparences (p. 85 et 87) qu'il ne cherche pas à ausculter. D'ailleurs, son incertitude (p. 94) sombre dans l'inertie : « Je me refusais à comprendre » (p. 100). On constate une mystérieuse incapacité, ou une résistance, chez Jérôme à sentir les élans de l'amour. La question posée devient : Qu'est-ce qui empêche Jérôme d'épouser Alissa ?

La progression du roman se caractérise par cet aspect conjectural, cette inconstance de l'intrigue propre à maintenir en éveil l'esprit critique du lecteur.

Une tragédie racinienne ?

L'amour-propre – Le troisième chapitre s'ouvre sur une situation de crise dont l'apogée sera la dernière scène du chapitre 4 (p. 103). Alissa a surpris le tête-à-tête de Jérôme et de Juliette au jardin. Elle a sans doute découvert l'amour de sa sœur pour Jérôme ; mais on ne sait précisément ce qu'elle a compris de cette entrevue. La lettre qu'elle envoie à Jérôme pour justifier son refus de se fiancer est un aveu qui complique la situation. Elle contient un seul motif : « J'ai peur d'être trop âgée pour toi » (p. 81). On pourrait comprendre qu'elle veut protéger le bonheur de Jérôme – « je ne parle ici que pour toi-même » –, mais lorsqu'elle écrit : « je songe à ce que je souffrirais plus tard, après m'être donnée à toi, si je vois que je ne puis plus te plaire » (p. 81), elle se confie involontairement. C'est un cri de l'être intime, la mise au jour de ce que La Rochefoucauld appelle dans ses *Maximes* l'amour-propre*.

L'aveu – Le rapprochement entre Alissa et la princesse de Clèves, refusant l'amour du duc de Nemours, permet de souligner la peur commune aux deux héroïnes de ne pouvoir lutter contre l'inconstance des sentiments humains. : « [...] la certitude de n'être plus aimée de vous, comme je le suis, me paraît un si horrible malheur, que [...] je doute si je pourrais me résoudre à m'exposer à ce malheur [...] les hommes conservent-ils de la passion dans ces engagements éternels ? » (Mme de Lafayette, *La Princesse de Clèves*). Les mots de la lettre d'Alissa trahissent aussi l'inquiétude : « J'ai peur », « je songe ». Sa défiance est d'autant plus vive qu'elle sent son amour pour Jérôme inaltérable : « Je crois bien que je ne pourrai jamais cesser de t'aimer. »

La contradiction entre la ferveur de cet aveu et la fermeté du refus livre le secret d'Alissa : elle devine chez Jérôme une faiblesse que lui-même ne connaît pas. Ne veut-elle pas couvrir d'un alibi une autre vérité impossible à expliciter ?

Le drame psychologique – La crise se développe en deux temps : Juliette comprend que Jérôme ne l'aime pas. Alissa s'efface en faveur de sa sœur. Celle-ci décide d'accepter le prétendant qu'on lui a

« Les Funérailles d'Atala » (1808), héroïne de Chateaubriand, par Girodet-Trioson (1767-1824). « Vers le soir nous transportâmes ses précieux restes à une ouverture de la grotte qui donnait vers le nord » (*Atala*).

choisi. La scène* se déroule devant un arbre de Noël éteint. Juliette tombe évanouie. Remarquons le peu de matière avec quoi Gide – à l'instar de Racine – noue le drame psychologique. Celui-ci s'accomplit par une accumulation de déficiences : faiblesse de Jérôme, retrait d'Alissa, déception d'Abel, sombre résignation de Juliette. La dernière image (p. 104) semble reprise des funérailles d'*Atala* de Chateaubriand : elle suggère la morbidité des événements. En outre, elle est mise à distance : «Alissa soulève les pieds de sa sœur et les embrasse tendrement. Abel soutient la tête qui retomberait en arrière –, et je le vois, courbé, couvrir de baisers ses cheveux abandonnés qu'il rassemble.» La focalisation* externe, l'allitération et le rythme de cette phrase font un subtil écho à la remarque d'Abel : «Je trouve ça bouffon, cette histoire…» (p. 102). Ne s'agit-il pas en fait de déjouer le tragique?

Une composition en «kaléidoscope»

Dans *Si le grain ne meurt*, Gide décrit longuement le plaisir que lui donnait le jeu du kaléidoscope : «Le changement d'aspect des rosaces me plongeait dans un ravissement indicible […] je tournais le kaléidoscope doucement, doucement, admirant la lente modification de la rosace. Parfois l'insensible déplacement d'un des éléments entraînait des conséquences bouleversantes.» On note que la composition générale de *La Porte étroite* se caractérise par une combinaison changeante de significations possibles.

Les personnages secondaires paraissent, d'abord, au premier plan, puis ils disparaissent. Ce sont la mère, Miss Ashburton, Lucile Bucolin et le pasteur Vautier. Ils apparaissent pour permettre de lancer une réflexion sur les racines de cette histoire qui se poursuivra de chapitre en chapitre jusqu'au Journal.

La question se déplace ensuite. En effet, le personnage de Juliette, traité d'abord en quatre lignes au chapitre 1, s'enrichit progressivement dans les chapitres suivants. La construction de son personnage se fait par rapport à Jérôme et Alissa. On ne connaît la scène* qui oppose violemment les deux sœurs (p. 102) qu'à travers le récit d'Abel fait à Jérôme : «[Alissa] s'est élancée dans la chambre de sa sœur. J'ai surpris des éclats de voix impétueux qui m'alarmaient.» Puis on voit Juliette après la dispute, dans la chambre, devant le miroir (p. 102) en écho aux scènes où sa sœur se regarde elle-même dans le miroir. Gide-auteur semble vouloir alerter notre jugement. La question se modifie : quel rôle joue la rivalité des deux sœurs? Qui est la victime? Qui tient le rôle principal?

Par ailleurs, il y a sept portraits d'Alissa, visions contrastées tour à tour poétisées et dépoétisées. On voit donc comment le personnage se déforme et s'étiole. On peut également mesurer les variations entre le personnage éthéré, séraphique, nimbé de pureté qui toujours semble attendre, et l'amoureuse, brûlée de passion, qui se consume sans espoir. Qui est Alissa?

Vous le voyez, la composition est neuve : pas d'architecture fixe, mais une modulation constante et subtile qui produit des questions successives semblables aux combinaisons successives des images kaléidoscopiques.

Un faux bonheur, de vraies chimères

«Jamais je n'ai été plus heureux que ce soir», dit Jérôme à Abel (p. 87). Il y a, dans le chapitre 3, de vrais moments de bonheur. Mais ils reposent sur des pensées chimériques : l'aveuglement de Jérôme, les rêves d'Abel.

Le bonheur «saturé d'automne»

Une ferveur lyrique gonfle parfois le récit de Jérôme. La beauté de l'été «si pur, si lisse» (p. 72), la beauté de l'automne, riche de parfums et de lumières, servent d'écrin aux «parfait bonheur de l'instant» qu'éprouve Jérôme (p. 86). Cette plénitude s'accorde avec la beauté du ciel «orientalement pur» (p. 86), avec le «parfait azur du ciel» (p. 84). Au moment où il rejoint Alissa au jardin, Jérôme oublie ses appréhensions. «Éclairé par son regard, tout me parut soudain de nouveau simple, aisé» (p. 85); «je me sentais heureux auprès d'elle, si parfaitement heureux» (p. 85).

L'impression pourrait être apaisante, s'il n'y avait, en contrepoint, un drame voilé. Notons les indices de ce drame : ils se glissent dans le décor. Les parfums des chrysanthèmes – fleurs de cimetière – se mêlent à celui des feuilles mortes. L'air est «saturé d'automne», terme discrètement négatif. La chaleur est faible, sur les espaliers on entend dans la voix d'Alissa un «arrière-son de tristesse» (p. 86). Le bonheur du tête-à-tête s'exprime avec des mots qui suggèrent une flottante mélancolie : «Crainte, souci, même le plus léger émoi s'évaporait dans son sourire, se résorbait […] comme les brumes dans le parfait azur du ciel» (p. 87). Les derniers fruits cueillis des tiges de concombre, le soir qui tombe… ces notations distillent sur la musique des phrases un ton mineur. Ce bonheur est un bonheur pâle. En dépit de la douce vision à connotation* mystique (p. 41-42), l'image est en fait négative : Jérôme refuse le corps.

L'expression «résignant tout espoir» suggère bien la vulnérabilité d'un bonheur si abstrait. Gide-auteur se faufile dans le discours de Jérôme et introduit le doute chez le lecteur. Que vaut un tel bonheur ? Jérôme n'est-il pas seulement soulagé de ne plus se fiancer ?

Un amour spirituel

Jérôme-narrateur est persuadé que son amour pour Alissa est fervent : «Je t'aime assez pour t'attendre toute ma vie» (p. 86). Mais il ne trouve pas d'autre image pour décrire leur vie future «que de marcher avec elle […] en lui donnant la main» (p. 85). Elle est pour lui une «sœur aînée». Et le chemin de leur vie est «tiède». Toutes ces expressions par lesquelles Jérôme pense exprimer son amour trahissent au contraire son impuissance à aimer Alissa. C'est parce qu'il aime Alissa d'un amour purement cérébral et désincarné, que Jérôme supporte si bien – et même provoque – les absences d'Alissa et se contente si vite de son refus. On peut se demander pourquoi Gide-auteur évite que Jérôme-narrateur et adulte cherche à éclaircir une conduite si manifestement empreinte d'inhibitions*. Pas plus que le jeune homme qu'il fut, Jérôme ne peut, ou ne veut, aujourd'hui, déchiffrer son comportement étrangement passif près de celle qu'il aime.

La force des illusions

L'absence de lucidité est peut-être encore plus grande chez Abel et d'autant plus criante qu'il se croit réaliste. Il n'a rien dit à Juliette, alors qu'il se prétend « amoureux fou » (p. 87) et il s'imagine presque fiancé alors qu'elle ne lui parle que de Jérôme (p. 96). À aucun moment il ne se doute que toute la pensée de Juliette est constamment occupée de Jérôme (p. 88-89). L'enthousiasme d'Abel se communique aisément à Jérôme par la seule force des chimères sur lesquelles il repose. Abel se grise assez légèrement de ses « propositions chimériques » (p. 90). On peut noter l'emploi du style indirect, les hyperboles, qui soulignent jusqu'à la caricature, sa vision optimiste et contagieuse : « Notre double mariage béni par le pasteur Vautier, nous partions tous les quatre en voyage ; puis nous lancions dans d'énormes travaux, où nos femmes devenaient volontiers nos collaboratrices. Abel [...] gagnait rapidement, au moyen de quelques pièces à succès, la fortune qui lui manquait. » Sans véritable indulgence pour ces plans qui disposent « du présent et de l'avenir », Gide-auteur tient surtout, semble-t-il, à dénoncer leur ignorance foncière du réel. Esprit pratique chez Abel, ou spéculatif chez Jérôme, sont également viciés par un impardonnable aveuglement. On pourra en mesurer la gravité.

à vous...

1 – Recensez les pistes de lecture qui se présentent au lecteur dans ces chapitres.

2 – Montrez comment se construisent les ressorts de l'intrigue romanesque.

3 – Dissertation – «Un caractère arrive à se peindre admirablement en peignant autrui, en parlant d'autrui, en raison de ce principe que chaque être ne comprend vraiment en autrui que les sentiments qu'il est capable lui-même de fournir» (*Journal des Faux-Monnayeurs*, NRF, 20 mai 1927, deuxième cahier, p. 67). À partir de cette citation, étudiez la peinture psychologique telle que Gide la pratique dans ce chapitre.

4 – Thèmes d'exposés – Récit et discours.
– La province et la critique d'un milieu rigoriste.

5 – Lecture méthodique – Pages 73-75 : de «La veille...» à «Ce n'est pas d'elle que je me défie...». Construisez votre lecture à partir des trois thèmes gidiens repris dans toute l'œuvre : la mauvaise foi; la disponibilité; l'opacité des êtres.

6 – Lecture méthodique – Le portrait d'Alissa : «Elle était au fond du verger... C'est ta lettre qui m'a fait revenir» (p. 84-85).

Je ne trouvais d'autre raison à ma vie que mon amour, me raccrochais à lui, n'attendais rien, et ne voulais plus rien attendre qui ne me vînt de mon amie.

Le lendemain, comme je m'apprêtais à l'aller voir, ma tante m'arrêta et me tendit cette lettre, qu'elle venait de recevoir :

... La grande agitation de Juliette n'a cédé que vers le matin aux potions prescrites par le docteur. Je supplie Jérôme de ne pas venir d'ici quelques jours. Juliette pourrait reconnaître son pas ou sa voix, et le plus grand calme lui est nécessaire...

Je crains que l'état de Juliette ne me retienne ici. Si je ne parviens pas à recevoir Jérôme avant son départ, dis-lui, chère tante, que je lui écrirai...

La consigne ne visait que moi. Libre à ma tante, libre à tout autre de sonner chez les Bucolin; et ma tante comptait y aller ce matin même. Le bruit que je pouvais faire ? Quel médiocre prétexte... N'importe !

« C'est bien. Je n'irai pas. »

Il m'en coûtait beaucoup de ne pas revoir aussitôt Alissa ; mais pourtant je craignais ce revoir ; je craignais qu'elle ne me tînt pour responsable de l'état de sa sœur, et supportais plus aisément de ne pas la revoir que de la revoir irritée.

Du moins voulus-je revoir Abel.

À sa porte, une bonne me remit un billet :

Je laisse ce mot pour que tu ne t'inquiètes pas. Rester au Havre, si près de Juliette, m'était intolérable. Je me suis embarqué pour Southampton hier soir, presque aussitôt après t'avoir quitté. C'est à Londres, chez S…, que j'achèverai ces vacances. Nous nous retrouverons à l'École.

… Tout secours humain m'échappait à la fois. Je ne prolongeai pas plus longtemps un séjour qui ne me réservait rien que de douloureux, et regagnai Paris, devançant la rentrée. C'est vers Dieu que je tournai mes regards, vers Celui « de qui découle toute consolation réelle, toute grâce et tout don parfait ». C'est à lui que j'offris ma peine. Je pensais qu'Alissa se réfugiait aussi vers Lui, et de penser qu'elle priait encourageait, exaltait ma prière.

Un long temps passa, de méditation et d'étude, sans autres événements que les lettres d'Alissa et celles que je lui écrivais. J'ai gardé toutes ses lettres ; mes souvenirs, dorénavant confus, s'y repèrent…

Par ma tante – et par elle seule d'abord – j'eus des nouvelles du Havre ; j'appris par elle quelles inquiétudes le pénible état de Juliette avait données les premiers jours. Douze jours après mon départ, enfin, je reçus ce billet d'Alissa :

Pardonne-moi, mon cher Jérôme, si je ne t'ai pas écrit plus tôt. L'état de notre pauvre Juliette ne m'en a guère laissé le temps. Depuis ton départ je ne l'ai presque pas quittée. J'avais prié ma tante de te donner de nos nouvelles et je pense qu'elle l'aura fait. Tu sais donc que depuis trois jours Juliette va mieux. Je remercie Dieu déjà, mais n'ose encore me réjouir.

Robert également, dont jusqu'à présent je ne vous ai qu'à peine parlé, avait pu, rentrant à Paris quelques jours après moi, me donner des nouvelles de ses sœurs. À cause d'elles je m'occupais de lui plus que la pente de mon caractère ne m'y eût naturellement porté ; chaque fois que l'école d'agriculture où il était entré le laissait libre, je me chargeais de lui et m'ingéniais à le distraire.

C'est par lui que j'avais appris ce que je n'osais demander à Alissa ni à ma tante : Édouard Teissières était venu très assidûment prendre des nouvelles de Juliette ; mais quand Robert avait quitté le Havre, elle ne l'avait pas encore revu. J'appris aussi que Juliette, depuis mon départ, avait gardé devant sa sœur un obstiné silence que rien n'avait pu vaincre.

Puis, par ma tante, peu après, je sus que ces fiançailles de Juliette, qu'Alissa, je le pressentais, espérait voir aussitôt rompues, Juliette elle-même avait demandé qu'on les rendît le plus tôt possible officielles. Cette détermination contre laquelle conseils, injonctions, supplications se brisaient, barrait son front, bandait ses yeux et la murait dans son silence…

Du temps passa. Je ne recevais d'Alissa, à qui du reste je ne savais quoi écrire, que les plus décevants billets. L'épais brouillard d'hiver m'enveloppait ; ma lampe d'étude, et toute la ferveur de mon amour et de ma foi écartaient mal, hélas! la nuit et le froid de mon cœur. Du temps passa.

Puis, un matin de printemps subit, une lettre d'Alissa à ma tante, absente du Havre en ce moment – que ma tante me communiqua – d'où je copie ce qui peut éclairer cette histoire:

... Admire ma docilité; ainsi que tu m'y engageais, j'ai reçu M. Teissières; j'ai causé longuement avec lui. Je reconnais qu'il s'est montré parfait, et j'en viens presque à croire, je l'avoue, que ce mariage pourra n'être pas si malheureux que je le craignais d'abord. Certainement Juliette ne l'aime pas; mais lui me paraît, de semaine en semaine, moins indigne d'être aimé. Il parle de la situation avec clairvoyance et ne se méprend pas au caractère de ma sœur; mais il a grande confiance dans l'efficacité de son amour, à lui, et se flatte qu'il n'y ait rien que sa constance ne pourra vaincre. C'est te dire qu'il est fort épris.

En effet, je suis extrêmement touchée de voir Jérôme s'occuper ainsi de mon frère. Je pense qu'il ne fait cela que par devoir car le caractère de Robert a peu de rapports avec le sien – et peut-être aussi pour me plaire – mais sans doute il a déjà pu reconnaître que, plus le devoir qu'on assume est ardu, plus il éduque l'âme et l'élève. Voilà des réflexions bien sublimes! Ne souris pas trop de ta grande nièce, car ce sont ces pensées qui me soutiennent et qui m'aident à tâcher d'envisager le mariage de Juliette comme un bien.

Que ton affectueuse sollicitude m'est douce, ma chère tante!... Mais ne crois pas que je sois malheureuse; je puis presque dire: au contraire – car l'épreuve qui vient de secouer Juliette a eu son contrecoup en moi. Ce mot de l'Écriture[1] que je répétais sans trop le comprendre s'est éclairé soudain pour moi : « Malheur à l'homme qui met sa confiance dans l'homme. » Bien avant de la retrouver dans ma Bible, j'avais lu cette parole sur une petite image de Noël que Jérôme m'a envoyée lorsqu'il n'avait pas douze ans et que je venais d'en prendre quatorze. Il y avait, sur cette image, à côté d'une gerbe de fleurs qui nous parais- saient alors très jolies, ces vers, d'une paraphrase de Corneille :

> Quel charme vainqueur du monde
> Vers Dieu m'élève aujourd'hui ?
> Malheureux l'homme qui fonde
> Sur les hommes son appui[2] !

auxquels j'avoue que je préfère infiniment le simple verset de Jérémie. Sans doute, Jérôme avait alors choisi cette carte sans faire grande attention au verset. Mais, si j'en juge d'après ses lettres, ses dispositions aujourd'hui sont assez semblables aux miennes, et je remercie Dieu chaque jour de nous avoir du même coup rapprochés tous deux de Lui.

Me souvenant de notre conversation, je ne lui écris plus aussi longuement que par le passé, pour ne pas le troubler dans son travail. Tu vas trouver sans doute que je me dédommage en parlant de lui d'autant plus ; de peur de continuer, j'arrête vite ma lettre ; pour cette fois, ne me gronde pas trop.

---

1. Écriture (ou Écritures) : livres saints.
2. « Quel charme vainqueur… » : *IVe Cantique spirituel* de Racine.

Quelles réflexions me suggéra cette lettre! Je maudis l'indiscrète intervention de ma tante (qu'était-ce que cette conversation à laquelle Alissa faisait allusion et qui me valait son silence?), la maladroite attention qui la poussait à me communiquer ceci. Si déjà je supportais mal le silence d'Alissa, ah! ne valait-il pas mieux mille fois me laisser ignorer que, ce qu'elle ne me disait plus, elle l'écrivait à quelque autre! Tout m'irritait ici : et de l'entendre raconter si facilement à ma tante les menus secrets d'entre nous, et le ton naturel, et la tranquillité, le sérieux, l'enjouement...

« Mais non, mon pauvre ami! rien ne t'irrite, dans cette lettre, que de savoir qu'elle ne t'est pas adressée», me dit Abel, mon compagnon quotidien, Abel à qui seul je pouvais parler et vers qui, dans ma solitude, me repenchaient sans cesse faiblesse, besoin plaintif de sympathie, défiance de moi, et, dans mon embarras, crédit que j'attachais à son conseil, malgré la différence de nos natures, ou à cause d'elle plutôt...

« Étudions ce papier», dit-il en étalant la lettre sur son bureau.

Trois nuits avaient déjà passé sur mon dépit que j'avais su garder par-devers moi quatre jours! J'en venais presque naturellement à ce que mon ami sut me dire :

«La partie Juliette-Teissières, nous l'abandonnons au feu de l'amour, n'est-ce pas? Nous savons ce qu'en vaut la flamme. Parbleu! Teissières me paraît bien le papillon qu'il faut pour s'y brûler...

— Laissons cela, lui dis-je, offusqué par ses plaisanteries. Venons au reste.

— Le reste? fit-il... Tout le reste est pour toi. Plains-toi donc! Pas une ligne, pas un mot que ta pensée n'emplisse.

Autant dire que la lettre entière t'est adressée; tante Félicie, en te la renvoyant, n'a fait que la retourner à son véritable destinataire; c'est faute de toi qu'Alissa s'adresse à cette brave femme comme au premier pis-aller; qu'est-ce que peuvent bien lui faire, à ta tante, les vers de Corneille! – qui, entre parenthèses, sont de Racine; – c'est avec toi qu'elle cause, te dis-je; c'est à toi qu'elle dit tout cela. Tu n'es qu'un niais si ta cousine, avant quinze jours, ne t'écrit pas tout aussi longuement, aisément, agréablement...

– Elle n'en prend guère le chemin !

– Il ne tient qu'à toi qu'elle le prenne ! Tu veux mon conseil ? – Ne souffle plus mot, d'ici... longtemps, d'amour ni de mariage entre vous; ne vois-tu pas que, depuis l'accident de sa sœur, c'est à cela qu'elle en veut ? Travaille sur la fibre fraternelle et parle-lui de Robert inlassablement – puisque tu trouves la patience de t'occuper de ce crétin. Continue simplement d'amuser son intelligence; tout le reste suivra. Ah ! si c'était à moi de lui écrire !...

– Tu ne serais pas digne de l'aimer.»

Je suivis néanmoins le conseil d'Abel; et bientôt en effet les lettres d'Alissa recommencèrent de s'animer; mais je ne pouvais espérer de vraie joie de sa part, ni d'abandon sans réticences avant que la situation, sinon le bonheur de Juliette, fût assurée.

Les nouvelles qu'Alissa me donnait de sa sœur devenaient cependant meilleures. Son mariage devait se célébrer en juillet. Alissa m'écrivait qu'elle pensait bien qu'à cette date Abel et moi serions retenus par nos études... Je compris qu'elle jugeait préférable que nous ne parussions pas à la cérémonie, et, prétextant quelque examen, nous nous contentâmes d'envoyer nos vœux.

Quinze jours environ après ce mariage, voici ce que m'écrivait Alissa :

Mon cher Jérôme,
Juge de ma stupeur, hier, en ouvrant au hasard le joli Racine que tu m'as donné, d'y retrouver les quatre vers de ton ancienne petite image de Noël, que je garde depuis bientôt dix ans dans ma Bible.

> Quel charme vainqueur du monde
> Vers Dieu m'élève aujourd'hui ?
> Malheureux l'homme qui fonde
> Sur les hommes son appui !

Je les croyais extraits d'une paraphrase de Corneille, et j'avoue que je ne les trouvais pas merveilleux. Mais, continuant la lecture du IVᵉ Cantique spirituel, je tombe sur des strophes tellement belles que je ne puis me retenir de te les copier. Sans doute tu les connais déjà, si j'en juge d'après les indiscrètes initiales que tu as mises en marge du volume (j'avais pris l'habitude en effet de semer mes livres et ceux d'Alissa de la première lettre de son nom, en regard de chacun des passages que j'aimais et voulais lui faire connaître). N'importe ! c'est pour mon plaisir que je les transcris. J'étais un peu vexée d'abord de voir que tu m'offrais ce que j'avais cru découvrir, puis ce vilain sentiment a cédé devant ma joie de penser que tu les aimais comme moi. En les copiant, il me semble que je les relis avec toi.

> De la sagesse immortelle
> La voix tonne et nous instruit :
> «Enfants des hommes, dit-elle,
> De vos soins quel est le fruit ?

Par quelle erreur, âmes vaines,
Du plus pur sang de vos veines
Achetez-vous si souvent,
Non un pain qui vous repaisse,
Mais une ombre qui vous laisse
Plus affamés que devant?

Le pain que je vous propose
Sert aux anges d'aliment;
Dieu lui-même le compose
De la fleur de son froment.
C'est ce pain si délectable
Que ne sert point à sa table
Le monde que vous suivez.
Je l'offre à qui veut me suivre :
Approchez. Voulez-vous vivre?
Prenez, mangez, et vivez.»

. . . .

L'âme heureusement captive
Sous ton joug trouve la paix,
Et s'abreuve d'une eau vive
Qui ne s'épuise jamais.
Chacun peut boire en cette onde,
Elle invite tout le monde;
Mais nous courons follement
Chercher des sources bourbeuses,
Ou des citernes trompeuses
D'où l'eau fuit à tout moment.

*Est-ce beau! Jérôme, est-ce beau! Vraiment trouves-tu
cela aussi beau que moi? Une petite note de mon édition*

dit que Mme de Maintenon[1], *entendant chanter ce cantique par Mlle d'Aumale, parut dans l'admiration, « jeta quelques larmes» et lui fit répéter une partie du morceau. Je le sais à présent par cœur et ne me lasse pas de le réciter. Ma seule tristesse, ici, est de ne pas te l'avoir entendu lire.*

Les nouvelles de nos voyageurs continuent à être fort bonnes. Tu sais déjà combien Juliette a joui de Bayonne et de Biarritz, malgré l'épouvantable chaleur. Ils ont depuis visité Fontarabie, se sont arrêtés à Burgos, ont traversé deux fois les Pyrénées... Elle m'écrit à présent du Monserrat une lettre enthousiaste. Ils pensent s'attarder dix jours encore à Barcelone avant de regagner Nîmes, où Édouard veut rentrer avant septembre, afin de tout organiser pour les vendanges.

Depuis une semaine, nous sommes, père et moi, à Fongueusemare, où Miss Ashburton doit venir nous rejoindre demain et Robert dans quatre jours. Tu sais que le pauvre garçon s'est fait refuser à son examen ; non point que ce fût difficile, mais l'examinateur lui a posé des questions si baroques qu'il s'est troublé ; je ne puis croire que Robert ne fût pas prêt, après ce que tu m'avais écrit de son zèle, mais cet examinateur, paraît-il, s'amuse à décontenancer ainsi les élèves.

Quant à tes succès, cher ami, je puis à peine dire que je t'en félicite, tant ils me paraissent naturels. J'ai si grande confiance en toi, Jérôme ! Dès que je pense à toi, mon cœur

---

1. Mme de Maintenon (1635-1719) : veuve du poète Scarron, elle épouse Louis XIV en 1683.

s'emplit d'espoir. Vas-tu pouvoir commencer dès maintenant le travail dont tu m'avais parlé?...

... Ici rien n'est changé dans le jardin; mais la maison paraît bien vide! Tu auras compris, n'est-ce pas, pourquoi je te priais de ne pas venir cette année; je sens que cela vaut mieux; je me le redis chaque jour, car il m'en coûte de rester si longtemps sans te voir... Parfois, involontairement je te cherche; j'interromps ma lecture, je tourne la tête brusquement... Il me semble que tu es là!

Je reprends ma lettre. Il fait nuit; tout le monde dort; je m'attarde à l'écrire, devant la fenêtre ouverte; le jardin est tout embaumé; l'air est tiède. Te souviens-tu, du temps que nous étions enfants, dès que nous voyions ou entendions quelque chose de très beau, nous pensions : Merci, mon Dieu, de l'avoir créé... Cette nuit, de toute mon âme je pensais : Merci, mon Dieu, d'avoir fait cette nuit si belle! Et tout à coup je t'ai souhaité là, senti là, près de moi, avec une violence telle que tu l'auras peut-être senti.

Oui, tu le disais bien dans ta lettre : l'admiration, «chez les âmes bien nées», se confond en reconnaissance... Que de choses je voudrais t'écrire encore! – Je songe à ce radieux pays dont me parle Juliette. Je songe à d'autres pays plus vastes, plus radieux encore, plus déserts. Une étrange confiance m'habite qu'un jour, je ne sais comment, ensemble, nous verrons je ne sais quel grand pays mystérieux...

Sans doute imaginez-vous aisément avec quels transports de joie je lus cette lettre, et avec quels sanglots d'amour. D'autres lettres suivirent. Certes Alissa me remerciait de ne point venir à Fongueusemare, certes elle m'avait supplié de ne point chercher à la revoir cette année, mais elle regrettait mon absence, elle me souhaitait à présent; de page en page retentissait le même appel. Où pris-je la force d'y résister? Sans doute dans les conseils d'Abel, dans la crainte de ruiner tout à coup ma joie et dans un raidissement naturel contre l'entraînement de mon cœur.

Je copie, des lettres qui suivirent, tout ce qui peut instruire ce récit:

Cher Jérôme,
Je fonds de joie en te lisant. J'allais répondre à ta lettre d'Orvieto, quand, à la fois, celle de Pérouse et celle d'Assise sont arrivées. Ma pensée se fait voyageuse; mon corps seul fait semblant d'être ici; en vérité, je suis avec toi sur les blanches routes d'Ombrie; avec toi je pars au matin, regarde avec un œil tout neuf l'aurore... Sur la terrasse de Cortone m'appelais-tu vraiment? je t'entendais... On avait terriblement soif dans la montagne au-dessus d'Assise! mais que le verre d'eau du Franciscain m'a paru bon! Ô mon ami! je regarde à travers toi chaque chose. Que j'aime ce que tu m'écris à propos de saint François! Oui, n'est-ce-pas, ce qu'il faut chercher c'est une exaltation et non point une émancipation de la pensée. Celle-ci ne va pas sans un orgueil abominable. Mettre son ambition non à se révolter, mais à servir...

Les nouvelles de Nîmes sont si bonnes qu'il me paraît que Dieu me permet de m'abandonner à la joie. La seule ombre de cet été, c'est l'état de mon pauvre père; malgré mes soins il reste triste, ou plutôt il retrouve sa tristesse dès l'instant que je l'abandonne à lui-même et il s'en laisse toujours moins aisément tirer. Toute la joie de la nature parle autour de nous une langue qui lui devient étrangère ; il ne fait même plus effort pour l'entendre. — Miss Ashburton va bien. Je leur lis à tous deux tes lettres ; chacune nous donne de quoi causer pour trois jours ; alors arrive une lettre nouvelle.

… Robert nous a quittés avant-hier ; il va passer la fin des vacances chez son ami R.... dont le père dirige une ferme modèle. Certainement la vie que nous menons ici n'est pas bien gaie pour lui. Je n'ai pu que l'encourager dans son projet, lorsqu'il a parlé de partir…

… J'ai tant à te dire ; j'ai soif d'une si inépuisable causerie ! parfois je ne trouve plus de mots, d'idées distinctes, — ce soir j'écris comme en rêvant — gardant seulement la sensation presque oppressante d'une infinie richesse à donner et à recevoir.

Comment avons-nous fait, durant de si longs mois pour nous taire ? Nous hivernions sans doute. Oh ! qu'il soit fini pour jamais, cet affreux hiver de silence ! Depuis que te voilà retrouvé, la vie, la pensée, notre âme, tout me paraît beau, adorable, fertile inépuisablement.

12 septembre.

J'ai bien reçu ta lettre de Pise. Nous aussi nous avons un temps splendide ; jamais encore la Normandie ne m'avait paru si belle. J'ai fait avant-hier, seule, à pied, une énorme promenade à travers champs, au hasard ; je suis rentrée plus exaltée que lasse, tout ivre de soleil et de joie. Que les meules, sous l'ardent soleil, étaient belles ! Je n'avais pas besoin de me croire en Italie pour trouver tout admirable.

Oui, mon ami, c'est une exhortation à la joie, comme tu

dis, que j'écoute et comprends dans «l'hymne confus» de la nature. Je l'entends dans chaque chant d'oiseau; je la respire dans le parfum de chaque fleur, et j'en viens à ne comprendre plus que l'adoration comme seule forme de la prière – redisant avec saint François : Mon Dieu! Mon Dieu! «e non altro[1]», le cœur empli d'un inexprimable amour.

Ne crains pas toutefois que je tourne à l'ignorantine[2]! J'ai beaucoup lu ces derniers temps, quelques jours de pluie aidant, j'ai comme replié mon adoration dans les livres... Achevé Malebranche et tout aussitôt pris les Lettres à Clarke, *de Leibniz. Puis, pour me reposer, ai lu* Les Cenci, *de Shelley – sans plaisir; lu* La Sensitive *aussi... Je vais peut-être t'indigner; je donnerais presque tout Shelley, tout Byron, pour les quatre odes de Keats[3] que nous lisions ensemble l'été passé; de même que je donnerais tout Hugo pour quelques sonnets de Baudelaire. Le mot :* grand *poète, ne veut rien dire : c'est être un* pur *poète, qui importe... Ô mon frère! merci pour m'avoir fait connaître et comprendre et aimer tout ceci.*

... Non, n'écourte pas ton voyage pour le plaisir de quelques jours de revoir. Sérieusement, il vaut mieux que nous ne nous revoyions pas encore. Crois-moi : quand tu serais près de moi, je ne pourrais penser à toi davantage. Je ne voudrais pas te peiner, mais j'en suis venue à ne plus

1. «*E non altro*» : et rien d'autre. Saint François d'Assise est l'auteur des *Fioretti*.
2. Ignorantine : les Ignorantins sont un ordre religieux; le nom a été choisi par humilité.
3. Malebranche (1638-1715) : philosophe français. Clarke (1675-1729) : philosophe anglais. Leibniz (1646-1716) : philosophe allemand connu pour sa *Théodicée* raillée par Voltaire.
Les Cenci, de Shelley (1792-1822) : tragédie du poète romantique anglais. *La Sensitive* : poème de Shelley. Byron (1788-1824) : poète et héros romantique anglais mort aux côtés des insurgés grecs luttant pour leur indépendance.
Keats (1795-1821) : poète anglais romantique connu pour ses *Odes*.

souhaiter – maintenant – ta présence. Te l'avouerais-je? je saurais que tu viens ce soir... je fuirais.

Oh! ne me demande pas de t'expliquer ce... sentiment, je t'en prie. Je sais seulement que je pense à toi sans cesse (ce qui doit suffire à ton bonheur) et que je suis heureuse ainsi.

....

Peu de temps après cette dernière lettre, et dès mon retour d'Italie, je fus pris par le service militaire et envoyé à Nancy. Je n'y connaissais âme qui vive, mais je me réjouissais d'être seul, car il apparaissait ainsi plus clairement à mon orgueil d'amant et à Alissa que ses lettres étaient mon seul refuge, et son souvenir, comme eût dit Ronsard, «ma seule entéléchie[1]».

À vrai dire, je supportai fort allégrement la discipline assez dure à laquelle on nous soumettait. Je me raidissais contre tout et, dans les lettres que j'écrivais à Alissa, ne me plaignais que de l'absence. Et même nous trouvions dans la longueur de cette séparation une épreuve digne de notre vaillance. – «Toi qui ne te plains jamais, m'écrivait Alissa; toi que je ne peux imaginer défaillant... » Que n'eussé-je enduré en témoignage à ses paroles?

Un an s'était presque écoulé depuis notre dernier revoir. Elle semblait ne pas y songer, mais faire commencer d'à présent seulement son attente. Je le lui reprochai.

N'étais-je pas avec toi en Italie? répondit-elle. *Ingrat! Je ne te quittai pas un seul jour. Comprends donc qu'à pré-*

---

1. Entéléchie : terme d'Aristote désignant une énergie agissante et efficace, repris par Ronsard dans *Les Amours de Cassandre*.

sent, pour un temps, je ne peux plus te suivre, et c'est cela, cela seulement que j'appelle séparation. J'essaie bien, il est vrai, de t'imaginer en militaire... Je n'y parviens pas. Tout au plus te retrouvé-je, le soir, dans la petite chambre de la rue Gambetta, écrivant ou lisant... et même, non ? en vérité, je ne te retrouve qu'à Fongueusemare ou au Havre dans un an.

Un an ! Je ne compte pas les jours déjà passés ; mon espoir fixe ce point à venir qui se rapproche lentement, lentement. Tu te rappelles, tout au fond du jardin, le mur bas au pied duquel on abritait les chrysanthèmes et sur lequel nous nous risquions ; Juliette et toi vous marchiez là-dessus hardiment comme des musulmans qui vont tout droit au paradis ; – pour moi, le vertige me prenait aux premiers pas et tu me criais d'en bas : « Ne regarde donc pas à tes pieds !... Devant toi ! avance toujours ! fixe le but ! » Puis enfin – et cela valait mieux que tes paroles – tu grimpais à l'extrémité du mur et m'attendais. Alors je ne tremblais plus. Je ne sentais plus le vertige : je ne regardais plus que toi ; je courais jusque dans tes bras ouverts...

Sans confiance en toi, Jérôme, que deviendrai-je ? J'ai besoin de te sentir fort ; besoin de m'appuyer sur toi. Ne faiblis pas.

Par une sorte de défi, prolongeant comme à plaisir notre attente – par crainte aussi d'un imparfait revoir, nous convînmes que je passerais à Paris, près de Miss Ashburton, mes quelques jours de permission aux approches du nouvel an...

Je vous l'ai dit : je ne transcris point toutes ces lettres. Voici celle que je reçus vers le milieu de février :

Grande émotion, en passant rue de Paris avant-hier, de voir, à la devanture de M..., bien indiscrètement étalé, le livre d'Abel que tu m'avais annoncé, mais à la réalité *duquel je ne parvenais pas à croire. Je n'ai pu y tenir ; je suis entrée ; mais le titre m'en paraissait si ridicule que j'hésitais à le dire au commis ; j'ai même vu l'instant où j'allais ressortir de la boutique avec n'importe quel autre ouvrage. Heureusement, une petite pile de* Privautés[1] *attendait le client, près du comptoir – où j'ai jeté cent sous, après m'être emparée d'un exemplaire, et sans avoir eu besoin de parler.*

Je sais gré à Abel de ne pas m'avoir envoyé son livre ! Je n'ai pu le feuilleter sans honte ; honte non tant à cause du livre même – où je vois, après tout, plus de sottise encore que d'indécence – mais honte à songer qu'Abel, Abel Vautier, ton ami, l'avait écrit. En vain j'ai cherché de page en page ce «grand talent» que le critique du Temps[2] *y découvre. Dans notre petite société du Havre, où l'on parle souvent d'Abel, j'apprends que le livre a beaucoup de succès. J'entends appeler « légèreté » et «grâce» l'incurable futilité de cet esprit ; naturellement j'observe une prudente réserve et je ne parle qu'à toi de ma lecture. Le pauvre pasteur Vautier, que j'ai vu d'abord justement désolé, finit par se demander s'il n'y aurait pas là plutôt raison d'être fier ; chacun autour de lui travaille à le lui faire croire. Hier, chez tante Plantier, Mme V... lui ayant dit tout brusquement : «Vous devez être bien heureux, monsieur le pasteur, du beau succès de votre fils !» il a répondu, un peu confus :*

---

1. Privautés : les privautés que l'on se permet envers une femme sont des familiarités déplacées.
2. *Le Temps* : quotidien libéral fondé en 1861.

« Mon Dieu, je n'en suis pas encore là... – Mais vous y venez ! vous y venez ! » a dit la tante, sans malice certainement, mais d'un ton si encourageant que tout le monde s'est mis à rire, même lui.

Que sera-ce donc lorsqu'on jouera le Nouvel Abailard[1], *que j'apprends qu'il prépare pour je ne sais quel théâtre des Boulevards et dont il paraît que les journaux parlent déjà !... Pauvre Abel ! Est-ce vraiment là le succès qu'il désire et dont il se contentera !*

*Je lisais hier ces paroles de l'*Internelle Consolacion[2] : *« Qui vrayement désire la gloire vraye et pardurable ne tient compte de la temporelle ; qui ne la mesprise en son cueur, il se monstre vrayement qu'il n'ayme pas la célestielle », et j'ai pensé : Merci, mon Dieu, d'avoir élu Jérôme pour cette gloire célestielle auprès de laquelle l'autre n'est rien.*

Les semaines, les mois s'écoulaient dans des occupations monotones ; mais, ne pouvant raccrocher ma pensée qu'à des souvenirs ou à des espoirs, à peine m'apercevais-je de la lenteur du temps, de la longueur des heures.

Mon oncle et Alissa devaient aller, en juin, rejoindre, aux environs de Nîmcs, Juliette, qui attendait un enfant vers cette époque. Des nouvelles un peu moins bonnes les firent précipiter leur départ.

Ta dernière lettre, adressée au Havre, m'écrivit Alissa, *est arrivée lorsque nous venions d'en partir. Comment*

---

1. Abélard (1079-1142) : théologien du Moyen Âge, cruellement châtié pour avoir aimé Héloïse.
2. *Internelle Consolacion* : traité spirituel écrit par un moine, Thomas A. Kempis (1379-1471). La traduction française a été reprise en 1856 sous le titre *L'Imitation de Jésus-Christ.*

expliquer qu'elle ne m'ait rejointe ici que huit jours après ? Toute la semaine j'ai eu une âme incomplète, transie, douteuse, diminuée. Ô mon frère ! je ne suis vraiment moi, plus que moi, qu'avec toi...

Juliette va de nouveau bien ; nous attendons sa délivrance d'un jour à l'autre, et sans trop d'inquiétude. Elle sait que je t'écris ce matin ; le lendemain de notre arrivée à Aigues-Vives elle m'a demandé : « Et Jérôme, que devient-il... Il t'écrit toujours ?... » et comme je n'ai pu lui mentir : « Quand tu lui écriras, dis-lui que... » elle a hésité un instant, puis, en souriant très doucement : « ... je suis guérie. » – Je craignais un peu, dans ses lettres toujours gaies, qu'elle ne me jouât la comédie du bonheur et qu'elle-même ne s'y laissât prendre... Ce dont elle fait son bonheur aujourd'hui reste si différent de ce qu'elle rêvait et dont il semblait que son bonheur dût dépendre !... Ah ! que ce qu'on appelle bonheur est chose peu étrangère à l'âme et que les éléments qui semblent le composer du dehors importent peu ! Je t'épargne quantité de réflexions que j'ai pu faire dans mes promenades solitaires sur la « garrigue [1] », où ce qui m'étonne le plus c'est de ne pas me sentir plus joyeuse ; le bonheur de Juliette devrait me combler... pourquoi mon cœur cède-t-il à une mélancolie incompréhensible, dont je ne parviens pas à me défendre ? La beauté même de ce pays, que je sens, que je constate du moins, ajoute encore à mon inexplicable tristesse... Quand tu m'écrivais d'Italie, je savais voir à travers toi toute chose ; à présent il me semble que je te dérobe tout ce que je regarde sans toi. Enfin, je m'étais fait, à Fongueusemare et au Havre, une vertu de résistance à l'usage des jours de

1. Garrigue : terrain broussailleux et aride dans les pays méditerranéens.

pluie ; ici cette vertu n'est plus de mise, et je reste inquiète de la sentir sans emploi. Le rire des gens et du pays m'offusque ; peut-être que j'appelle « être triste » simplement n'être pas aussi bruyant qu'eux... Sans doute, auparavant, il entrait quelque orgueil dans ma joie, car, à présent, parmi cette gaieté étrangère, c'est quelque chose comme de l'humiliation que j'éprouve.

À peine ai-je pu prier depuis que je suis ici : j'éprouve le sentiment enfantin que Dieu n'est plus à la même place. Adieu : je te quitte bien vite ; j'ai honte de ce blasphème, de ma faiblesse, de ma tristesse, et de l'avouer, et de t'écrire tout ceci que je déchirerais demain, si le courrier ne l'emportait ce soir...

La lettre suivante ne parlait que de la naissance de sa nièce, dont elle devait être marraine, de la joie de Juliette, de celle de mon oncle... mais de ses sentiments à elle, il n'était plus question.

Puis ce furent des lettres datées de Fongueusemare de nouveau, où Juliette vint la rejoindre en juillet...

Édouard et Juliette nous ont quittés ce matin. C'est ma petite filleule surtout que je regrette ; quand je la reverrai, dans six mois, je ne reconnaîtrai plus tous ses gestes ; elle n'en avait encore presque pas un que je ne lui eusse vu inventer. Les formations sont toujours si mystérieuses et surprenantes ! c'est par défaut d'attention que nous ne nous étonnons pas plus souvent. Que d'heures j'ai passées, penchée sur ce petit berceau plein d'espérance. Par quel égoïsme, quelle suffisance, quelle inappétence[1] du mieux,

1. Inappétence : absence de désir.

le développement s'arrête-t-il si vite, et toute créature se fixe-t-elle encore si distante de Dieu ? Oh ! si pourtant nous pouvions, nous voulions nous rapprocher de Lui davantage... quelle émulation ce serait !

Juliette paraît très heureuse. Je m'attristais d'abord de la voir renoncer au piano et à la lecture, mais Édouard Teissières n'aime pas la musique et n'a pas grand goût pour les livres ; sans doute Juliette agit-elle sagement en ne cherchant pas ses joies où lui ne pourrait pas la suivre. Par contre, elle prend intérêt aux occupations de son mari, qui la tient au courant de toutes ses affaires. Elles ont pris beaucoup d'extension cette année ; il s'amuse à dire que c'est à cause de son mariage qui lui a valu une importante clientèle au Havre. Robert l'a accompagné dans son dernier voyage d'affaires ; Édouard est plein d'attention pour lui, prétend comprendre son caractère et ne désespère pas de le voir prendre sérieusement goût à ce genre de travail.

Père va beaucoup mieux ; de voir sa fille heureuse le rajeunit ; il s'intéresse de nouveau à la ferme, au jardin, et tantôt m'a demandé de reprendre la lecture à voix haute que nous avions commencée avec Miss Ashburton et que le séjour des Teissières avait interrompue ; ce sont les voyages du baron de Hübner [1] que je leur lis ainsi ; moi-même j'y prends grand plaisir. Je vais maintenant avoir plus de temps pour lire aussi de mon côté ; mais j'attends de toi quelques indications ; j'ai, ce matin, pris l'un après l'autre plusieurs livres sans me sentir de goût pour un seul !...

---

1. Baron de Hübner (1811-1892) : ambassadeur autrichien à Paris, auteur de *Promenade autour du monde* (1871).

Les lettres d'Alissa devinrent à partir de ce moment, plus troubles et plus pressantes :

La crainte de t'inquiéter ne me laisse pas te dire combien je t'attends, m'écrivait-elle vers la fin de l'été. Chaque jour à passer avant de te revoir pèse sur moi, m'oppresse. Deux mois encore ! Cela me paraît plus long que tout le temps déjà passé loin de toi ! Tout ce que j'entreprends pour tâcher de tromper mon attente me paraît dérisoirement provisoire et je ne puis m'astreindre à rien. Les livres sont sans vertu, sans charme, les promenades sans attrait, la nature entière sans prestige, le jardin décoloré, sans parfums. J'envie tes corvées, ces exercices obligatoires et non choisis par toi, qui t'arrachent sans cesse à toi-même, te fatiguent, dépêchent tes journées, et, le soir, te précipitent, plein de fatigue, dans le sommeil. L'émouvante description que tu m'as faite des manœuvres m'a hantée. Ces dernières nuits où je dormais mal, plusieurs fois je me suis réveillée en sursaut à l'appel de la diane ; positivement, je l'entendais. J'imagine si bien cette sorte d'ivresse légère dont tu parles, cette allégresse matinale, ce demi-vertige... Dans l'éblouissement glacé de l'aube, que ce plateau de Malzéville devait être beau !...

Je vais un peu moins bien depuis quelque temps ; oh ! rien de grave. Je crois que je t'attends un peu trop fort, simplement.

Et six semaines plus tard :

Voici ma dernière lettre, mon ami. Si peu fixé que tu sois encore sur la date de ton retour, elle ne peut beaucoup tarder ; je ne pourrais plus rien t'écrire. C'est à

Fongueusemare que j'aurais désiré te revoir, mais la sai-
son est devenue mauvaise, il fait très froid et père ne parle
plus que de rentrer en ville. À présent que Juliette ni
Robert ne sont plus avec nous, nous pourrions aisément te
loger, mais il vaut mieux que tu descendes chez tante
Félicie, qui sera heureuse elle aussi de te recevoir.

À mesure que le jour de notre revoir se rapproche, mon
attente devient plus anxieuse; c'est presque de l'appréhen-
sion; ta venue tant souhaitée, il me semble, à présent, que
je la redoute; je m'efforce de n'y plus penser; j'imagine
ton coup de sonnette, ton pas dans l'escalier, et mon cœur
cesse de battre ou me fait mal... Surtout ne t'attends pas à
ce que je puisse te parler.. Je sens s'achever là mon passé;
au-delà je ne vois rien; ma vie s'arrête...

Quatre jours après, c'est-à-dire une semaine avant ma
libération, je reçus pourtant encore une lettre très brève:

Mon ami, je t'approuve entièrement de ne pas chercher à
prolonger outre mesure ton séjour au Havre et le temps de
notre premier revoir. Qu'aurions-nous à nous dire que
nous ne nous soyons déjà écrit? Si donc des inscriptions à
prendre te rappellent à Paris dès le 28, n'hésite pas, ne
regrette même pas de ne pouvoir nous donner plus de deux
jours. N'aurons-nous pas toute la vie?

C'est chez tante Plantier qu'eut lieu notre première rencontre. Je me sentais soudain alourdi, épaissi par mon service… J'ai pu penser ensuite qu'elle m'avait trouvé changé. Mais que devait importer entre nous cette première impression mensongère? – Pour moi, craignant de ne plus parfaitement la reconnaître, j'osais d'abord à peine la regarder… Non; ce qui nous décontenança plutôt, c'était ce rôle absurde de fiancés qu'on nous contraignait d'assumer, cet empressement de chacun à nous laisser seuls, à se retirer devant nous :

«Mais, tante, tu ne nous gênes nullement : nous n'avons rien de secret à nous dire, s'écriait enfin Alissa devant les indiscrets efforts de cette femme pour s'effacer.

– Mais si! mais si, mes enfants! Je vous comprends très bien; quand on est resté longtemps sans se revoir, on a des tas de petites choses à se raconter…

– Je t'en prie, tante; tu nous désobligerais beaucoup en partant – et cela était dit d'un ton presque irrité où je reconnaissais à peine la voix d'Alissa.

– Tante, je vous assure que nous ne nous dirons plus un seul mot si vous partez!» ajoutai-je en riant, mais envahi moi-même d'une certaine appréhension à l'idée de nous trouver seuls. Et la conversation reprenait entre nous trois, faussement enjouée, banale, fouettée par cette animation de commande derrière laquelle chacun de nous cachait son trouble. Nous devions nous retrouver le lendemain, mon oncle m'ayant invité à déjeuner, de sorte que nous nous quittâmes sans peine ce premier soir, heureux de mettre fin à cette comédie.

J'arrivai bien avant l'heure du repas, mais trouvai Alissa causant avec une amie qu'elle n'eut pas la force de congédier et qui n'eut pas la discrétion de partir. Quand enfin elle nous eut laissés seuls, je feignis de m'étonner qu'Alissa ne l'eût pas retenue à déjeuner. Nous étions énervés tous deux, fatigués par une nuit sans sommeil. Mon oncle vint. Alissa sentit que je le trouvais vieilli. Il était devenu dur d'oreille, entendait mal ma voix ; l'obligation de crier pour me faire comprendre abrutissait mes propos.

Après le déjeuner, la tante Plantier, ainsi qu'il avait été convenu, vint nous prendre dans sa voiture ; elle nous emmenait à Orcher, avec l'intention de nous laisser, Alissa et moi, faire à pied, au retour, la plus agréable partie de la route.

Il faisait chaud pour la saison. La partie de la côte où nous marchions était exposée au soleil et sans charme ; les arbres dépouillés ne nous étaient d'aucun abri. Talonnés par le souci de rejoindre la voiture où nous attendait la tante, nous activions incommodément notre pas. De mon front que barrait la migraine je n'extrayais pas une idée ; par contenance, ou parce que ce geste pouvait tenir lieu de paroles, j'avais pris, tout en marchant, la main qu'Alissa m'abandonnait. L'émotion, l'essoufflement de la marche, et le malaise de notre silence nous chassaient le sang au visage ; j'entendais battre mes tempes ; Alissa était déplaisamment colorée ; et bientôt la gêne de sentir accrochées l'une à l'autre nos mains moites nous les fit laisser se déprendre et retomber chacune tristement.

Nous nous étions trop hâtés et arrivâmes au carrefour bien avant la voiture que, par une autre route et pour nous laisser le temps de causer, la tante faisait avancer très lentement. Nous nous assîmes sur le talus ; le vent froid qui soudain s'éleva nous transit, car nous étions en nage ; alors nous nous levâmes pour aller à la rencontre de la voiture... Mais le pire fut encore la pressante sollicitude de la pauvre tante, convaincue que nous avions abondamment parlé, prête à nous questionner sur nos fiançailles. Alissa, n'y pouvant tenir et dont les yeux s'emplissaient de larmes, prétexta un violent mal de tête. Le retour s'acheva silencieusement.

Le jour suivant, je me réveillai courbaturé, grippé, si souffrant que je ne me décidai qu'après-midi à retourner chez les Bucolin. Par malchance, Alissa n'était pas seule. Madeleine Plantier, une des petites-filles de notre tante Félicie, était là – avec qui je savais qu'Alissa prenait souvent plaisir à causer. Elle habitait pour quelques jours chez sa grand-mère et s'écria lorsque j'entrai :

« Si tu retournes à la Côte en sortant d'ici, nous pourrons y monter ensemble. »

Machinalement j'acquiesçai de sorte que je ne pus voir Alissa seule. Mais la présence de cette enfant aimable nous servit sans doute ; je ne retrouvai pas la gêne intolérable de la veille ; la conversation s'établit bientôt aisément entre nous trois et beaucoup moins futile que je ne l'aurais d'abord pu craindre. Alissa sourit étrangement lorsque je lui dis adieu ; il me parut qu'elle n'avait pas compris jusqu'alors que je partais le lendemain. Du reste, la perspective d'un très prochain revoir enlevait à mon adieu ce qu'il eût pu avoir de tragique.

Pourtant, après dîner, poussé par une vague inquiétude, je redescendis en ville, où j'errai près d'une heure avant de me décider à sonner de nouveau chez les Bucolin. Ce fut mon oncle qui me reçut. Alissa, se sentant souffrante, était déjà montée dans sa chambre et sans doute s'était aussitôt couchée. Je causai quelques instants avec mon oncle, puis repartis…

Si fâcheux que fussent ces contretemps, en vain les accuserais-je. Quand bien même tout nous eût secondés, nous eussions inventé notre gêne. Mais qu'Alissa, elle aussi, le sentît, rien ne pouvait me désoler davantage. Voici la lettre que, sitôt de retour à Paris, je reçus :

Mon ami, quel triste revoir ! tu semblais dire que la faute en était aux autres, mais tu n'as pu t'en persuader toi-même. Et maintenant je crois, je sais qu'il en sera toujours ainsi. Ah ! je t'en prie, ne nous revoyons plus !

Pourquoi cette gêne, ce sentiment de fausse position, cette paralysie, ce mutisme, quand nous avons tout à nous dire ? Le premier jour de ton retour j'étais heureuse de ce silence même, parce que je croyais qu'il se dissiperait, que tu me dirais des choses merveilleuses ; tu ne pouvais partir auparavant.

Mais quand j'ai vu s'achever silencieuse notre lugubre promenade à Orcher et surtout quand nos mains se sont déprises l'une de l'autre et sont retombées sans espoir, j'ai cru que mon cœur défaillait de détresse et de peine. Et ce qui me désolait le plus ce n'était pas que ta main eût lâché la mienne, mais de sentir que, si elle ne l'eût point fait, la mienne eût commencé – puisque non plus elle ne se plaisait plus dans la tienne.

Le lendemain - c'était hier - je t'ai follement attendu toute la matinée. Trop inquiète pour demeurer à la maison, j'avais laissé un mot qui t'indiquât où me rejoindre, sur la jetée. Longtemps j'étais restée à regarder la mer houleuse, mais je souffrais trop de regarder sans toi ; je suis rentrée, m'imaginant soudain que tu m'attendais dans ma chambre. Je savais que l'après-midi je ne serais pas libre ; Madeleine, la veille, m'avait annoncé sa visite et comme je comptais te voir le matin, je l'avais laissée venir. Mais peut-être n'est-ce qu'à sa présence que nous devons les seuls bons moments de ce revoir. J'eus l'étrange illusion, quelques instants, que cette conversation aisée allait durer longtemps, longtemps... Et quand tu t'es approché du canapé où j'étais assise avec elle et que, te penchant vers moi, tu m'as dit adieu, je n'ai pu te répondre ; il m'a semblé que tout finissait : brusquement, je venais de comprendre que tu partais.

Tu n'étais pas plus tôt sorti avec Madeleine que cela m'a paru impossible, intolérable. Sais-tu que je suis ressortie ! je voulais te parler encore, te dire enfin tout ce que je ne t'avais point dit ; déjà je courais chez les Plantier... il était tard ; je n'ai pas eu le temps, pas osé... Je suis rentrée, désespérée, t'écrire... que je ne voulais plus t'écrire... une lettre d'adieu... parce qu'enfin je sentais trop que notre correspondance tout entière n'était qu'un grand mirage, que chacun de nous n'écrivait hélas ! qu'à soi-même et que... Jérôme ! Jérôme ! ah ! que nous restions toujours éloignés !

J'ai déchiré cette lettre, il est vrai ; mais je te la récris à présent, presque la même. Oh ! je ne t'aime pas moins, *mon ami ! au contraire je n'ai jamais si bien senti, à mon trouble même, à ma gêne dès que tu t'approchais de moi, combien profondément je t'aimais ; mais désespérément, vois-tu, car, il faut bien me l'avouer : de loin je t'aimais davantage. Déjà je m'en doutais, hélas ! Cette rencontre tant souhaitée achève de m'en instruire, et c'est de quoi, toi aussi, mon ami, il importe de te convaincre. Adieu, mon frère tant aimé ; que Dieu te garde et te dirige : de Lui seul on peut impunément se rapprocher.*

Et comme si cette lettre ne m'était pas déjà suffisamment douloureuse, elle y avait, le lendemain, ajouté ce post-scriptum :

Je ne voudrais pas laisser partir cette lettre sans te demander un peu plus de discrétion en ce qui nous concerne tous deux. Maintes fois tu m'as blessée en entretenant Juliette ou Abel de ce qui eût dû rester entre toi et moi, et c'est bien là ce qui, longtemps avant que tu t'en doutes, m'a fait penser que ton amour était surtout un amour de tête, un bel entêtement intellectuel de tendresse et de fidélité.

La crainte que je ne montre cette lettre à Abel indubitablement en avait dicté les dernières lignes. Quelle défiante perspicacité l'avait donc mise en garde ? Avait-elle surpris naguère dans mes paroles quelque reflet des conseils de mon ami ?...

Je me sentais bien distant de lui désormais ! Nous suivions deux voies divergentes ; et cette recommandation était bien superflue pour m'apprendre à porter seul le tourmentant fardeau de mon chagrin.

Les trois jours suivants furent uniquement occupés par ma plainte ; je voulais répondre à Alissa ; je craignais, par une discussion trop posée, par une protestation trop véhémente, par le moindre mot maladroit, d'aviver incurablement notre blessure ; vingt fois je recommençai la lettre où se débattait mon amour. Je ne puis relire aujourd'hui sans pleurer ce papier lavé de larmes, double de celui qu'enfin je me décidai à envoyer :

Alissa ! aie pitié de moi, de nous deux !... Ta lettre me fait mal. Que j'aimerais pouvoir sourire à tes craintes ! Oui, je sentais tout ce que tu m'écris, mais je craignais de me le dire. Quelle affreuse réalité tu donnes à ce qui n'est qu'imaginaire et comme tu l'épaissis entre nous !

Si tu sens que tu m'aimes moins... Ah ! loin de moi cette supposition cruelle que toute ta lettre dément ! Mais alors qu'importent tes appréhensions passagères ? Alissa ! dès que je veux raisonner, ma phrase se glace ; je n'entends plus que le gémissement de mon cœur. Je t'aime trop pour être habile, et plus je t'aime, moins je sais te parler. « Amour de tête »... que veux-tu que je réponde à cela ? Quand c'est de mon âme entière que je t'aime, comment saurais-je distinguer entre mon intelligence et mon cœur ? Mais puisque notre correspondance est cause de ton imputation offensante, puisque, soulevés par elle, la chute dans la réalité ensuite nous a si durement meurtris, puisque tu croirais à présent, si tu m'écris, n'écrire plus qu'à toi-même, puisque aussi, pour endurer une nouvelle lettre pareille à cette dernière, je suis sans force : je t'en prie, arrêtons pour un temps toute correspondance entre nous.

Dans la suite de ma lettre, protestant contre son jugement, j'interjetais appel, la suppliais de nous faire crédit d'une nouvelle entrevue. Celle-ci avait eu tout contre elle : décor, comparses, saison – et jusqu'à notre correspondance exaltée qui nous y avait si peu prudemment préparés. Le silence seul précéderait cette fois notre rencontre. Je la souhaitais au printemps, à Fongueusemare, où je pensais que plaiderait en ma faveur le passé, et où mon oncle voudrait bien me recevoir, pendant les vacances de Pâques, autant de jours ou aussi peu qu'elle-même le jugerait bon.

Ma résolution était bien arrêtée, et, sitôt ma lettre partie, je pus me plonger dans le travail.

*

Je devais revoir Alissa dès avant la fin de l'année. Miss Ashburton, dont la santé depuis quelques mois déclinait, mourut quatre jours avant Noël. Depuis mon retour du service, j'habitais avec elle de nouveau ; je ne la quittais guère, et pus assister à ses derniers instants. Une carte d'Alissa me témoigna qu'elle prenait à cœur notre vœu de silence plus encore mon deuil : elle viendrait entre deux trains, seulement pour l'inhumation, à laquelle mon oncle ne pourrait assister.

Nous fûmes presque seuls, elle et moi, à la funèbre cérémonie, puis à suivre la bière ; marchant à côté l'un de l'autre, à peine échangeâmes-nous quelques phrases ; mais, à l'église, où elle s'était assise auprès de moi, je sentis à plusieurs reprises son regard se poser sur moi tendrement.

« C'est bien convenu, me dit-elle, sur le moment de me quitter : rien avant Pâques.

– Oui, mais à Pâques…

– Je t'attends.»

Nous étions à la porte du cimetière. Je proposai de la reconduire à la gare ; mais elle fit signe à une voiture et sans un mot d'adieu me laissa.

7

«Alissa t'attend dans le jardin», me dit mon oncle, après m'avoir embrassé paternellement lorsque, à la fin d'avril, j'arrivai à Fongueusemare. Si d'abord je fus déçu de ne pas la trouver prompte à m'accueillir, tout aussitôt après je lui sus gré de nous épargner à tous deux l'effusion banale des premiers instants du revoir.

Elle était au fond du jardin. Je m'acheminai vers ce rond-point, étroitement entouré de buissons, à cette époque de l'année tout en fleurs, lilas, sorbiers, cytises, weigelias ; pour ne point l'apercevoir de trop loin, ou pour qu'elle ne me vît pas venir, je suivis, de l'autre côté du jardin, l'allée sombre où l'air était frais sous les branches. J'avançais lentement ; le ciel était comme ma joie, chaud, brillant, délicatement pur. Sans doute elle m'attendait venir par l'autre allée ; je fus près d'elle, derrière elle, sans qu'elle m'eût entendu approcher ; je m'arrêtai… Et comme si le temps eût pu s'arrêter avec moi : voici l'instant, pensai-je, l'instant le plus délicieux peut-être, quand il précéderait le bonheur même, et que le bonheur même ne vaudra pas…

Je voulais tomber à genoux devant elle ; je fis un pas, qu'elle entendit. Elle se dressa soudain, laissant rouler à terre la broderie qui l'occupait, tendit les bras vers moi, posa ses mains sur mes épaules. Quelques instants nous demeurâmes ainsi, elle, les bras tendus, la tête souriante et penchée, me regardant tendrement sans rien dire. Elle était vêtue tout en blanc. Sur son visage presque trop grave, je retrouvais son sourire d'enfant...

« Écoute, Alissa, m'écriai-je tout d'un coup : j'ai douze jours libres devant moi. Je n'en resterai pas un de plus qu'il ne te plaira. Convenons d'un signe qui voudra dire : c'est demain qu'il faut quitter Fongueusemare. Le lendemain, sans récriminations, sans plaintes, je partirai. Consens-tu?»

N'ayant point préparé mes phrases, je parlais plus aisément. Elle réfléchit un moment, puis :

«Le soir où, descendant pour dîner, je ne porterai pas à mon cou la croix d'améthyste que tu aimes... comprendras-tu?

– Que ce sera mon dernier soir.

– Mais sauras-tu partir, reprit-elle, sans larmes, sans soupirs...

– Sans adieux. Je te quitterai ce dernier soir comme je l'aurais fait la veille, si simplement que tu te demanderas d'abord : n'aurait-il pas compris? mais quand tu me chercheras le lendemain matin, simplement je ne serai plus là.

– Le lendemain je ne te chercherai plus.»

Elle me tendit la main; comme je la portais à mes lèvres :

«D'ici le soir fatal, dis-je encore, pas une allusion qui me fasse rien pressentir.

– Toi, pas une allusion à la séparation qui suivra.»

Il fallait à présent rompre la gêne que la solennité de ce revoir risquait d'élever entre nous.

«Je voudrais tant, repris-je, que ces quelques jours près de toi nous paraissent pareils à d'autres jours… Je veux dire : ne pas sentir, tous deux, qu'ils sont exceptionnels. Et puis… si nous pouvions ne pas trop chercher à causer d'abord… »

Elle se mit à rire. J'ajoutai :

«N'y a-t-il rien à quoi nous puissions nous occuper ensemble?»

De tout temps nous avions pris plaisir au jardinage. Un jardinier sans expérience remplaçait l'ancien depuis peu, et le jardin, abandonné durant deux mois, offrait beaucoup à faire. Des rosiers étaient mal taillés; certains, à végétation puissante, restaient encombrés de bois mort; d'autres, grimpants, croulaient, mal soutenus; des gourmands en épuisaient d'autres. La plupart avaient été greffés par nous; nous reconnaissions nos élèves; les soins qu'ils réclamaient nous occupèrent longuement et nous permirent, les trois premiers jours, de beaucoup parler sans rien dire de grave, et, lorsque nous nous taisions, de ne point sentir peser le silence.

C'est ainsi que nous reprîmes l'habitude l'un de l'autre. Je comptais sur cette accoutumance plus que sur n'importe quelle explication. Le souvenir même de notre séparation déjà s'effaçait entre nous, et déjà diminuaient cette crainte que souvent je sentais en elle, cette contraction de l'âme qu'elle craignait en moi. Alissa, plus jeune qu'à ma triste visite d'automne, ne m'avait jamais paru plus jolie. Je ne l'avais pas encore embrassée. Chaque soir je revoyais sur son corsage, retenue par une chaînette d'or, la petite croix d'améthyste briller. En confiance, l'espoir renaissait dans mon cœur; que dis-je : espoir? c'était déjà de l'assurance, et que j'imaginais sentir également chez Alissa; car je doutais si peu de moi que je ne pouvais plus douter d'elle. Peu à peu nos propos s'enhardirent.

« Alissa, lui dis-je un matin que l'air charmant riait et que notre cœur s'ouvrait comme les fleurs, – à présent que Juliette est heureuse, ne nous laisseras-tu pas, nous aussi... »

Je parlais lentement, les yeux sur elle ; elle devint soudain pâle si extraordinairement que je ne pus achever ma phrase.

« Mon ami ! commença-t-elle, et sans tourner vers moi son regard – je me sens plus heureuse auprès de toi que je n'aurais cru qu'on pût l'être... mais crois-moi : nous ne sommes pas nés pour le bonheur.

– Que peut préférer l'âme au bonheur ? » m'écriai-je impétueusement. Elle murmura :

« La sainteté... » si bas que, ce mot, je le devinai plutôt que je ne pus l'entendre.

Tout mon bonheur ouvrait les ailes, s'échappait de moi vers les cieux.

« Je n'y parviendrai pas sans toi », dis-je, et le front dans ses genoux, pleurant comme un enfant, mais d'amour et non point de tristesse, je repris : « Pas sans toi ; pas sans toi ! »

Puis ce jour s'écoula comme les autres jours. Mais au soir, Alissa parut sans le petit bijou d'améthyste. Fidèle à ma promesse, le lendemain, dès l'aube, je partis.

Je reçus le surlendemain l'étrange lettre que voici, portant en guise d'épigraphe ces quelques vers de Shakespeare :

> *That strain again, – it had a dying fall :*
> *O, it came o'er my ear like the sweet south,*
> *That breathes upon a bank of violets,*
> *Stealing and giving odour. – Enough ; no more,*
> *'Tis not so sweet now as it was before*[1]*…*

Oui ! malgré moi je t'ai cherché tout le matin, mon frère. Je ne pouvais te croire parti. Je t'en voulais d'avoir tenu notre promesse. Je pensais : c'est un jeu. Derrière chaque buisson, j'allais te voir apparaître, – mais non ! ton départ est réel. Merci.

J'ai passé le reste du jour obsédée par la constante présence de certaines pensées, que je voudrais te communiquer – et la crainte bizarre, précise, que, si je ne les communiquais pas, j'aurais plus tard le sentiment d'avoir manqué envers toi, mérité ton reproche…

Je m'étonnai, aux premières heures de ton séjour à Fongueusemare, je m'inquiétai vite ensuite de cet étrange contentement de tout mon être que j'éprouvais près de toi ; «un contentement tel, me disais-tu, que je ne souhaite rien au-delà !» Hélas ! c'est cela même qui m'inquiète…

Je crains, mon ami, de me faire mal comprendre. Je crains surtout que tu ne voies un raisonnement subtil (oh ! combien il serait maladroit) dans ce qui n'est que l'expression du plus violent sentiment de mon âme.

«S'il ne suffisait pas, ce ne serait pas le bonheur» – m'avais-tu dit, t'en souviens-tu ? Et je n'avais su que répondre. – Non, Jérôme, il ne nous suffit pas. Jérôme, il

---

1. «*That strain…*» : passage de *La nuit des Rois*, de Shakespeare. «Cette mesure encore une fois ! elle avait une cadence mourante. / Oh ! Elle a effleuré mon oreille comme le suave zéphir / qui souffle sur un banc de violettes, / dérobant et emportant un parfum. – Assez ! Pas davantage, / ce n'est plus aussi suave que tout à l'heure» (traduction de F. V. Hugo).

ne doit pas nous suffire. Ce contentement plein de délices, je ne puis le tenir pour véritable. N'avons-nous pas compris cet automne quelle détresse il recouvrait?...

Véritable! ah! Dieu nous garde qu'il le soit! nous sommes nés pour un autre bonheur...

Ainsi que notre correspondance naguère gâta notre revoir de l'automne, le souvenir de ta présence d'hier désenchante ma lettre aujourd'hui. Qu'est devenu ce ravissement que j'éprouvais à t'écrire? Par les lettres, par la présence, nous avons épuisé tout le pur de la joie à laquelle notre amour peut prétendre. Et maintenant, malgré moi, je m'écrie comme Orsino du Soir des Rois : *«Assez! pas davantage! Ce n'est plus aussi suave que tout à l'heure.»*

Adieu, mon ami. Hic incipit amor Dei[1]. *Ah! sauras-tu jamais combien je t'aime?... Jusqu'à la fin je serai ton*

Alissa.

Contre le piège de la vertu, je restais sans défense. Tout héroïsme, en m'éblouissant, m'attirait – car je ne le séparais pas de l'amour. La lettre d'Alissa m'enivra du plus téméraire enthousiasme. Dieu sait que je ne m'efforçais vers plus de vertu, que pour elle. Tout sentier, pourvu qu'il montât, me mènerait où la rejoindre. Ah! le terrain ne se rétrécirait jamais trop vite, pour ne supporter plus que nous deux! Hélas! je ne soupçonnais pas la subtilité de sa feinte, et j'imaginais mal que ce fût par une cime qu'elle pourrait de nouveau m'échapper.

---

1. «Hic incipit...» : c'est ici que commence l'amour de Dieu.

Je lui répondis longuement. Je me souviens du seul passage à peu près clairvoyant de ma lettre.

«Il me paraît souvent, lui disais-je, que mon amour est ce que je garde en moi de meilleur; que toutes mes vertus s'y suspendent; qu'il m'élève au-dessus de moi, et que sans toi je retomberais à cette médiocre hauteur d'un naturel très ordinaire. C'est par l'espoir de te rejoindre que le sentier le plus ardu m'apparaîtra toujours le meilleur.»

Qu'ajoutai-je qui pût la pousser à me répondre ceci :

Mais, mon ami, la sainteté n'est pas un choix; c'est une obligation (le mot était souligné trois fois dans sa lettre). *Si tu es celui que j'ai cru, toi non plus tu ne pourras pas t'y soustraire.*

C'était tout. Je compris, pressentis plutôt, que là s'arrêterait notre correspondance, et que le conseil le plus retors, non plus que la volonté la plus tenace, n'y pourrait rien.

Je récrivis pourtant, longuement, tendrement. Après ma troisième lettre, je reçus ce billet :

Mon ami,
Ne crois point que j'aie pris quelque résolution de ne plus t'écrire; simplement je n'y ai plus de goût. Tes lettres cependant m'amusent encore, mais je me reproche de plus en plus d'occuper à ce point ta pensée.

L'été n'est plus loin. Renonçons pour un temps à correspondre et viens passer à Fongueusemare les quinze derniers jours de septembre près de moi. Acceptes-tu? Si oui, je n'ai pas besoin de réponse. Je prendrai ton silence pour un assentiment et souhaite donc que tu ne me répondes pas.

Je ne répondis pas. Sans doute ce silence n'était qu'une épreuve dernière à laquelle elle me soumettait. Quand, après quelques mois de travail, puis quelques semaines de voyage, je revins à Fongueusemare, ce fut avec la plus tranquille assurance.

Comment, par un simple récit, amènerais-je à comprendre aussitôt ce que je m'expliquai d'abord si mal ? Que puis-je peindre ici que l'occasion de la détresse à laquelle je cédai dès lors tout entier ? Car si je ne trouve aujourd'hui nul pardon en moi pour moi-même de n'avoir su sentir, sous le revêtement de la plus factice apparence, palpiter encore l'amour, je ne pus voir que cette apparence d'abord et, ne retrouvant plus mon amie, l'accusai... Non, même alors, je ne vous accusai pas, Alissa ! mais pleurai désespérément de ne plus vous reconnaître. À présent que je mesure la force de votre amour à la ruse de son silence et à sa cruelle industrie, dois-je vous aimer d'autant plus que vous m'aurez plus atrocement désolé ?

Dédain ? Froideur ? Non ; rien qui se pût vaincre, rien contre quoi je pusse même lutter ; et parfois j'hésitais, doutais si je n'inventais pas ma misère, tant la cause en restait subtile et tant Alissa se montrait habile à feindre de ne la comprendre pas. De quoi donc me fussé-je plaint ? Son accueil fut plus souriant que jamais ; jamais elle ne s'était montrée plus empressée, plus prévenante ; le premier jour je m'y laissai presque tromper... Qu'importait, après tout, qu'une nouvelle façon de coiffure, plate et tirée, durcît les traits de son visage comme pour en fausser l'expression ; qu'un malséant corsage, de couleur morne, d'étoffe laide au toucher, gauchît le rythme délicat de son corps... ce n'était rien à quoi elle ne pût porter remède, et dès le lendemain, pensai-je aveuglément, d'elle-même ou sur ma requête… Je m'affectai davantage de ces prévenances, de cet empressement, si peu coutumiers entre nous, et où je craignais de voir plus de résolution que d'élan, et j'ose à peine dire : plus de politesse que d'amour.

Le soir, entrant dans le salon, je m'étonnai de ne plus retrouver le piano à sa place accoutumée ; à mon exclamation désappointée :

« Le piano est à regarnir, mon ami, répondit Alissa, et de sa voix la plus tranquille.

— Je te l'ai pourtant répété, mon enfant, dit mon oncle sur un ton de reproche presque sévère : puisqu'il t'avait suffi jusqu'à présent, tu aurais pu attendre le départ de Jérôme pour l'expédier ; ta hâte nous prive d'un grand plaisir…

— Mais, père, dit-elle en se détournant pour rougir, je t'assure que, ces derniers temps, il était devenu si creux que Jérôme lui-même n'aurait rien pu en tirer.

— Quand tu en jouais, reprit mon oncle, il ne paraissait pas si mauvais. »

Elle resta quelques instants, penchée vers l'ombre, comme occupée à relever les mesures d'une housse de fauteuil, puis quitta brusquement la pièce et ne reparut que plus tard, apportant sur un plateau la tisane que mon oncle avait accoutumé de prendre chaque soir.

Le lendemain elle ne changea ni de coiffure, ni de corsage ; assise près de son père sur le banc devant la maison, elle reprit l'ouvrage de couture, de rapiéçage plutôt qui l'avait occupée déjà dans la soirée. À côté d'elle, sur le banc ou sur la table, elle puisait dans un grand panier plein de bas et de chaussettes usés. Quelques jours après, ce furent des serviettes et des draps… Ce travail l'absorbait complètement, semblait-il, au point que ses lèvres en perdissent toute expression et ses yeux toute lueur.

«Alissa!» m'écriai-je le premier soir, presque épouvanté par la dépoétisation de ce visage qu'à peine pouvais-je reconnaître et que je fixais depuis quelques instants sans qu'elle parût sentir mon regard.

«Quoi donc? fit-elle en levant la tête.

— Je voulais voir si tu m'entendrais. Ta pensée semblait si loin de moi.

— Non, je suis là; mais ces reprises demandent beaucoup d'attention.

— Pendant que tu couds, ne veux-tu pas que je te fasse la lecture?

— Je crains de ne pas pouvoir très bien écouter.

— Pourquoi choisis-tu un travail si absorbant?

— Il faut bien que quelqu'un le fasse.

— Il y a tant de pauvres femmes pour qui ce serait un gagne-pain. Ce n'est pourtant pas par économie que tu t'astreins à ce travail ingrat?»

Elle m'affirma tout aussitôt qu'aucun ouvrage ne l'amusait davantage, que depuis longtemps, elle n'en avait plus fait d'autres, pour quoi sans doute elle avait perdu toute habileté… Elle souriait en parlant. Jamais sa voix n'avait été plus douce que pour ainsi me désoler. «Je ne dis là rien que de naturel, semblait exprimer son visage, pourquoi t'attristerais-tu de cela?» — Et toute la protestation de mon cœur ne montait même plus à mes lèvres, m'étouffait.

Le surlendemain, comme nous avions cueilli des roses, elle m'invita à les lui porter dans sa chambre où je n'étais pas encore entré cette année. De quel espoir aussitôt me flattai-je ! Car j'en étais encore à me reprocher ma tristesse ; un mot d'elle eût guéri mon cœur.

Je n'entrais jamais sans émotion dans cette chambre ; je ne sais de quoi s'y formait une sorte de paix mélodieuse où je reconnaissais Alissa. L'ombre bleue des rideaux aux fenêtres et autour du lit, les meubles de luisant acajou, l'ordre, la netteté, le silence, tout racontait à mon cœur sa pureté et sa pensive grâce.

Je m'étonnai, ce matin-là, de ne plus voir au mur, près de son lit, deux grandes photographies de Masaccio[1] que j'avais rapportées d'Italie ; j'allais lui demander ce qu'elles étaient devenues, quand mon regard tomba tout auprès sur l'étagère où elle rangeait ses livres de chevet. Cette petite bibliothèque s'était lentement formée moitié par les livres que je lui avais donnés, moitié par d'autres que nous avions lus ensemble. Je venais de m'apercevoir que ces livres étaient tous enlevés, remplacés uniquement par d'insignifiants petits ouvrages de piété vulgaire pour lesquels j'espérais qu'elle n'avait que du mépris. Levant les yeux soudain, je vis Alissa qui riait – oui, qui riait en m'observant.

« Je te demande pardon, dit-elle aussitôt ; c'est ton visage qui m'a fait rire ; il s'est si brusquement décomposé en apercevant ma bibliothèque... »

J'étais bien peu d'humeur à plaisanter.

« Non, vraiment, Alissa, est-ce là ce que tu lis à présent ?
— Mais oui. De quoi t'étonnes-tu ?
— Je pensais qu'une intelligence habituée à de substan-

---

1. Masaccio (1401-1428) : peintre florentin de la Renaissance italienne.

tielles nourritures ne pouvait plus goûter à de semblables fadeurs sans nausée.

– Je ne te comprends pas, dit-elle. Ce sont là d'humbles âmes qui causent avec moi simplement, s'exprimant de leur mieux, et dans la société desquelles je me plais. Je sais d'avance que nous ne céderons, ni elles à aucun piège du beau langage, ni moi, en les lisant, à aucune profane admiration.

– Ne lis-tu donc plus que cela?

– À peu près. Oui, depuis quelques mois. Du reste je ne trouve plus beaucoup de temps pour lire. Et je t'avoue que, tout récemment, ayant voulu reprendre quelqu'un de ces grands auteurs que tu m'avais appris à admirer, je me suis fait l'effet de celui dont parle l'Écriture, qui s'efforce d'ajouter une coudée à sa taille.

– Quel est ce "grand auteur" qui t'a donné si bizarre opinion de toi?

– Ce n'est pas lui qui me l'a donnée; mais c'est en le lisant que je l'ai prise… C'était Pascal. J'étais peut-être tombée sur quelque moins bon passage… »

Je fis un geste d'impatience. Elle parlait d'une voix claire et monotone, comme elle eût récité une leçon, ne levant plus les yeux de dessus ses fleurs, qu'elle n'en finissait pas d'arranger. Un instant elle s'interrompit devant mon geste, puis continua du même ton:

«Tant de grandiloquence étonne, et tant d'effort; et pour prouver si peu. Je me demande parfois si son intonation pathétique n'est pas l'effet plutôt du doute que de la foi. La foi parfaite n'a pas tant de larmes ni de tremblement dans la voix.

– C'est ce tremblement, ce sont ces larmes qui font la beauté de cette voix» – essayai-je de repartir, mais sans courage, car je ne reconnaissais dans ces paroles rien de ce que je chérissais dans Alissa. Je les transcris telles que je m'en souviens et sans y apporter après coup art ni logique.

« S'il n'avait pas d'abord vidé la vie présente de sa joie, reprit-elle, elle pèserait plus lourd dans la balance que...

— Que quoi ? fis-je, interdit par ses étranges propos.

— Que l'incertaine félicité qu'il propose.

— N'y crois-tu donc pas ? m'écriai-je.

— Qu'importe ! reprit-elle ; je veux qu'elle demeure incertaine afin que tout soupçon de marché soit écarté. C'est par noblesse naturelle, non par espoir de récompense, que l'âme éprise de Dieu va s'enfoncer dans la vertu.

— De là ce secret scepticisme où se réfugie la noblesse d'un Pascal.

— Non scepticisme : jansénisme [1], dit-elle en souriant. Qu'avais-je affaire de cela ? Les pauvres âmes que voici — et elle se retournait vers ses livres — seraient bien embarrassées de dire si elles sont jansénistes, quiétistes [2] ou je ne sais quoi de différent. Elles s'inclinent devant Dieu comme des herbes qu'un vent presse, sans malice, sans trouble, sans beauté. Elles se tiennent pour peu remarquables et savent qu'elles ne doivent quelque valeur qu'à leur effacement devant Dieu.

— Alissa ! m'écriai-je, pourquoi t'arraches-tu les ailes ? »

Sa voix restait si calme et naturelle que mon exclamation m'en parut d'autant plus ridiculement emphatique.

Elle sourit de nouveau, en secouant la tête.

1. Jansénisme : doctrine de Jansénius sur la grâce et la prédestination adoptée par les religieux et les intellectuels de l'abbaye de Port-Royal. Blaise Pascal se fait leur défenseur dans *Les Provinciales*.
2. Quiétistes : adeptes d'une doctrine qui fait du repos de l'âme en union avec Dieu la perfection chrétienne. L'écrivain Fénelon et Mme Guyon défendent cette doctrine.

«Tout ce que j'ai retenu de cette dernière visite à Pascal…

— Quoi donc ? demandai-je, car elle s'arrêtait.

— C'est ce mot du Christ : "Qui veut sauver sa vie la perdra." Pour le reste, reprit-elle en souriant plus fort et en me regardant bien en face, en vérité je ne l'ai presque plus compris. Quand on a vécu quelque temps dans la société de ces petits, c'est extraordinaire combien vite la sublimité des grands vous essouffle. »

Dans mon désarroi n'allais-je trouver rien à répondre ?…

« S'il me fallait aujourd'hui lire avec toi tous ces sermons, ces méditations…

— Mais, interrompit-elle, je serais désolée de te les voir lire ! Je crois en effet que tu es né pour beaucoup mieux que cela. »

Elle parlait tout simplement et sans paraître se douter que ces mots qui séparaient ainsi nos deux vies pussent me déchirer le cœur. J'avais la tête en feu ; j'aurais voulu parler encore et pleurer ; peut-être eût-elle été vaincue par mes larmes ; mais je restais sans plus rien dire, les coudes appuyés sur la cheminée et le front dans les mains. Elle continuait tranquillement d'arranger ses fleurs, ne voyant rien de ma douleur, ou faisant semblant de n'en rien voir…

À ce moment retentit la première cloche du repas.

«Jamais je ne serai prête pour le déjeuner, dit-elle. Laisse-moi vite. » Et comme s'il ne s'était agi que d'un jeu :

« Nous reprendrons cette conversation plus tard.»

Cette conversation ne fut pas reprise, Alissa m'échappait sans cesse ; non qu'elle parût jamais se dérober ; mais toute occupation de rencontre s'imposait aussitôt en devoir de beaucoup plus pressante importance. Je prenais rang; je ne venais qu'après les soins toujours renaissants du ménage, qu'après la surveillance des travaux qu'on avait dû faire à la grange, qu'après les visites aux fermiers, les visites aux pauvres dont elle s'occupait de plus en plus. J'avais ce qui restait de temps, bien peu; je ne la voyais jamais qu'affairée, – mais c'est peut-être encore à travers ces menus soins et renonçant à la poursuivre que je sentais le moins combien j'étais dépossédé. La moindre conversation m'en avertissait davantage. Quand Alissa m'accordait quelques instants, c'était en effet pour une conversation des plus gauches, à laquelle elle se prêtait oomme on fait au jeu d'un enfant. Elle passait rapidement près de moi, distraite et souriante, et je la sentais devenue plus lointaine que si je ne l'eusse jamais connue. Même je croyais voir parfois dans son sourire quelque défi, du moins quelque ironie, et qu'elle prît amusement à éluder ainsi mon désir… Puis aussitôt je retournais contre moi tout grief, ne voulant pas me laisser aller au reproche et ne sachant plus bien ce que j'aurais attendu d'elle, ni ce que je pouvais lui reprocher.

Ainsi s'écoulèrent les jours dont je m'étais promis tant de félicité. J'en contemplais avec stupeur la fuite, mais n'en eusse voulu ni augmenter le nombre ni ralentir le cours, tant chacun aggravait ma peine. L'avant-veille de mon départ pourtant, Alissa m'ayant accompagné au banc de la marnière abandonnée – c'était par un clair soir d'automne où jusqu'à l'horizon sans brume on distinguait bleu chaque détail, dans le passé jusqu'au plus flottant souvenir – je ne pus retenir ma plainte, montrant du deuil de quel bonheur mon malheur d'aujourd'hui se formait.

«Mais que puis-je à ceci, mon ami? dit-elle aussitôt : tu tombes amoureux d'un fantôme.

— Non, point d'un fantôme, Alissa.

— D'une figure imaginaire.

— Hélas! je ne l'invente pas. Elle était mon amie. Je la rappelle. Alissa! Alissa! vous étiez celle que j'aimais. Qu'avez-vous fait de vous? Que vous êtes-vous fait devenir?»

Elle demeura quelques instants sans répondre, effeuillant lentement une fleur et gardant la tête baissée. Puis enfin :

«Jérôme, pourquoi ne pas avouer tout simplement que tu m'aimes moins?

— Parce que ce n'est pas vrai! Parce que ce n'est pas vrai! m'écriai-je avec indignation; parce que je ne t'ai jamais plus aimée.

— Tu m'aimes... et pourtant tu me regrettes! dit-elle en tâchant de sourire et en haussant un peu les épaules!

— Je ne peux mettre au passé mon amour.»

Le sol cédait sous moi; et je me raccrochais à tout...

« Il faudra bien qu'il passe avec le reste.

— Un tel amour ne passera qu'avec moi.

— Il s'affaiblira lentement. L'Alissa que tu prétends aimer encore n'est déjà plus que dans ton souvenir; un jour viendra où tu te souviendras seulement de l'avoir aimée.

— Tu parles comme si rien la pouvait remplacer dans mon cœur, ou comme si mon cœur devait cesser d'aimer. Ne te souviens-tu plus de m'avoir aimé toi-même, que tu puisses ainsi te plaire à me torturer?»

Je vis ses lèvres pâles trembler; d'une voix presque indistincte elle murmura :

«Non; non; ceci n'a pas changé dans Alissa.

– Mais alors rien n'aurait changé», dis-je en lui saisissant le bras…

Elle reprit plus assurée :

«Un mot expliquerait tout; pourquoi n'oses-tu pas le dire?

– Lequel?

– J'ai vieilli.

– Tais-toi… »

Je protestai tout aussitôt que j'avais vieilli moi-même autant qu'elle, que la différence d'âge entre nous restait la même… mais elle s'était ressaisie; l'instant unique était passé et, me laissant aller à discuter, j'abandonnai tout avantage; je perdis pied.

Je quittai Fongueusemare deux jours après, mécontent d'elle et de moi-même, plein d'une haine vague contre ce que j'appelais encore «vertu» et de ressentiment contre l'ordinaire occupation de mon cœur. Il semblait qu'en ce dernier revoir, et par l'exagération même de mon amour, j'eusse usé toute ma ferveur; chacune des phrases d'Alissa, contre lesquelles je m'insurgeais d'abord, restait en moi vivante et triomphante après que mes protestations s'étaient tues. Eh! sans doute elle avait raison! je ne chérissais plus qu'un fantôme; l'Alissa que j'avais aimée, que j'aimais encore n'était plus… Eh! sans doute nous avions vieilli! cette dépoétisation affreuse, devant quoi tout mon cœur se glaçait, n'était rien, après tout, que le retour au naturel; lentement si je l'avais surélevée, si je m'étais formé d'elle une idole, l'ornant de tout ce dont j'étais épris, que restait-il de mon travail, de ma fatigue?… Sitôt abandonnée à elle-même, Alissa était revenue à son niveau, médiocre niveau, où je me retrouvais moi-même, mais où je ne la désirais plus. Ah ! combien cet effort épuisant de vertu m'apparaissait absurde et chimérique, pour la rejoindre à ces hauteurs où mon unique effort l'avait placée. Un peu moins orgueilleux, notre amour eût été facile… mais que signifiait désormais l'obstination dans un amour sans objet ; c'était être entêté, ce n'était plus être fidèle. Fidèle à quoi ? – à une erreur. Le plus sage n'était-il pas de m'avouer que je m'étais trompé ?

Proposé cependant pour l'École d'Athènes, j'acceptai d'y entrer aussitôt, sans ambition, sans goût, mais souriant à l'idée de départ comme à celle d'une évasion.

Pourtant je revis encore Alissa… Ce fut trois ans plus tard, vers la fin de l'été. Dix mois auparavant, j'avais appris par elle la mort de mon oncle. Une assez longue lettre que je lui écrivis aussitôt de Palestine, où je voyageais alors, était demeurée sans réponse…

J'oublie sous quel prétexte, me trouvant au Havre, par un acheminement naturel, je gagnai Fongueusemare. Je savais y trouver Alissa, mais craignais qu'elle n'y fût point seule. Je n'avais pas annoncé ma venue ; répugnant à l'idée de me présenter comme une visite ordinaire, j'avançais incertain : entrerais-je ? ou ne repartirais-je pas plutôt sans l'avoir vue, sans avoir cherché à la voir ?… Oui sans doute ; je me promènerais seulement dans l'avenue, m'assiérais sur le banc où peut-être elle venait s'asseoir encore… et je cherchais déjà quel signe je pourrais laisser après moi qui l'instruirait de mon passage, après que je serais reparti… Ainsi songeant, je marchais à pas lents et, depuis que j'avais résolu de ne pas la voir, la tristesse un peu âpre qui m'étreignait le cœur cédait à une mélancolie presque douce. J'avais atteint déjà l'avenue, et, par crainte d'être surpris, je marchais sur un des bas-côtés, longeant le talus qui limitait la cour de la ferme. Je connaissais un point du talus d'où le regard pouvait plonger dans le jardin ; là je montai ; un jardinier que je ne reconnus pas ratissait une allée et bientôt s'écarta de ma vue. Une barrière neuve fermait la cour. Le chien en m'entendant passer aboya. Plus loin, où l'avenue finissait, je tournai à droite, retrouvant le mur du jardin, et j'allais gagner cette partie de la hêtraie parallèle à l'avenue quittée lorsque, passant devant la petite porte du potager, l'idée brusque d'entrer par là dans le jardin me saisit.

La porte était close. Le verrou intérieur n'opposait toutefois qu'une résistance assez faible et que d'un coup d'épaule j'allais briser... À cet instant j'entendis un bruit de pas ; je me dissimulai dans le retrait du mur.

Je ne pus voir qui sortait du jardin ; mais j'entendis, je sentis que c'était Alissa. Elle fit trois pas en avant, appela faiblement :

« Est-ce toi, Jérôme ?... »

Mon cœur, qui battait violemment, s'arrêta, et, comme de ma gorge serrée ne pouvait sortir une parole, elle répéta plus fort :

« Jérôme ! Est-ce toi ? »

À l'entendre ainsi m'appeler, l'émotion qui m'étreignit fut si vive qu'elle me fit tomber à genoux. Comme je ne répondais toujours pas, Alissa fit quelques pas en avant, tourna le mur et je la sentis soudain contre moi – contre moi qui cachais de mon bras mon visage, comme par peur de la voir aussitôt. Elle resta quelques instants penchée vers moi, tandis que je couvrais de baisers ses mains frêles.

« Pourquoi te cachais-tu ? me dit-elle, aussi simplement que si ces trois ans de séparation n'eussent duré que quelques jours.

« — Comment as-tu compris que c'était moi?

— Je t'attendais.

— Tu m'attendais?» dis-je, si surpris que je ne pouvais que répéter interrogativement ses paroles... Et comme je restais agenouillé :

«Allons jusqu'au banc, reprit-elle. — Oui, je savais que je devais encore une fois te revoir. Depuis trois jours, je reviens ici chaque soir et je t'appelle comme j'ai fait ce soir... Pourquoi ne répondais-tu pas?

— Si tu n'étais pas venue me surprendre, je repartais sans t'avoir vue, dis-je, me raidissant contre l'émotion qui d'abord m'avait trouvé défaillant. — Simplement, passant au Havre, j'allais me promener dans l'avenue, tourner à l'entour du jardin, me reposer quelques instants sur ce banc de la marnière où je pensais que tu venais encore t'asseoir, puis...

— Vois ce que depuis trois soirs j'y viens lire», dit-elle en m'interrompant, et elle me tendit un paquet de lettres; je reconnus celles que je lui écrivais d'Italie. À ce moment je levai les yeux vers elle. Elle était extraordinairement changée; sa maigreur, sa pâleur me serrèrent le cœur affreusement. S'appuyant et pesant à mon bras, elle se pressait contre moi comme si elle eût eu peur ou froid. Elle était encore en grand deuil, et sans doute la dentelle noire qu'elle avait mise en guise de coiffure et qui lui encadrait le visage ajoutait à sa pâleur. Elle souriait, mais semblait défaillir. Je m'inquiétai de savoir si elle était seule en ce moment à Fongueusemare. Non; Robert y vivait avec elle; Juliette, Édouard et leurs trois enfants étaient venus passer près d'eux le mois d'août... Nous étions parvenus au banc; nous nous assîmes, et la conversation quelques instants encore traîna le long d'informations banales. Elle s'enquit de mon travail. Je répondis de mauvaise grâce. J'aurais voulu qu'elle sentît que mon travail ne m'intéressait plus. J'aurais voulu la décevoir, comme elle aussi m'avait déçu. Je ne sais si j'y parvins, mais elle n'en laissa rien paraître. Pour moi, plein à la fois de ressentiment et d'amour, je m'efforçais de lui parler de la manière la plus sèche et m'en voulais de l'émotion qui parfois faisait trembler ma voix.

Le soleil déclinant, que cachait depuis quelques instants un nuage, reparut au ras de l'horizon, presque en face de nous, envahissant d'un luxe frémissant les champs vides et comblant d'une profusion subite l'étroit vallon qui s'ouvrait à nos pieds; puis, disparut. Je demeurais ébloui, sans rien dire; je sentais m'envelopper encore, et pénétrer cette sorte d'extase dorée où mon ressentiment s'évaporait et je n'entendais plus en moi que l'amour. Alissa, qui restait penchée, appuyée contre moi, se redressa; elle sortit de son corsage un menu paquet enveloppé de papier fin, fit mine de me le tendre, s'arrêta, semblant indécise, et comme je la regardais, surpris:

«Écoute, Jérôme, c'est ma croix d'améthyste[1] que j'ai là; depuis trois soirs je l'apporte parce que je voulais depuis longtemps te la donner.

— Que veux-tu que j'en fasse? fis-je assez brusquement.

— Que tu la gardes en souvenir de moi, pour ta fille.

— Quelle fille? m'écriai-je en regardant Alissa sans la comprendre.

— Écoute-moi bien calmement, je t'en prie; non, ne me

1. Améthyste : pierre précieuse violette. Madeleine possédait une petite croix d'émeraude qu'elle offrit à sa filleule. Gide évoque son chagrin à ce sujet dans *Et nunc manet in te*.

regarde pas ainsi; ne me regarde pas; déjà j'ai beaucoup de mal à te parler; mais ceci, je veux absolument te le dire. Écoute, Jérôme, un jour, tu te marieras?... Non, ne me réponds pas; ne m'interromps pas, je t'en supplie. Je voudrais tout simplement que tu te souviennes que je t'aurai beaucoup aimé et... depuis longtemps déjà... depuis trois ans... J'ai pensé que cette petite croix que tu aimais, une fille de toi la porterait un jour, en souvenir de moi, oh! sans savoir de qui... et peut-être pourrais-tu aussi lui donner... mon nom... »

Elle s'arrêta, la voix étranglée; je m'écriai presque hostilement :

« Pourquoi ne pas la lui donner toi-même? »

Elle essaya de parler encore. Ses lèvres tremblaient comme celles d'un enfant qui sanglote; elle ne pleurait pas toutefois; l'extraordinaire éclat de son regard inondait son visage d'une surhumaine, d'une angélique beauté.

« Alissa! qui donc épouserais-je? Tu sais pourtant que je ne puis aimer que toi... » et tout à coup, la serrant éperdument, presque brutalement dans mes bras, j'écrasai de baisers ses lèvres. Un instant comme abandonnée je la tins à demi renversée contre moi; je vis son regard se voiler; puis ses paupières se fermèrent, et d'une voix dont rien n'égalera pour moi la justesse et la mélodie :

« Aie pitié de nous, mon ami! Ah! n'abîme pas notre amour. »

Peut-être dit-elle encore : N'agis pas lâchement! ou peut-être me le dis-je moi-même, je ne sais plus, mais soudain, me jetant à genoux devant elle et l'enveloppant pieusement de mes bras :

« Si tu m'aimais ainsi, pourquoi m'as-tu toujours repoussé? Vois! j'attendais d'abord le mariage de Juliette;

j'ai compris que tu attendisses aussi son bonheur; elle est heureuse; c'est toi-même qui me l'as dit. J'ai cru longtemps que tu voulais continuer à vivre près de ton père; mais à présent nous voici tous deux seuls.

— Oh! ne regrettons pas le passé, murmura-t-elle. À présent j'ai tourné la page.

— Il est temps encore, Alissa.

— Non, mon ami, il n'est plus temps. Il n'a plus été temps du jour où, par amour, nous avons entrevu l'un pour l'autre mieux que l'amour. Grâce à toi, mon ami, mon rêve était monté si haut que tout contentement humain l'eût fait déchoir. J'ai souvent réfléchi à ce qu'eût été notre vie l'un avec l'autre; dès qu'il n'eût plus été parfait, je n'aurais plus pu supporter... notre amour.

— Avais-tu réfléchi à ce que serait notre vie l'un sans l'autre?

— Non! jamais.

— À présent, tu le vois! Depuis trois ans sans toi, j'erre péniblement... »

Le soir tombait.

«J'ai froid, dit-elle en se levant et s'enveloppant de son châle trop étroitement pour que je pusse reprendre son bras. Tu te souviens de ce verset de l'Écriture, qui nous inquiétait et que nous craignions de ne pas bien comprendre : "Ils n'ont pas obtenu ce qui leur avait été promis, Dieu nous ayant réservés pour quelque chose de meilleur "...

— Crois-tu toujours à ces paroles?

— Il le faut bien.»

Nous marchâmes quelques instants l'un près de l'autre, sans plus rien dire. Elle reprit :

«Imagines-tu cela, Jérôme : le meilleur!» Et brusquement les larmes jaillirent de ses yeux, tandis qu'elle répétait encore : le meilleur !

Nous étions de nouveau parvenus à la petite porte du potager par où, tout à l'heure, je l'avais vue sortir. Elle se retourna vers moi :

«Adieu ! fit-elle. Non, ne viens pas plus loin. Adieu, mon bien-aimé. C'est maintenant que va commencer… le meilleur.»

Un instant elle me regarda, tout à la fois me retenant et m'écartant d'elle, les bras tendus et les mains sur mes épaules, les yeux emplis d'un indicible amour…

Dès que la porte fut refermée, dès que je l'eus entendue tirer le verrou derrière elle, je tombai contre cette porte, en proie au plus excessif désespoir et restai longtemps pleurant et sanglotant dans la nuit.

Mais la retenir, mais forcer la porte, mais pénétrer n'importe comment dans la maison, qui pourtant ne m'eût pas été fermée, non, encore aujourd'hui que je reviens en arrière pour revivre tout ce passé… non, cela ne m'était pas possible, et ne m'a point compris jusqu'alors celui qui ne me comprend pas à présent.

Une intolérable inquiétude me fit écrire à Juliette quelques jours plus tard. Je lui parlai de ma visite à Fongueusemare et lui dis combien m'alarmaient la pâleur et la maigreur d'Alissa ; je la suppliais d'y prendre garde et de me donner les nouvelles que je ne pouvais plus attendre d'Alissa elle-même.

Moins d'un mois après, je reçus la lettre que voici :

Mon cher Jérôme,
Je viens t'annoncer une bien triste nouvelle : notre

pauvre Alissa n'est plus... Hélas! les craintes qu'exprimait ta lettre n'étaient que trop fondées. Depuis quelques mois, sans être précisément malade, elle dépérissait; pourtant, cédant à mes supplications, elle avait consenti à voir le docteur A..., du Havre, qui m'avait écrit qu'elle n'avait rien de grave. Mais trois jours après la visite que tu lui as faite, elle a brusquement quitté Fongueusemare. C'est par une lettre de Robert que j'ai appris son départ; elle m'écrit si rarement que, sans lui, j'aurais tout ignoré de sa fuite, car je ne me serais pas vite alarmée de son silence. J'ai fait de vifs reproches à Robert de l'avoir ainsi laissée partir, de ne pas l'avoir accompagnée à Paris. Croirais-tu que, depuis ce moment, nous sommes restés dans l'ignorance de son adresse. Tu juges de mon angoisse; impossible de la voir, impossible même de lui écrire. Robert a bien été à Paris quelques jours plus tard, mais n'a rien pu découvrir. Il est si indolent que nous avons douté de son zèle. Il fallait aviser la police; nous ne pouvions rester dans cette cruelle incertitude. Édouard est parti, a si bien fait qu'enfin il a découvert la petite maison de santé où Alissa s'était réfugiée. Hélas! trop tard. Je recevais en même temps une lettre du directeur de la maison m'annonçant sa mort, et une dépêche d'Édouard qui n'a même pas pu la revoir. Le dernier jour elle avait écrit notre adresse sur une enveloppe afin que nous fussions prévenus, et, dans une autre enveloppe, mis le double d'une lettre qu'elle avait envoyée à notre notaire du Havre, et qui contenait ses dernières volontés. Je crois qu'un passage de cette lettre te concerne; je te le ferai connaître prochainement. Édouard et Robert ont pu assister à l'inhumation qui a eu lieu avant-hier. Ils n'étaient pas seuls à suivre la bière. Quelques malades de la maison de santé avaient tenu à assister à la cérémonie et à accompagner le corps au cimetière. Pour moi, qui attends mon cinquième enfant d'un jour à l'autre, je n'ai malheureusement pas pu me déplacer.

Mon cher Jérôme, je sais le profond chagrin que te causera ce deuil, et je t'écris le cœur navré. J'ai dû m'aliter depuis deux jours et j'écris difficilement, mais ne voulais laisser personne d'autre, pas même Édouard ou Robert, te parler de celle que nous avons été sans doute tous deux seuls à connaître. Maintenant que me voici une presque vieille mère de famille et que beaucoup de cendres ont recouvert le brûlant passé, je puis souhaiter te revoir. Si quelque jour tes occupations ou ton agrément t'appelaient vers Nîmes, viens jusqu'à Aigues-Vives. Édouard serait heureux de te connaître et tous deux nous pourrions parler d'Alissa. Adieu, mon cher Jérôme. Je t'embrasse bien tristement.

Quelques jours après, j'appris qu'Alissa laissait Fongueusemare à son frère, mais demandait que tous les objets de sa chambre et quelques meubles qu'elle indiquait fussent envoyés à Juliette. Je devais recevoir prochainement des papiers qu'elle avait mis sous pli cacheté à mon nom. J'appris encore qu'elle avait demandé qu'on lui mît au cou la petite croix d'améthyste que j'avais refusée à ma dernière visite, et je sus par Édouard que cela avait été fait.

Le pli cacheté que le notaire me renvoya contenait le journal d'Alissa. J'en transcris ici nombre de pages. — Je les transcris sans commentaires. Vous imaginerez suffisamment les réflexions que je fis en les lisant et le bouleversement de mon cœur que je ne pourrais que trop imparfaitement indiquer.

Arrêt
sur
lecture 3

Gide s'est expliqué sur sa conception du roman : « En réalité, ce qui m'intéresse, c'est surtout la question morale mais en laissant toute liberté de choix » (« Entretiens avec Jean Amrouche », La Manufacture, p. 315). Selon lui, le roman doit « éclairer une question ». *La Porte étroite* annonce cette démarche qui trouvera son accomplissement dans *Les Faux-Monnayeurs*. La question se joue à l'intérieur des personnages ; elle est soumise au lecteur mais la réponse n'est pas donnée.

Lire le palimpseste

Lorsque Jérôme écrit ses souvenirs, il connaît le dénouement mais ne livre pas directement le secret de la mort d'Alissa. En confrontant le récit de Jérôme, les lettres d'Alissa, et la voix de Gide-auteur, il s'agit de comprendre comment Alissa a pu mourir si jeune. C'est ainsi que Gide nous invite au débat : si Alissa est morte, à qui en revient la faute ? Ou bien à quoi ?

La version de Jérôme : une mémoire sélective

Jérôme-narrateur a sans doute beaucoup réfléchi depuis la disparition d'Alissa. Plus de dix ans se sont écoulés ; aussi a-t-il peut-être pris le recul suffisant pour juger ce qu'il a vécu auparavant sans aucune distance. C'est pourquoi son récit est beaucoup plus concerté et orienté qu'il ne l'avoue dans le prologue. Il peut même prendre les allures d'un véritable plaidoyer en sa faveur. Relevons donc les procédés qu'il utilise au cours de son récit.

L'argumentation – À lire Jérôme, on retient ceci : le milieu provincial et rigoriste de son enfance a bridé, par une éducation dévote, son épanouissement et celui d'Alissa ; la présence sulfureuse de Lucile Bucolin a brisé leur destin ; sa jeunesse et son inexpérience l'ont empêché de comprendre Alissa. À partir du chapitre 5, un nouvel argument apparaît : Jérôme considère qu'il est victime du comportement déroutant d'Alissa qui, selon lui, l'éloigne : « Il m'en coûtait beaucoup de ne pas revoir aussitôt Alissa ; mais pourtant je craignais ce revoir […] et supportais plus aisément de ne pas la revoir que de la revoir irritée » (p. 115) ; ou qui décourage son amour : « Et toute la protestation de mon cœur ne montait même plus à mes lèvres, m'étouffait » (p. 155).

La falsification du document – Jérôme ne se contente pas d'argumenter, il fausse le récit, soit par des effets rhétoriques propres à émouvoir et influencer son lecteur : « Que puis-je peindre ici que l'occasion de la détresse à laquelle je cédai dès lors tout entier ? » (p. 153) ; soit par la sélection qu'il opère pour citer des passages dans la lettre d'Alissa : « Je ne transcris point toutes ces lettres », reconnaît-il au chapitre 5 (p. 129), ou encore : « Je copie ce qui peut éclairer cette histoire » (p. 117). Parfois, il censure, tout simplement ! Remarquez page 128 une ligne entière de pointillés ! Les lecteurs doivent aussi souvent se contenter d'un résumé : « La lettre suivante ne parlait que de la naissance de sa nièce, dont elle devait être marraine, de la joie de Juliette, de celle de mon oncle… » (p. 133).

La mauvaise foi? – Jérôme fait-il mine de ne pas comprendre le drame qui se joue dans le cœur d'Alissa? Il se présente comme une victime innocente. Il manifeste une bonne conscience indéfectible et donne de son amour une vision séraphique : «Tout mon bonheur ouvrait les ailes, s'échappait de moi vers les cieux» (p. 149). Au lieu de s'inquiéter de l'étrange métamorphose d'Alissa, il se dit déçu : «J'aurais voulu la décevoir, comme elle aussi m'avait déçu.» Le récit de Jérôme peut donner l'impression au lecteur «paresseux» que Jérôme n'a pas de responsabilité, que le drame s'est déroulé en dehors de lui – voire contre lui – en dépit de son amour.

La version de Gide : les éléments de la dénonciation

«Le motif secret de nos actes, et j'entends des plus décisifs, nous échappe; et non seulement dans le souvenir que nous en gardons mais bien au moment même» (*Si le grain ne meurt*, Gallimard, Folio, 1995, p. 299). Pour une démonstration rapide, classons sommairement les démentis qu'il inflige au récit de Jérôme en l'éclairant ainsi d'un autre jour.

Les contradictions de Jérôme sont dénoncées par Gide-auteur
– Il jette le soupçon, à maintes reprises, sur son personnage, en soulignant ses incohérences. Jérôme dit aimer Alissa, mais il résiste sans défaillances à son appel : «de page en page retentissait le même appel. Où pris-je la force d'y résister?» (p. 125). Il goûte un bonheur inespéré auprès de la jeune fille, mais c'est lui qui propose le moyen de se faire congédier : «J'ai douze jours libres devant moi. Je n'en resterai pas un de plus qu'il ne te plaira. Convenons d'un signe qui voudra dire : c'est demain qu'il faut quitter Fongueusemare (p. 147)!

Les actes manqués – Ils sont fréquents : avant même de connaître les travaux de Freud, Gide pressent l'existence d'un être inconscient qui s'exprime dans nos actes malgré nous. Jérôme arrive ou trop tôt (p. 138), ou trop tard (p. 139) pour voir Alissa. Il échappe ainsi au tête-à-tête amoureux.

La fuite – Elle est un comportement constant chez Jérôme. Cette fuite devant l'amour est perceptible même dans l'éloignement. Jérôme se garde bien, curieusement, de faire lire ses lettres à Alissa, mais certaines formules de la jeune fille nous renseignent suffisamment sur ses dérobades : «Chaque jour à passer avant de te revoir pèse sur moi, m'oppresse. Deux mois encore ! » (p. 135); «Si peu fixé que tu sois encore sur la date de ton retour, elle ne peut beaucoup tarder» (p.135). Ces expressions, Gide ne les a-t-il pas glissées sous la plume d'Alissa pour désavouer Jérôme ?

Ainsi, entre ces deux voix – celle de Jérôme et celle de Gide – se forme dans la pensée du lecteur un débat contradictoire sur la responsabilité de Jérôme. Étudions la correspondance que Jérôme détient, qui provient essentiellement d'Alissa, et voyons comment Gide s'en sert pour enrichir notre réflexion.

Un petit roman épistolaire dans le roman

Un roman dans le roman

L'ensemble des lettres apparaît comme un roman dans le roman comportant une action, une trame psychologique et une conclusion. Il offre l'exemple d'un procédé que Gide aime à utiliser : la **mise en abyme***. Comme la structure de *La Porte étroite*, la structure de ce petit roman se fait sur le mode de la dualité.

L'action – Elle est double : rétablissement de Juliette, dépérissement d'Alissa. Juliette, qui était très malade, guérit, se marie, voyage avec bonheur et devient mère. Alissa, après une brève flambée de joie, s'étiole, puis meurt.

La trame psychologique – Elle est double également : évolution de

Juliette qui s'épanouit; évolution d'Alissa qui dépérit. Cette évolution est elle-même décomposable en un double mouvement : sollicitude pour Juliette : « Je supplie Jérôme de ne pas venir d'ici quelques jours. Juliette pourrait reconnaître son pas ou sa voix, et le plus grand calme lui est nécessaire… » (p. 114), puis jalousie inconsciente : « Le bonheur de Juliette devrait me combler… pourquoi mon cœur cède-t-il à une mélancolie incompréhensible, dont je ne parviens pas à me défendre ? » (p. 132). Bonheur d'amour qui s'exprime dans une sensualité vibrante : « On avait terriblement soif dans la montagne au-dessus d'Assise ! mais que le verre d'eau du Franciscain m'a paru bon ! Ô mon ami ! je regarde à travers toi chaque chose » (p. 125); puis chute dans la mélancolie : « Les livres sont sans vertu, sans charme, les promenades sans attrait, la nature entière sans prestige, le jardin décoloré, sans parfums » (p. 135).

Le dénouement – Il est donné par une lettre de Juliette : « Je viens t'annoncer une bien triste nouvelle : notre pauvre Alissa n'est plus… » (p. 170-171).

Les lettres ne sont pas une diversion dans l'économie de l'œuvre. Elles ont permis à Gide de faire ce qu'il aurait lui-même appelé sa déposition (au sens presque juridique du terme). Les lettres ne redoublent pas le récit, elles le complètent.

Le débat moral

La protestation

Gide impose une lecture critique qui met en cause une conception du bonheur liée à l'idéalisme* mystique, à une morale de l'interdit, à l'inauthenticité.

L'idéalisme mystique : une dérive – Dans une perspective chrétienne, le bonheur ne doit pas être recherché sur cette terre, mais il doit être gagné dans la vie éternelle. Seule une conduite de renoncement aux plaisirs d'ici-bas assure au croyant le salut de son âme. Au bonheur d'aimer, Alissa s'efforce de substituer un idéal de sainteté. « Que peut préférer l'âme au bonheur ? » demande Jérôme. « La sainteté », répond Alissa (p. 149). Alissa s'impose le renoncement au bonheur. Elle abandonne le bonheur terrestre en rappelant à Jérôme un verset de l'Écriture : « Ils n'ont pas obtenu ce qui leur avait été promis, Dieu nous ayant réservés pour quelque chose de meilleur... » (p. 169). Notez la répétition de « meilleur » : « "Imagines-tu cela, Jérôme : le meilleur !" Et brusquement les larmes jaillirent de ses yeux, tandis qu'elle répétait encore : le meilleur ! » Moins d'un mois après, Juliette écrit à Jérôme qu'Alissa n'est plus. Le raccourci est significatif ! Alors Jérôme est-il le seul responsable ? Préférer Dieu à Jérôme pour atteindre la sainteté, n'est-ce pas un choix mortel ?

Une morale mutilante – L'erreur d'Alissa consiste à faire une vertu de la douleur et du sacrifice. À travers la transformation d'Alissa, le lecteur réfléchit aux méfaits d'une morale qui exige un complet abandon de soi, un renoncement à l'amour et au bonheur. Gide fait à ce propos une critique sans concession. Alissa a perdu l'éclat de sa beauté : « [...] un malséant corsage, de couleur morne, d'étoffe laide au toucher, gauchît le rythme délicat de son corps » (p. 153), sa culture : « Je venais de m'apercevoir que ces livres étaient tous enlevés, remplacés uniquement par d'insignifiants petits ouvrages de piété vulgaire » (p. 156) et se consacre à de vains devoirs : « Je ne venais qu'après les soins toujours renaissants du ménage, qu'après la surveillance des travaux qu'on avait dû faire à la grange, qu'après les visites aux fermiers... » (p. 160). Ces précisions dénoncent le pouvoir mutilant de cette morale, d'autant plus dangereuse qu'elle est inauthentique.

Une morale inauthentique – Le grief le plus grave est celui de l'artifice. Cette morale va contre la nature qu'elle combat. Relevez toutes les citations livresques que fait Alissa dans ce chapitre ; ces références expriment l'absence d'authenticité de son comportement. Alissa cherche dans ses lectures pieuses une justification de sa conduite et se conforme malgré elle à un idéal qui n'est, au fond, pas le sien. La fin tragique d'Alissa est peut-être préfigurée par ce qui arrive à Abel, lui aussi plein de rêves livresques.

La revendication

La critique de Gide est sévère. Elle s'exprime au nom du bonheur. Le champ lexical* du bonheur est pléthorique dans ces chapitres – relevez-le.

Le bonheur contre le conformisme familial – L'éducation de Jérôme et d'Alissa a dénaturé leur spontanéité. Le petit cercle familial exerce sur les deux jeunes gens une influence dangereuse pour leur épanouissement et leur équilibre. Souvenons-nous entre autres de l'affreuse promenade que la tante Plantier impose aux fiancés.

Le bonheur contre le conformisme social – La question du mariage est au centre de l'œuvre. Le bonheur passe-t-il obligatoirement par le mariage ? Juliette, mariée, semble heureuse… Mais elle a sacrifié ses goûts les plus chers : « Ce dont elle fait son bonheur aujourd'hui reste si différent de ce qu'elle rêvait et dont il semblait que son bonheur dût dépendre ! » (p. 132).

Le bonheur contre le conformisme moral – Peut-on ignorer la nature sensuelle de Jérôme ? Ses atermoiements ne signalent-ils pas une aliénation* dont il est lui-même inconscient ? Que peut traduire son aveuglement sur soi-même dans sa relation avec Alissa ?

Ainsi, dans un monde encore engoncé dans les principes et les interdits, *La Porte étroite* faisait découvrir au lecteur que les rapports de l'homme avec autrui dépendent avant tout de son rapport à lui-même. Gide avertissait le lecteur des méfaits d'une soumission passive aux valeurs établies. Il éveillait en son public l'exigence de luci-

dité et de bonheur qui allait faire partie intégrante du paysage intellectuel du XXᵉ siècle.

Pour une lecture

«Ainsi s'écoulèrent les jours dont je m'étais promis tant de félicité»
(p. 160), jusqu'à «un jour viendra où tu te souviendras seulement de
l'avoir aimée» (p. 161).

Introduction
Situation du passage – On assiste à l'avant-dernière entrevue de
Jérôme et Alissa. Le séjour de Jérôme à Fongueusemare s'achève. Ce
séjour a été une douloureuse suite de déceptions pour lui. Alissa est
méconnaissable physiquement; de plus, elle s'est détachée de tout
ce qui l'unissait intellectuellement à Jérôme. Ce dernier a eu l'impression, durant sa visite, qu'elle se dérobait et évitait toute occasion
de tête-à-tête avec lui. Il en souffre, et s'en plaint lorsqu'il peut enfin
lui parler.
   Idée générale – Jérôme relate leur dialogue qui se déroule sur le
banc de la marnière.
Centres d'intérêt – La scène* est empreinte d'un climat nostalgique et poignant qui prélude au dénouement. Elle est rapportée par
Jérôme suivant le souvenir qu'il en a gardé : on analysera donc les
effets de la focalisation* interne. On appréciera ensuite comment
Gide-auteur laisse le lecteur interpréter lui-même ce moment crucial
pour les deux héros.

Développement : les axes de lecture

1 – Un climat délétère
Les champs lexicaux, les tournures syntaxiques essentiellement négatives et les repères spatio-temporels donnent à la scène un climat sourdement tragique, voire morbide.

a – Les champs lexicaux :
Le vocabulaire crée un sentiment de tristesse. Les termes « peine », « plainte », « malheur », « deuil », ponctuent le passage selon une discrète mais implacable gradation : de la souffrance au deuil, puis du deuil au regret et enfin du regret au souvenir, se profile un irréversible mouvement vers la mort de l'amour. Ce cheminement fatal est connoté par un ensemble de termes qui évoquent l'anéantissement, la disparition. Relevons-les : « passé », « souvenir », « fantôme » évoquent la mort ; les verbes effeuiller, affaiblir et passer suggèrent l'épuisement de l'amour en suscitant des images évanescentes. Le vocabulaire utilisé par Jérôme imprime à la scène les stigmates d'un secret dépérissement.

b – L'expression du sentiment tragique :
Il y a en effet une insistance significative dans l'emploi des phrases à la forme négative. Comptez-les, il y en a huit ! L'opposition du présent et de l'imparfait dans la réplique de Jérôme (« Hélas ! je ne l'invente pas. Elle était mon amie. Je la rappelle. Alissa ! Alissa ! Vous étiez celle que j'aimais ») accuse son désespoir en soulignant la cruelle métamorphose de la jeune fille. On relève la même angoisse chez Alissa : elle a recours à des termes dépréciatifs (« pourquoi ne pas avouer tout simplement que tu m'aimes moins ? » ; « une figure imaginaire ») qui trahissent sa peur intime. Elle se sent dépossédée de l'amour de Jérôme : « Tu m'aimes… et pourtant tu me regrettes. » Ces tournures peignent un état d'âme qui est reflété dans le cadre de la scène*.

c – Les repères spatio-temporels :
Tout ce qui se rapporte à l'espace est atteint d'une insidieuse mélancolie. La marnière abandonnée offre l'image d'un lieu désolé, déserté. L'adjectif «bleui» évoque la nuance froide d'une couleur éteinte. «Sans brume» connote une lumière glacée qui donne aux choses des arêtes dures. «Le clair soir d'automne» est un moment nostalgique; c'est la saison des agonies dans la nature.

La scène* est une ultime tentative de communion entre les deux héros. Il y rôde une impression de fatalité. Jérôme et Alissa échouent à se rejoindre. Or, c'est Jérôme qui relate cette scène*. Sans doute rapporte-t-il directement les propos d'Alissa et les siens, mais ne peut-on deviner cependant des distorsions dans son récit?

2 – La focalisation interne

a – La rhétorique :
Relevez l'image : «je ne pus retenir ma plainte, montrant du deuil de quel bonheur mon malheur d'aujourd'hui se formait», ou encore l'emploi du «vous» emphatique. Observez les didascalies* : «le sol cédait sous moi». Notez l'alternance du style indirect pesamment explicatif, et du style direct parfois très tendu. Observez enfin les questions oratoires peu spontanées, semble-t-il. Ces effets stylistiques ne sont pas fortuits. La reprise de «parce que» donne un rythme ternaire savamment composé à la phrase : «Parce que ce n'est pas vrai! Parce que ce n'est pas vrai! m'écriai-je avec indignation; parce que je ne t'ai jamais plus aimée.»

b – Les marques d'affectivité :
Jérôme veut souligner son émotion et il multiplie les signes de son désarroi face à une Alissa dont le ton semble, par contraste, bien maîtrisé. Les exclamations, les points de suspension s'ajoutent aux questions rhétoriques. La répétition de l'apostrophe «Alissa», le sou-

pir «Hélas!», la brièveté des propositions juxtaposées, et enfin le superlatif «jamais plus aimée» sont destinés à exprimer intensément la détresse de Jérôme bouleversé par les propos d'Alissa.

c – Le jeu des répliques :

La tension est grande dans le dialogue. Les répliques de Jérôme sont courtes, serrées, dans un premier temps, puis gonflées d'émotion, puis de nouveau brèves. Le rythme du début crée une certaine vivacité qui reparaît avec le jeu sur les termes «passé», «passe», «passera». Ce rythme donne au dialogue une sécheresse presque violente. Les formules d'Alissa : «pourquoi ne pas avouer», ou «il faudra bien» suggèrent une fermeté peu attendrie. Le dialogue laisse affleurer un conflit dans lequel Jérôme se montre constamment sur la défensive.

On devrait admettre, à la lecture de son récit, qu'Alissa, insensible aux souffrances de son cousin, lui refuse sa tendresse et lui fait d'injustes reproches. Or, la lecture de ce moment, comme d'une défaite de l'amour de Jérôme devant l'indifférence d'Alissa est, sans aucun doute, discutable. Le lecteur peut déchiffrer une autre vérité.

3 – L'autre vérité

On peut la saisir dans l'opposition entre le récit et le discours qui révèle l'aveuglement de Jérôme et le malentendu entre les deux jeunes gens.

a – Le récit et le discours :

Le récit en effet oriente le discours. Jérôme a annoncé sa «stupeur», sa «peine». Il oriente ainsi dès le début notre lecture du dialogue. La première phrase de notre passage appelle notre compassion. En revanche, l'introduction des propos d'Alissa se fait sans aucune transition, ni préparation, ce qui leur confère une certaine brutalité : «Mais que puis-je à ceci mon ami ? dit-elle aussitôt.» Alissa paraît avoir un cœur de pierre. Les répliques d'Alissa acculent Jérôme. Il écrit pour les commenter : « Le sol cédait sous moi ; et je me raccrochais à tout… » Jérôme nous montre une Alissa dure qui le pousse dans ses retranchements, qui n'est plus « son amie ». Mais justement, n'est-ce pas ce terme qui le trahit ? Est-elle une amie ou une amoureuse blessée ?

b – L'aveuglement de Jérôme :

À maintes reprises, on devine l'aveuglement de Jérôme qui ne perce pas à jour les attitudes ou les paroles d'Alissa. Les attitudes de la jeune fille ne semblent pas non plus retenir vraiment son attention. Elles sont évoquées par des propositions participiales : « m'ayant accompagné », « effeuillant une fleur », et « gardant la tête baissée ». Pourquoi Jérôme ne devine-t-il pas les mouvements secrets du cœur d'Alissa ? Sachant qu'il va repartir, elle cherche à sonder encore ses sentiments. Elle ne relève pas la tête parce qu'elle dévoilerait l'ardeur de son regard. Et si elle effeuille une fleur, n'est-ce pas pour mettre Jérôme sur le chemin de l'amour ? Et son silence, pendant ce geste symbolique, n'est-il pas un autre langage ? Son sourire et son « haussement d'épaules » montrent un effort pathétique pour éviter un débordement d'émotion.

c – Le malentendu :

Relevez le champ lexical* de l'amour ; il s'agit bien d'une querelle d'amoureux où chacun reste enfermé en soi-même, prisonnier de sa vérité, de ses contradictions. Ainsi, Alissa quête l'amour de Jérôme, mais c'est en l'accusant, en le repoussant, sans aucune concession. L'emploi de l'indicatif, présent ou futur, dans ses répliques ne laisse place à aucune sensibilité apparente. Jérôme proteste et il brandit lui aussi des reproches : « Qu'avez-vous fait de vous ? Que vous êtes-vous fait devenir ? » Chacun poursuit sa propre chimère. Chacun fait l'aveu qui le trahit : « Je ne peux mettre au passé mon amour » tra-

duit le refus chez Jérôme de voir la réalité mouvante de ses sentiments ; « un jour viendra où tu te souviendras seulement de [m']avoir
aimée », traduit la hantise chez Alissa d'un absolu impossible.

Dans ce dialogue déchirant, le pathétique surgit de ce que Gide
appelle « l'inconséquence » de ses héros.

Conclusion

On peut comprendre ici toute la complexité de *La Porte étroite*, d'une
part la version de Jérôme, d'autre part la déposition de Gide. Cette
scène* se situe dans la tradition des héros de Racine et de Marivaux,
incapables de lire dans leurs propres cœurs comme dans celui de
l'autre qu'ils veulent, ou croient, aimer. On peut enfin apprécier
comment Gide nous révèle les inextricables complications du cœur
humain.

à vous...

**1 – Le roman épistolaire – Sur quelle période s'étend la corres-
pondance ?**
– Qui sont les destinataires ?
**– Que devine-t-on des réponses de Jérôme ? Recensez ce que l'on
peut recueillir à ce sujet.**

**2 – La vie de la petite société provinciale : comment est-elle expri-
mée ?**

3 – Les qualités d'Alissa épistolière : que nous révèlent-elles ?

**4 – Dissertation – « J'ai seulement cherché de bien peindre et
d'éclairer bien ma peinture », écrit Gide à propos de son roman
L'Immoraliste. Peut-on appliquer cette formule à *La Porte
étroite* ?**

Journal d'Alissa

Aigues-Vives.

Avant-hier, départ du Havre ; hier, arrivée à Nîmes ; mon premier voyage ! N'ayant aucun souci du ménage ni de la cuisine, dans le léger désœuvrement qui s'ensuit, ce 24 mai 188., jour anniversaire de mes vingt-cinq ans, je commence un journal – sans grand amusement, un peu pour me tenir compagnie ; car, pour la première fois de ma vie peut-être, je me sens seule – sur une terre différente, étrangère presque, et avec qui je n'ai pas encore lié connaissance. Ce qu'elle a à me dire est sans doute pareil à ce que me racontait la Normandie, et que j'écoute infatigablement à Fongueusemare – car Dieu n'est différent de soi nulle part – mais elle parle, cette terre méridionale, une langue que je n'ai pas encore apprise et que j'écoute avec étonnement.

24 mai.

Juliette sommeille sur une chaise longue près de moi – dans la galerie ouverte qui fait le charme de cette maison à l'italienne, de plain-pied avec la cour sablée qui continue le jardin… Juliette, sans quitter sa chaise longue, peut voir la pelouse se vallonner jusqu'à la pièce d'eau où s'ébat un peuple de canards bariolés et où naviguent deux cygnes. Un ruisseau que ne tarit, dit-on, aucun été l'alimente, puis fuit à travers le jardin qui devient bosquet toujours plus sauvage resserré de plus en plus entre la garrigue sèche et les vignobles, et bientôt complètement étranglé.

… Édouard Teissières a fait visiter hier, à mon père, le jardin, la ferme, les celliers, les vignobles, pendant que je restais auprès de Juliette, – de sorte que ce matin, de très bonne heure, j'ai pu faire, seule, ma première promenade de découverte dans le parc. Beaucoup de plantes et d'arbres inconnus dont pourtant j'aurais voulu savoir le nom. De chacun d'eux je cueille une ramille pour me les faire nommer, au déjeuner. Je reconnais en ceux-ci les chênes verts qu'admirait Jérôme à la villa Borghèse[1] ou Doria-Pamphili… si lointains parents de nos arbres du Nord – d'expression si différente ; ils abritent, presque à l'extrémité du parc, une clairière étroite, mystérieuse et se penchent au-dessus d'un gazon doux aux pieds, invitant le chœur des nymphes. Je m'étonne, m'effarouche presque de ce qu'ici mon sentiment de la nature, si profondément chrétien à Fongueusemare, malgré moi devienne un peu mythologique. Pourtant elle était encore religieuse la sorte de crainte qui de plus en plus m'oppressait. Je murmurais ces mots : *hic nemus*[2]. L'air était cristallin : il faisait un silence étrange. Je songeais à Orphée[3], à Armide[4], lorsque tout à coup un chant d'oiseau, unique, s'est élevé, si près de moi, si pathétique, si pur qu'il me sembla soudain que toute la nature l'attendait. Mon cœur battait très fort ; je suis restée un instant appuyée contre un arbre, puis suis rentrée avant que personne encore ne fût levé.

1. Villa Borghèse : musée de Rome.
2. «*Hic nemus*» : ici est un bocage. Virgile, *Bucolique*, X, 43.
3. Orphée : fils de la muse Calliope, son génie de poète charme hommes et bêtes ; le chant d'Orphée captiva Hadès, roi des Enfers, pour qu'il puisse délivrer Eurydice, qu'il perdra cependant en se retournant malgré l'interdiction.
4. Armide : héroïne de *La Jérusalem délivrée* du Tasse, poète italien (1544-1595). Elle retint Renaud loin des Croisés, dans son jardin enchanté.

26 mai.

Toujours sans nouvelles de Jérôme. Quand il m'aurait écrit au Havre, sa lettre m'aurait été renvoyée… Je ne puis confier qu'à ce cahier mon inquiétude ; ni la course d'hier aux Baux ni la prière, depuis trois jours, n'ont pu m'en distraire un instant. Aujourd'hui, je ne peux écrire rien d'autre : l'étrange mélancolie dont je souffre depuis mon arrivée à Aigues-Vives n'a peut-être pas d'autre cause ; – pourtant je la sens à une telle profondeur en moi-même qu'il me semble maintenant qu'elle était là depuis longtemps et que la joie dont je me disais fière ne faisait que la recouvrir.

27 mai.

Pourquoi me mentirais-je à moi-même ? C'est par un raisonnement que je me réjouis du bonheur de Juliette. Ce bonheur que j'ai tant souhaité, jusqu'à offrir de lui sacrifier mon bonheur, je souffre de le voir obtenu sans peine, et différent de ce qu'elle et moi nous imaginions qu'il dût être. Que cela est compliqué ! Si… je discerne bien qu'un affreux retour d'égoïsme s'offense de ce qu'elle ait trouvé son bonheur ailleurs que dans mon sacrifice – qu'elle n'ait pas eu besoin de mon sacrifice pour être heureuse.

Et je me demande à présent, à sentir quelle inquiétude me cause le silence de Jérôme : ce sacrifice était-il réellement consommé dans mon cœur ? je suis comme humiliée que Dieu ne l'exige plus de moi. N'en étais-je donc point capable ?

28 mai.

Combien cette analyse de ma tristesse est dangereuse ! Déjà je m'attache à ce cahier. La coquetterie, que je croyais vaincue, reprendrait-elle ici ses droits ? Non ; que ce journal ne soit pas le complaisant miroir devant lequel mon âme s'apprête ! Ce n'est pas par désœuvrement, comme je le croyais d'abord, que j'écris, mais par tristesse. La tristesse est un *état de péché,* que je ne connaissais plus, que je hais, dont je veux *décompliquer* mon âme. Ce cahier doit m'aider à réobtenir en moi le bonheur.

La tristesse est une complication. Jamais je ne cherchais à analyser mon bonheur.

À Fongueusemare j'étais bien seule aussi, plus seule encore... pourquoi donc ne le sentais-je pas ? Et quand Jérôme m'écrivait d'Italie, j'acceptais qu'il vît sans moi, qu'il vécût sans moi, je le suivais par la pensée et faisais de sa joie la mienne. Je l'appelle à présent malgré moi ; sans lui tout ce que je vois de neuf m'importune...

10 juin.

Longue interruption de ce journal à peine commencé ; naissance de la petite Lise ; longues veillées auprès de Juliette ; tout ce que je peux écrire à Jérôme, je n'ai nul plaisir à l'écrire ici. Je voudrais me garder de cet insupportable défaut commun à tant de femmes : le trop écrire. Considérer ce cahier comme un instrument de perfectionnement.

Suivaient plusieurs pages de notes prises au cours de lectures, passages copiés, etc. Puis, datée de Fongueusemare de nouveau :

16 juillet.

Juliette est heureuse ; elle le dit, le paraît ; je n'ai pas le droit, pas de raison d'en douter... D'où me vient à présent, auprès d'elle, ce sentiment d'insatisfaction, de malaise ? – Peut-être à sentir cette félicité si pratique, si facilement obtenue, si parfaitement «sur mesure» qu'il semble qu'elle enserre l'âme et l'étouffe...

Et je me demande à présent si c'est bien le bonheur que je souhaite ou plutôt l'acheminement vers le bonheur. Ô Seigneur ! Gardez-moi d'un bonheur que je pourrais trop vite atteindre ! Enseignez-moi à différer, à reculer jusqu'à Vous mon bonheur.

De nombreuses feuilles ensuite avaient été arrachées ; sans doute relataient-elles notre pénible revoir du Havre. Le journal ne reprenait que l'an suivant ; feuillets non datés, mais certainement écrits au moment de mon séjour à Fongueusemare.

Parfois, en l'écoutant parler je crois me regarder penser. Il m'explique et me découvre à moi-même. Existerais-je sans lui ? Je ne suis qu'avec lui…

Parfois j'hésite si ce que j'éprouve pour lui c'est bien ce que l'on appelle de l'amour – tant la peinture que d'ordinaire on fait de l'amour diffère de celle que je pourrais en faire. Je voudrais que rien n'en fût dit et l'aimer sans savoir que je l'aime. Surtout je voudrais l'aimer sans qu'il le sût.

De tout ce qu'il me faut vivre sans lui, rien ne m'est plus d'aucune joie. Toute ma vertu n'est que pour lui plaire et pourtant, près de lui, je sens ma vertu défaillante.

J'aimais l'étude du piano parce qu'il me semblait que je pouvais y progresser un peu chaque jour. C'est peut-être aussi le secret du plaisir que je prends à lire un livre en langue étrangère : non certes que je préfère quelque langue que ce soit à la nôtre ou que ceux de nos écrivains que j'admire me paraissent le céder en rien aux étrangers – mais la légère difficulté dans la poursuite du sens et de l'émotion, l'inconsciente fierté peut-être de la vaincre et de la vaincre toujours mieux, ajoute au plaisir de l'esprit je ne sais quel contentement de l'âme, dont il me semble que je ne puis me passer.

Si bienheureux qu'il soit, je ne puis souhaiter un état sans progrès. Je me figure la joie céleste non comme une confusion en Dieu, mais comme un rapprochement infini, continu... et si je ne craignais de jouer sur un mot, je dirais que je ferais fi d'une joie qui ne serait pas *progressive*.

Ce matin nous étions assis tous deux sur le banc de l'avenue; nous ne disions rien et n'éprouvions le besoin de rien dire... Tout à coup il m'a demandé si je croyais à la vie future.

«Mais, Jérôme, me suis-je écriée aussitôt, c'est mieux pour moi qu'une espérance : c'est une certitude... »

Et brusquement il m'a semblé que toute ma foi s'était vidée dans ce cri.

«Je voudrais savoir!» a-t-il ajouté... il s'est arrêté quelques instants, puis : «Agirais-tu différemment, sans ta foi?

– Comment puis-je le savoir, ai-je répondu; et j'ajoutai : – Mais toi-même, et malgré toi, mon ami, tu ne peux plus agir autrement que tu ne ferais, animé par la foi la plus vive. Et je ne t'aimerais pas, différent.»

Non, Jérôme, non, ce n'est pas la récompense future vers quoi s'efforce notre vertu : ce n'est pas la récompense que cherche notre amour. L'idée d'une rémunération de sa peine est blessante à l'âme bien née. La vertu n'est pas non plus pour elle une parure : non, c'est la forme de sa beauté.

Papa va de nouveau moins bien; rien de grave j'espère, mais il a dû se remettre au lait depuis trois jours.

Hier au soir, Jérôme venait de monter dans sa chambre; papa, qui prolongeait avec moi la veillée, m'a laissée seule quelques instants. J'étais assise sur le canapé ou plutôt – ce qui ne m'arrive presque jamais – je m'étais étendue, je ne sais pourquoi. L'abat-jour abritait de la lumière mes yeux et le haut de mon corps; je regardais machinalement la pointe de mes pieds, qui dépassait un peu ma robe et qu'un reflet de lampe accrochait. Quand papa est rentré, il est resté quelques instants debout devant la porte à me dévisager d'une manière étrange, à la fois souriante et triste. Vaguement confuse, je me suis levée ; alors il m'a fait signe.

« Viens t'asseoir près de moi », m'a-t-il dit et, bien qu'il fût déjà tard, il a commencé à me parler de ma mère, ce qu'il n'avait jamais fait depuis leur séparation. Il m'a raconté comment il l'avait épousée, combien il l'aimait et ce que d'abord elle avait été pour lui.

« Papa, lui ai-je dit enfin, je te supplie de me dire pourquoi tu me racontes cela ce soir, ce qui te fait me raconter cela précisément ce soir…

– Parce que, tout à l'heure, quand je suis rentré dans le salon, et que je t'ai vue, comme tu étais étendue sur le canapé, un instant j'ai cru revoir ta mère. »

Si j'insistais ainsi, c'est que, ce même soir… Jérôme lisait par-dessus mon épaule, debout, appuyé contre mon fauteuil, penché sur moi. Je ne pouvais le voir mais sentais son haleine et comme la chaleur et le frémissement de son corps. Je feignais de continuer ma lecture, mais je ne comprenais plus ; je ne distinguais même plus les lignes ; un trouble si étrange s'était emparé de moi que j'ai dû me lever de ma chaise, en hâte, tandis que je le pouvais encore. J'ai pu quitter quelques instants la pièce sans qu'heureusement il se soit rendu compte de rien… Mais quand, un peu plus tard, seule dans le salon, je m'étais étendue sur ce canapé où papa trouvait que je ressemblais à ma mère, précisément alors c'est à elle que je pensais.

J'ai très mal dormi cette nuit, inquiète, oppressée, misérable, obsédée par le souvenir du passé qui remontait en moi comme un remords. Seigneur, enseignez-moi l'horreur de tout ce qui a quelque apparence du mal.

Pauvre Jérôme ! Si pourtant il savait que parfois il n'aurait qu'un geste à faire, et que ce geste parfois je l'attends…

Lorsque j'étais enfant, c'est à cause de lui déjà que je souhaitais d'être belle. Il me semble à présent que je n'ai jamais « tendu à la perfection » que pour lui. Et que cette perfection ne puisse être atteinte que sans lui, c'est, ô mon Dieu! celui d'entre vos enseignements qui déconcerte le plus mon âme.

Combien heureuse doit être l'âme pour qui vertu se confondrait avec amour! Parfois je doute s'il est d'autre vertu que d'aimer, d'aimer le plus possible et toujours plus... Mais certains jours, hélas! la vertu ne m'apparaît plus que comme une résistance à l'amour. Eh quoi! oserais-je appeler vertu le plus naturel penchant de mon cœur! Ô sophisme attrayant! invitation spécieuse! mirage insidieux du bonheur!

Je lis ce matin dans La Bruyère :

«Il y a quelquefois, dans le cours de la vie, de si chers plaisirs et de si tendres engagements que l'on nous défend, qu'il est naturel de désirer du moins qu'ils fussent permis : de si grands charmes ne peuvent être surpassés que par celui de savoir y renoncer par vertu.»

Pourquoi donc inventai-je ici la défense? Serait-ce que m'attire en secret un charme plus puissant encore, plus suave que celui de l'amour? Oh! pouvoir entraîner à la fois nos deux âmes, à force d'amour, au-delà de l'amour!...

Hélas! Je ne le comprends que trop bien à présent : entre Dieu et lui, il n'est pas d'autre obstacle que moi-même. Si, peut-être, comme il me le dit, son amour pour moi l'inclina vers Dieu tout d'abord, à présent cet amour l'empêche; il s'attarde à moi, me préfère, et je deviens l'idole qui le retient de s'avancer plus loin dans la vertu. Il faut que l'un de nous deux y parvienne; et désespérant de surmonter dans mon lâche cœur mon amour, permettez-moi, mon Dieu, accordez-moi la force de lui apprendre à ne m'aimer plus; de manière qu'au prix des miens, je vous apporte ses mérites infiniment préférables... et si mon âme aujourd'hui sanglote de le perdre, n'est-ce pas pour que, plus tard, je le retrouve en Vous...

Dites, ô mon Dieu! quelle âme vous mérita jamais davantage? N'est-il pas né pour mieux que pour m'aimer? Et l'aimerais-je autant, s'il devait s'arrêter à moi-même? Combien se rétrécit dans le bonheur tout ce qui pourrait être héroïque!...

Dimanche.

«Dieu nous ayant gardés pour quelque chose de meilleur.»

Lundi 3 mai.

Que le bonheur soit là, tout près, s'il se propose… n'avoir qu'à allonger la main pour s'en saisir…

Ce matin, causant avec lui, j'ai consommé le sacrifice.

Lundi soir.

Il part demain…

Cher Jérôme, je t'aime toujours de tendresse infinie; mais jamais plus je ne pourrai te le dire. La contrainte que j'impose à mes yeux, à mes lèvres, à mon âme, est si dure que te quitter m'est délivrance et amère satisfaction.

Je m'efforce d'agir avec raison, mais au moment de l'action, les raisons qui me faisaient agir m'échappent, ou me paraissent folles; je n'y crois plus…

Les raisons qui me font le fuir? Je n'y crois plus… Et je le fuis pourtant, avec tristesse, et sans comprendre pourquoi je le fuis.

Seigneur! nous avancer vers vous, Jérôme et moi, l'un avec l'autre, l'un par l'autre; marcher tout le long de la vie comme deux pèlerins dont l'un parfois dise à l'autre : «Appuie-toi sur moi, frère, si tu es las», et dont l'autre réponde : «Il me suffit de te sentir près de moi… » Mais non! la route que vous nous enseignez, Seigneur, est une route étroite – étroite à n'y pouvoir marcher deux de front.

4 juillet.

Voilà plus de six semaines que je n'ai pas rouvert ce cahier. Le mois dernier, en en relisant quelques pages, j'y avais surpris un absurde, un coupable souci de bien écrire… que je *lui* dois…

Comme si, dans ce cahier que je n'ai commencé que pour m'aider à me passer de lui, je continuais à *lui* écrire.

J'ai déchiré toutes les pages qui m'ont paru *bien écrites*. (Je sais ce que j'entends par là.) J'aurais dû déchirer toutes celles où il est question de lui. J'aurais dû tout déchirer... Je n'ai pas pu.

Et déjà d'avoir arraché ces quelques pages, j'ai ressenti un peu d'orgueil... un orgueil dont je rirais, si mon cœur n'était si malade.

Vraiment il semblait que j'eusse là du mérite et que ce que je supprimais fût grand-chose!

6 juillet.

J'ai dû bannir de ma bibliothèque...

De livre en livre je le fuis et le retrouve. Même la page que sans lui je découvre, j'entends sa voix encore me la lire. Je n'ai goût qu'à ce qui l'intéresse, et ma pensée a pris la forme de la sienne au point que je ne sais les distinguer pas plus qu'au temps où je pouvais me plaire à les confondre.

Parfois je m'efforce d'écrire mal, pour échapper au rythme de ses phrases; mais lutter contre lui, c'est encore m'occuper de lui. Je prends la résolution de ne plus lire pour un temps que la Bible (l'Imitation aussi, peut-être) et de ne plus écrire dans ce carnet que, chaque jour, le verset marquant de ma lecture.

Suivait une sorte de «pain quotidien», où la date de chaque jour, à partir du premier juillet, était accompagnée d'un verset. Je ne transcris ici que ceux qu'accompagnait aussi quelque commentaire.

20 juillet.

«Vends tout ce que tu as et le donne aux pauvres.» Je comprends qu'il faudrait donner aux pauvres ce cœur dont je ne dispose que pour Jérôme. Et du même coup n'est-ce pas lui enseigner à faire de même?... Seigneur, donnez-moi ce courage.

24 juillet.

J'ai cessé de lire l'*Internelle Consolacion*. Cette ancienne langue m'amusait fort, mais me distrayait et la joie quasi païenne que j'y goûte n'a rien à voir avec l'édification que je me proposais d'y chercher.

Repris l'Imitation; et non point même dans le texte latin, que je suis trop vaine de comprendre. J'aime que ne soit pas même signée la traduction où je la lis – protestante il est vrai, mais «appropriée à toutes les communions chrétiennes», dit le titre.

«Oh! si tu savais quelle paix tu acquerrais, et quelle joie tu donnerais aux autres en t'avançant dans la vertu, je m'assure que tu y travaillerais avec plus de soin.»

10 août.

Quand je crierais vers Vous, mon Dieu, avec l'élan de la foi d'un enfant et la voix surhumaine des anges...

Tout cela, je le sais, me vient non de Jérôme, mais de Vous.

Mais pourquoi entre Vous et moi, posez-Vous partout son image?

14 août.

Plus que deux mois pour parachever cet ouvrage... Ô Seigneur aidez-moi!

20 août.

Je le sens bien, je le sens *à ma tristesse*, que le sacrifice n'est pas consommé dans mon cœur. Mon Dieu, donnez-moi de ne devoir qu'à Vous cette joie que lui seul me faisait connaître.

28 août.

À quelle médiocre, triste vertu je parviens! Exigé-je donc trop de moi? – N'en plus souffrir.

Par quelle lâcheté toujours implorer de Dieu sa force! À présent toute ma prière est plaintive.

29 août.

«Regardez les lis des champs…»

Cette parole si simple m'a plongée ce matin dans une tristesse dont rien ne pouvait me distraire. Je suis sortie dans la campagne et ces mots que malgré moi je répétais sans cesse emplissaient de larmes mon cœur et mes yeux. Je contemplais la vaste plaine vide où le laboureur penché sur la charrue peinait… «Les lis des champs…» Mais, Seigneur, où sont-ils?…

16 septembre, 10 heures du soir.

Je l'ai revu. Il est là, sous ce toit. Je vois sur le gazon la clarté qu'y porte sa fenêtre. Pendant que j'écris ces lignes, il veille; et peut-être qu'il pense à moi. Il n'a pas changé; il le dit; je le sens. Saurai-je me montrer à lui telle que j'ai résolu d'être, afin que son amour me désavoue?…

24 septembre.

Oh! conversation atroce où j'ai su feindre l'indifférence, la froideur, lorsque mon cœur au-dedans de moi se pâmait… Jusqu'à présent, je m'étais contentée de le fuir. Ce matin j'ai pu croire que Dieu me donnerait la force de vaincre, et que me dérober sans cesse à la lutte n'allait pas sans lâcheté. Ai-je triomphé? Jérôme m'aime-t-il un peu moins?… Hélas! c'est ce que j'espère, et que je crains tout à la fois… Je ne l'ai jamais aimé davantage.

Et s'il vous faut, Seigneur, pour le sauver de moi, que je me perde, faites!...

« Entrez dans mon cœur et dans mon âme pour y porter mes souffrances et pour continuer d'endurer en moi ce qui vous reste à souffrir de votre Passion[1].»

Nous avons parlé de Pascal... Qu'ai-je pu lui dire? Quels honteux, absurdes propos! Si je souffrais en les disant déjà, ce soir je m'en repens comme d'un blasphème. J'ai repris le livre pesant des Pensées, qui de lui-même s'est ouvert à ce passage des lettres à Mlle de Roannez[2] :

«On ne sent pas son lien quand on suit volontairement celui qui entraîne; mais quand on commence à résister et à marcher en s'éloignant on souffre bien.»

Ces paroles me touchaient si directement que je n'ai pas eu la force de continuer ma lecture; mais ouvrant le livre à un autre endroit, ce fut pour trouver un passage admirable que je ne connaissais pas et que je viens de copier.

Ici s'achevait le premier cahier de ce journal. Sans doute un cahier suivant fut détruit; car, dans les papiers laissés par Alissa, le journal ne reprenait que trois ans plus tard, à Fongueusemare encore – en septembre – c'est-à-dire peu de temps avant notre dernier revoir.

Les phrases qui suivent ouvrent ce dernier cahier.

---

1. «Entrez dans mon cœur...» : prière de Pascal, pour demander à Dieu le bon usage des maladies.
2. Lettre de Pascal à Charlotte de Roannez qui refusa de se marier puis entra à Port-Royal en 1657.

17 septembre.

Mon Dieu, vous savez bien que j'ai besoin de lui pour Vous aimer.

20 septembre.

Mon Dieu, donnez-le-moi, afin que je Vous donne mon cœur.

Mon Dieu, faites-le-moi revoir seulement.

Mon Dieu, je m'engage à vous donner mon cœur; accordez-moi ce que mon amour vous demande. Je ne donnerai plus qu'à Vous ce qui me restera de vie...

Mon Dieu, pardonnez-moi cette méprisable prière, mais je ne puis écarter son nom de mes lèvres, ni oublier la peine de mon cœur.

Mon Dieu, je crie à Vous; ne m'abandonnez pas dans ma détresse.

21 septembre.

«Tout ce que vous demanderez à mon père en mon nom...»
Seigneur! en votre nom je n'ose...

Mais si je ne formule plus ma prière, en connaîtrez-vous moins pour cela le délirant souhait de mon cœur?

27 septembre.

Depuis ce matin un grand calme. Passé presque toute la nuit en méditation, en prière. Soudain il m'a semblé que m'entourait, que descendait en moi une sorte de paix lumineuse, pareille à l'imagination qu'enfant je me faisais du Saint-Esprit. Je me suis aussitôt couchée, craignant de ne devoir ma joie qu'à une exaltation nerveuse ; je me suis endormie assez vite, sans que cette félicité m'eût quittée. Elle est là ce matin tout entière. J'ai maintenant la certitude qu'il viendra.

30 septembre.

Jérôme ! mon ami, toi que j'appelle encore mon frère, mais que j'aime infiniment plus qu'un frère... Combien de fois ai-je crié ton nom dans la hêtraie !... Sortant chaque soir, vers la tombée du jour, par la petite porte du potager, je descends l'avenue déjà sombre... Tu me répondrais soudain, tu m'apparaîtrais là, derrière le talus pierreux qu'avait hâte de contourner mon regard, ou bien je te verrais de loin, assis sur le banc, à m'attendre, mon cœur n'aurait pas un sursaut... au contraire, je m'étonne de ne pas te voir.

1er octobre.

Rien encore. Le soleil s'est couché dans un ciel incomparablement pur. J'attends. Je sais que bientôt, sur ce même banc, je serai assise avec lui... J'écoute déjà sa parole. J'aime tant à l'entendre prononcer mon nom... Il sera là ! Je mettrai ma main dans sa main. Je laisserai mon front s'appuyer contre son épaule. Je respirerai près de lui. Hier déjà, j'avais emporté quelques-unes de ses lettres pour les relire ; mais je ne les ai pas regardées, trop occupée par sa pensée. J'avais également pris sur moi la croix d'améthyste qu'il aimait et que je portais chaque soir, un des étés passés, aussi longtemps que je ne voulais pas qu'il partît.

Je voudrais lui remettre cette croix. Il y a longtemps déjà je faisais ce rêve : lui marié ; moi marraine de sa première fille, une petite Alissa, à qui je donnais ce bijou… Pourquoi n'ai-je jamais osé le lui dire ?

2 octobre.

Mon âme est légère et joyeuse aujourd'hui comme un oiseau qui aurait fait son nid dans le ciel. C'est aujourd'hui qu'il doit venir ; je le sens, je le sais ; je voudrais le crier à tous ; j'ai besoin de l'écrire ici. Je ne veux plus cacher ma joie. Même Robert, si distrait d'ordinaire et si indifférent à moi, l'a remarquée. Ses questions m'ont troublée et je n'ai su quoi lui répondre. Comment vais-je attendre à ce soir ?…

Je ne sais quel transparent bandeau me présente partout agrandie son image et concentre tous les rayons de l'amour sur un seul point brûlant de mon cœur.

Oh ! que l'attente me fatigue !…

Seigneur ! entrouvrez un instant devant moi les larges vantaux [1] du bonheur.

3 octobre.

Tout s'est éteint. Hélas ! il s'est échappé d'entre mes bras, comme une ombre. Il était là ! Il était là ! Je le sens encore. Je l'appelle. Mes mains, mes lèvres le cherchent en vain dans la nuit..

Je ne puis ni prier, ni dormir. Je suis ressortie dans le jardin sombre. Dans ma chambre, dans toute la maison, j'avais peur ; ma détresse m'a ramenée jusqu'à la porte derrière laquelle je l'avais laissé ; j'ai rouvert cette porte avec une folle espérance ;

1. Vantaux (pluriel de vantail) : panneaux mobiles, battants.

s'il était revenu! J'ai appelé. J'ai tâtonné dans les ténèbres. Je suis rentrée pour lui écrire. Je ne peux accepter mon deuil.

Que s'est-il donc passé! Que lui ai-je dit? Qu'ai-je fait? Quel besoin devant lui d'exagérer toujours ma vertu? De quel prix peut être une vertu que mon cœur tout entier renie? Je mentais en secret aux paroles que Dieu proposait à mes lèvres... De tout ce qui gonflait mon cœur, rien n'est sorti. Jérôme! Jérôme, mon ami douloureux près de qui mon cœur se déchire, et loin de qui je meurs, de tout ce que je te disais tantôt, n'écoute rien que ce qui te racontait mon amour.

Déchiré ma lettre; puis récrit... Voici l'aube; grise, mouillée de pleurs, aussi triste que ma pensée... J'entends les premiers bruits de la ferme et tout ce qui dormait reprend vie... « À présent levez-vous. Voici l'heure... »

Ma lettre ne partira pas.

5 octobre.

Dieu jaloux, qui m'avez dépossédée, emparez-vous donc de mon cœur. Toute chaleur désormais l'abandonne et rien ne l'intéressera plus. Aidez-moi donc à triompher de ce triste restant de moi-même. Cette maison, ce jardin encouragent intolérablement mon amour. Je veux fuir en un lieu où je ne verrai plus que Vous.

Vous m'aiderez à disposer pour vos pauvres de ce que je possédais de fortune; laissez-moi disposer en faveur de Robert, de Fongueusemare que je ne puis vendre aisément. J'ai bien écrit un testament, mais j'ignore la plupart des formalités nécessaires, et hier je n'ai pu causer suffisamment avec le notaire, craignant qu'il ne soupçonnât la décision que j'ai prise et n'avertît Juliette ou Robert... Je compléterai cela à Paris.

10 octobre.

Suis arrivée ici si fatiguée que j'ai dû rester couchée les deux premiers jours. Le médecin qu'on a fait venir contre mon gré parle d'une opération qu'il juge nécessaire. À quoi bon protester? mais je lui ai fait aisément croire que cette opération m'effrayait et que je préférais attendre d'avoir «repris quelques forces».

J'ai pu cacher mon nom, mon adresse. J'ai déposé au bureau de la maison suffisamment d'argent pour qu'on ne fît point difficulté de me recevoir et de me garder autant de temps que Dieu va le juger encore nécessaire.

Cette chambre me plaît. La parfaite propreté suffit à l'ornement des murs. J'étais tout étonnée de me sentir presque joyeuse. C'est que je n'espère plus rien de la vie. C'est qu'il faut à présent que je me contente de Dieu, et que son amour n'est exquis que s'il occupe en nous toute la place...

Je n'ai pris avec moi d'autre livre que la Bible; mais aujourd'hui, plus haut que les paroles que j'y lis, résonne en moi ce sanglot éperdu de Pascal :

«Tout ce qui n'est pas Dieu ne peut pas remplir mon attente.»

Ô trop humaine joie que mon cœur imprudent souhaitait... Est-ce pour obtenir ce cri, Seigneur! que vous m'avez désespérée?

12 octobre.

Que votre règne vienne! Qu'il vienne en moi; de sorte que vous seul régniez sur moi; et régniez sur moi tout entière. Je ne veux plus vous marchander mon cœur.

Fatiguée comme si j'étais très vieille, mon âme garde une étrange puérilité. Je suis encore la petite fille que j'étais, qui ne pouvait pas s'endormir que tout ne fût en ordre dans sa chambre, et bien pliés au chevet du lit les vêtements quittés...

C'est ainsi que je voudrais me préparer à mourir.

13 octobre.

Relu mon journal avant de le détruire. «Il est indigne des grands cœurs de répandre le trouble qu'ils ressentent.» Elle est de Clotilde de Vaux[1], je crois, cette belle parole.

À l'instant de jeter au feu ce journal, une sorte d'avertissement m'a retenue; il m'a paru qu'il ne m'appartenait déjà plus à moi-même; que je n'avais pas le droit de l'enlever à Jérôme; que je ne l'avais jamais écrit que pour lui. Mes inquiétudes, mes doutes me paraissent si dérisoires aujourd'hui que je ne puis plus y attacher d'importance ni croire que Jérôme puisse en être troublé. Mon Dieu, laissez qu'il y surprenne parfois l'accent malhabile d'un cœur désireux jusqu'à la folie de le pousser jusqu'à ce sommet de vertu que je désespérais d'atteindre.

«Mon Dieu, conduisez-moi sur ce rocher que je ne puis atteindre.»

15 octobre.

«Joie, joie, joie, pleurs de joie[2]... »

Au-dessus de la joie humaine et par-delà toute douleur, oui, je pressens cette joie radieuse. Ce rocher où je ne puis atteindre, je sais bien qu'il a nom: bonheur... Je comprends que toute ma vie est vaine sinon pour aboutir au bonheur... Ah! pourtant vous le promettiez, Seigneur, à l'âme renonçante et pure. «Heureux *dès à présent,* disait votre sainte parole, heureux dès à présent ceux

---

1. Clotilde de Vaux (1815-1845): aimée passionnément par le philosophe positiviste Auguste Comte, elle meurt prématurément de tuberculose; elle voulait amener le philosophe vers le mysticisme.
2. «Joie, joie, joie, pleurs de joie»: extrait du *Mémorial* où Pascal note les Paroles de l'illumination dans la nuit du 23 au 24 novembre 1654.

qui meurent dans le Seigneur.» Dois-je attendre jusqu'à la mort? C'est ici que ma foi chancelle. Seigneur! Je crie à vous de toutes mes forces. Je suis dans la nuit; j'attends l'aube. Je crie à Vous jusqu'à mourir. Venez désaltérer mon cœur. De ce bonheur j'ai soif aussitôt… Ou dois-je me persuader de l'avoir? Et comme l'impatient oiseau qui crie par-devant l'aurore, appelant plus qu'annonçant le jour, dois-je n'attendre pas le pâlissement de la nuit pour chanter?

16 octobre.

Jérôme, je voudrais t'enseigner la joie parfaite.

Ce matin une crise de vomissements m'a brisée. Je me suis sentie, sitôt après, si faible qu'un instant j'ai pu espérer de mourir. Mais non; il s'est d'abord fait dans tout mon être un grand calme; puis une angoisse s'est emparée de moi, un frisson de la chair et de l'âme; c'était comme *l'éclaircissement* brusque et désenchanté de ma vie. Il me semblait que je voyais pour la première fois les murs atrocement nus de ma chambre. J'ai pris peur. À présent encore j'écris pour me rassurer, me calmer. Ô Seigneur! puissé-je atteindre jusqu'au bout sans blasphème.

J'ai pu me lever encore. Je me suis mise à genoux comme un enfant…

Je voudrais mourir à présent, vite, avant d'avoir compris de nouveau que je suis seule.

J'ai revu Juliette l'an passé. Plus de dix ans s'étaient écoulés depuis sa dernière lettre, celle qui m'annonçait la mort d'Alissa. Un voyage en Provence me fut une occasion de m'arrêter à Nîmes. Avenue de Feuchères, au centre bruyant de la ville, les Teissières habitent une maison d'assez belle apparence. Bien que j'eusse écrit pour annoncer ma venue, j'étais passablement ému en franchissant le seuil.

Une bonne me fit monter dans le salon où, quelques instants après, Juliette vint me rejoindre. Je crus voir la tante Plantier : même démarche, même carrure, même cordialité essoufflée. Elle me pressa tout aussitôt de questions dont elle n'attendait pas les réponses, sur ma carrière, mon installation à Paris, mes occupations, mes relations ; qu'est-ce que je venais faire dans le Midi ? Pourquoi n'irais-je pas jusqu'à Aigues-Vives où Édouard serait si heureux de me voir ?... Puis elle me donnait des nouvelles de tous, parlait de son mari, de ses enfants, de son frère, de la dernière récolte, de la mévente... J'apprenais que Robert avait vendu Fongueusemare, pour venir habiter Aigues-Vives ; qu'il était maintenant l'associé d'Édouard, ce qui permettait à celui-ci de voyager et de s'occuper plus spécialement de la partie commerciale de l'affaire, tandis que Robert restait sur les terres, améliorant et étendant les plants.

Cependant je cherchais des yeux, inquiètement, ce qui pouvait rappeler le passé. Je reconnaissais bien, parmi le mobilier neuf du salon, quelques meubles de Fongueusemare; mais ce passé qui frémissait en moi, il semblait que Juliette à présent l'ignorât ou prît à tâche de nous en distraire.

Deux garçons de douze et treize ans jouaient dans l'escalier; elle les appela pour me les présenter. Lise, l'aînée de ses enfants, avait accompagné son père à Aigues-Vives. Un autre garçon de dix ans allait rentrer de promenade; c'est celui dont Juliette m'avait annoncé la naissance prochaine en m'annonçant aussi notre deuil. Cette dernière grossesse ne s'était pas terminée sans peine; Juliette en était restée longtemps éprouvée; puis, l'an passé, comme se ravisant, elle avait donné le jour à une petite fille qu'il semblait, à l'entendre parler, qu'elle préférât à ses autres enfants.

«Ma chambre, où elle dort, est à côté, dit-elle; viens la voir.» Et comme je la suivais : «Jérôme je n'ai pas osé te l'écrire… consentirais-tu à être parrain de cette petite?

— Mais j'accepte volontiers, si cela doit t'être agréable, dis-je, un peu surpris, en me penchant vers le berceau. Quel est le nom de ma filleule?

— Alissa… répondit Juliette à voix basse. Elle lui ressemble un peu, ne trouves-tu pas?»

Je serrai la main de Juliette sans répondre. La petite Alissa, que sa mère soulevait, ouvrit les yeux; je la pris dans mes bras.

«Quel bon père de famille tu ferais! dit Juliette en essayant de rire. Qu'attends-tu pour te marier?

– D'avoir oublié bien des choses; – et je la regardai rougir.

– Que tu espères oublier bientôt?

– Que je n'espère pas oublier jamais.

– Viens par ici, dit-elle brusquement, en me précédant dans une pièce plus petite et déjà sombre, dont une porte ouvrait sur sa chambre et l'autre sur le salon. C'est là que je me réfugie quand j'ai un instant; c'est la pièce la plus tranquille de la maison; je m'y sens presque à l'abri de la vie.»

La fenêtre de ce petit salon n'ouvrait pas, comme celle des autres pièces, sur les bruits de la ville, mais sur une sorte de préau planté d'arbres.

«Asseyons-nous, dit-elle en se laissant tomber dans un fauteuil. – Si je te comprends bien, c'est au souvenir d'Alissa que tu prétends rester fidèle.»

Je fus un instant sans répondre.

«Peut-être plutôt à l'idée qu'elle se faisait de moi… Non, ne m'en fais pas un mérite. Je crois que je ne puis faire autrement. Si j'épousais une autre femme, je ne pourrais faire que semblant de l'aimer.

– Ah!» fit-elle, comme indifférente, puis détournant de moi son visage qu'elle penchait à terre comme pour chercher je ne sais quoi de perdu : «Alors tu crois qu'on peut garder si longtemps dans son cœur un amour sans espoir?

– Oui, Juliette.

– Et que la vie peut souffler dessus chaque jour sans l'éteindre?… »

Le soir montait comme une marée grise, atteignant, noyant chaque objet qui, dans cette ombre, semblait revivre et raconter à mi-voix son passé. Je revoyais la chambre d'Alissa, dont Juliette avait réuni là tous les meubles. À présent elle ramenait vers moi son visage, dont je ne distinguais plus les traits, de sorte que je ne savais pas si ses yeux n'étaient pas fermés. Elle me paraissait très belle. Et tous deux nous restions à présent sans rien dire.

«Allons! fit-elle enfin; il faut se réveiller... »

Je la vis se lever, faire un pas en avant, retomber comme sans force sur une chaise voisine; elle passa ses mains sur son visage et il me parut qu'elle pleurait...

Une servante entra, qui apportait la lampe.

Note de l'éditeur

La porte étroite a paru d'abord, en 1909, dans les premiers numéros de *La Nouvelle Revue Française.*

M. Jean Schlumberger a heureusement conservé un placard de la revue, témoin d'une importante correction d'André Gide : il s'agit d'une longue page que le romancier avait d'abord placée en tête du chapitre VIII (p. 164 de la présente édition), et qu'il décida au dernier moment de supprimer.

Ce passage inédit a été publié pour la première fois par M. Pierre Mazars, dans le numéro du 21 février 1959 du *Figaro Littéraire,* à l'occasion du cinquantenaire de *La Nouvelle Revue Française.*

Le Mercure de France remercie M. Jean Schlumberger de l'avoir autorisé à le reproduire ici comme document.

Mon histoire est près de sa fin. Car du récit de ma propre vie, qu'ai-je à faire ? Pourquoi raconterais-je ici l'effort que, sous un nouveau ciel, je tentai pour me reprendre enfin au bonheur... Parfois, tant je m'évertuais, oubliant brusquement mon but, il me semblait encore que je ne m'efforçais que vers elle, tant j'imaginais mal un acte de vertu qui ne me rapprochât pas d'Alissa. Hélas ! N'avais-je pas fait d'elle la forme même de ma vertu ? C'était contre ma vertu même que, pour m'écarter d'elle, il fallait enfin me tourner. Et je me plongeais alors dans la plus absurde débauche, m'abandonnais jusqu'à l'illusion de supprimer en moi tout vouloir. Mais c'est vers le versant du souvenir qu'abandonnée retombait toujours ma pensée ; et je restais alors des heures, des journées, ne m'en pouvant plus ressaisir.

Puis un affreux sursaut de nouveau m'arrachait à ma léthargie. Je reprenais élan. J'appliquais mon esprit à ruiner en moi ce qui naguère avait été l'édifice de mon bonheur, à dévaster mon amour et ma foi. Je peinais.

Dans ce chaos, que pouvait valoir mon travail ! Comme auparavant mon amour, le désespoir à présent semblait être l'unique lieu de mes pensées et je n'en reconnaissais aucune que ne me la présentât mon ennui. Aujourd'hui que je hais ce travail et sens que ma valeur s'est perdue, je doute si c'est par l'amour... non! mais pour avoir douté de l'amour.

Arrêt ^{sur} lecture 4

Jérôme-narrateur n'a pas annoncé l'existence du Journal d'Alissa dans son préambule*. Ce document constitue un rebondissement à la fin du récit. Lors de la parution de *La Porte étroite*, la critique littéraire a méconnu cette partie de l'œuvre qui lui semblait constituer un supplément injustifiable et encombrant. Qu'en est-il ? N'a-t-il pas une double dimension, à la fois critique et poétique ?

La dimension critique

Une fonction subversive

« Inquiéter », c'est bien le but de Gide ; il ôte le repos : quand le lecteur croit pouvoir conclure, la découverte du Journal l'oblige à un nouvel effort.

Une lecture à rebours – Le lecteur s'est familiarisé avec le témoignage de Jérôme sur le drame. Or, le Journal l'oblige à reconsidérer tout le déroulement du récit. Il doit opérer une révolution et réviser son interprétation du drame. Gide-auteur veut ainsi désorienter son lecteur, en l'obligeant à changer de point de vue. Le Journal constitue une lecture inconfortable parce que critique. Ainsi, quand on lit la note du Journal écrite le 3 octobre page 201 : « Je ne puis ni prier, ni dormir. Je suis ressortie dans le jardin sombre [...] ma détresse m'a ramenée jusqu'à la porte derrière laquelle je l'avais laissé ; j'ai rouvert cette porte avec une folle espérance » il faut revivre la scène* de la p. 170 : on avait alors vu Jérôme sangloter derrière la porte fermée : « Je tombai contre cette porte, en proie au plus excessif désespoir et restai longtemps pleurant et sanglotant dans la nuit. » On découvre maintenant qu'Alissa est revenue – mais trop tard – sur ses pas. La réflexion est relancée : si Jérôme avait encore été là ? Les renvois de cette sorte sont fréquents et obligent le lecteur à changer son point de vue sur certaines scènes* du roman.

Un cas d'aliénation – Le Journal découvre également la vie intérieure d'Alissa. C'est un écrit intime, et, de ce fait, il permet à la jeune fille de se dévoiler. Elle reconnaît qu'elle s'est menti à elle-même, et qu'elle a joué la comédie de la sainteté : « Par quelle lâcheté toujours implorer de Dieu sa force ! » (p. 197).

Le Journal amène ainsi le débat sur la question de la sincérité. C'est en fait dans le Journal seulement que l'on voit Alissa déchirée entre ce qu'elle a « résolu d'être » (p. 199) et « le plus naturel penchant de son cœur » (p. 195). On peut observer à ce propos le divorce entre le lyrisme convenu, apprêté, celui du mysticisme : « Ô sophisme attrayant ! invitation spécieuse ! mirage insidieux du bonheur ! » (p. 193) et un lyrisme dépouillé, pur de tout effet rhétorique, celui de l'amour : « Je l'ai revu. Il est là, sous ce toit. Je vois sur le gazon la clarté qu'y porte sa fenêtre » (p. 197, note du 16 septembre). On constate également que le champ lexical* de l'effort et de la vertu est toujours lié à celui de l'angoisse. On peut citer par exemple cette interrogation pathétique : « De quel prix peut être une vertu que mon cœur tout entier renie ? » (p. 202).

Le Journal opère donc une seconde révolution, d'ordre moral, que l'on pourrait exprimer dans un paradoxe : la vertu est le contraire de la vertu. La vraie vertu c'est être soi-même. Alissa meurt de ne pas avoir su – pu ? – vivre sa vérité. La nouvelle est d'importance, car elle remet en cause la notion traditionnelle de la morale. Elle fonde le choix d'une éthique* individuelle contre une morale universelle.

Le Journal touche enfin une question plus dérangeante encore dans le contexte d'une époque où la religion fait partie de la vie sociale, où les intellectuels et artistes officiellement chrétiens sont nombreux et prestigieux : il s'agit de la question de la foi.

La question de la foi – Le mysticisme ascétique où Alissa s'est engagée bannit l'amour humain. C'est « une route étroite – étroite à n'y pouvoir marcher deux de front » (p. 194), écrit-elle ; « c'est qu'il faut à présent que je me contente de Dieu » (p. 203), note-t-elle aussi. Vous remarquerez que le verbe « se contenter » ou l'adjectif « étroite » sont restrictifs. Loin de traduire la béatitude, ils sont dictés, au contraire, par l'inquiétude. On pourrait faire ici le relevé des phrases interrogatives (p. 197, et p. 202). Faites-le, cela vous montrera que le Journal trace l'avènement, puis le cheminement d'un doute, et que ce doute grandit : « C'est ici que ma foi chancelle » (p. 205). L'illumination par laquelle se manifeste chez un mystique la grâce de Dieu, devient ici un simple « éclaircissement » qui révèle les murs nus de la chambre dans une solitude blafarde (p. 205). Elle dessille cruellement les yeux d'Alissa : ce n'est pas une extase, c'est une chute ! Là encore, Gide opère un renversement, celui des valeurs chrétiennes.

La fonction d'élucidation

Le complexe d'Électre – Le Journal explicite la hantise d'Alissa qui s'interdit de ressembler à sa mère, et il suggère, avant la psychanalyse, que le complexe* d'Électre est aggravé chez elle par la peur de sa sensualité. Gide a voulu établir un parallélisme entre la pose d'Alissa allongée (p. 191) et celle de sa mère (p. 38). Il souligne que, troublée par Jérôme, elle repense à sa mère : «J'ai très mal dormi cette nuit, inquiète, oppressée, misérable, obsédée par le souvenir du passé qui remontait en moi comme un remords», commente-t-elle (p. 192). Fuir en Dieu, c'est fuir sa mère, c'est fuir l'amour charnel.

Les sophismes – Lorsqu'il lisait les lettres de Madeleine, Gide les annotait souvent de la mention «sophisme», qui signifie faux raisonnement. Le Journal recense les mensonges qui ont abusé Alissa. Elle pressent la vanité de la vertu : «La vertu ne m'apparaît plus que comme une résistance à l'amour», écrit-elle (p. 193). Elle s'avoue son inauthenticité : «Je mentais en secret» (p. 202), et comprend que sa ferveur mystique s'adresse en réalité à Jérôme : «Mais pourquoi entre Vous et moi posez-Vous partout son image? lance-t-elle à Dieu (p. 195) avant de constater le «désenchantement» de sa vie (p. 205).

Une fonction narrative

Le Journal met à nu l'angoisse finale d'Alissa. Il nous fait voir son effrayante solitude dans la maladie et devant la mort, comblant ainsi une lacune du récit de Jérôme que ne pouvait remplir la lettre de Juliette (p. 170). Alissa que nous connaissions exclusivement à travers le discours de Jérôme devient dès lors un personnage autonome.

L'évolution d'Alissa – Le Journal permet de suivre la transformation d'Alissa. On assiste à une autodestruction terrifiante où se combattent efforts d'héroïsme et éclairs de lucidité. La tristesse s'accroît d'un cahier à l'autre : «À présent toute ma prière est plaintive» (28 août, p. 197). Ce chagrin devient une fiévreuse exaltation mystique : «Mon Dieu conduisez-moi sur ce rocher que je ne puis atteindre» (13 octobre, p. 204). Le moment crucial de cette souffrance est atteint lorsqu'elle a compris que Jérôme ne l'épouserait pas.

La déception d'Alissa – «Pauvre Jérôme ! Si pourtant il savait que parfois il n'aurait qu'un geste à faire, et que ce geste parfois je l'attends... » (p. 192). Le Journal met à jour le malentendu entre Jérôme et Alissa : chacun a attendu un geste de l'autre. Vous pouvez revenir en arrière et chercher les scènes* où se manifeste leur mutuelle incompréhension. «Je voudrais mourir à présent, vite, avant d'avoir compris de nouveau que je suis seule » (p. 205). La déception d'Alissa se double d'une angoisse brusque, la foi l'a quittée.

La « Passion » d'Alissa – Le Journal fige la figure d'Alissa dans l'attitude d'un personnage crucifié. On a pu remarquer, en effet, que l'agonie d'Alissa prend les accents de la Passion du Christ : «Seigneur ! Je crie à vous de toutes mes forces. Je suis dans la nuit ; j'attends l'aube. Je crie à Vous jusqu'à mourir » (p. 205). En l'éclairant de l'intérieur, le Journal redonne au personnage d'Alissa, «affreusement dépoétisée » selon les termes de Jérôme, une tragique grandeur, troublante dans sa ferveur égarée, poignante dans sa douceur brisée.

La construction d'un mythe : Alissa

Par le Journal, le personnage d'Alissa prend une dimension poétique. On éprouve le mystère d'un être dont on ressent la déchirante dualité : être de désir et d'ombre, figure lumineuse et nocturne... Il y a en Alissa, dirait Gide, de «l'inexpliqué». Elle nous révèle sa profonde contradiction.

Une nature ardente

On découvre en Alissa une amoureuse passionnée ; à ce propos, comptez les occurrences du verbe «aimer» dans le Journal. Son amour pour Jérôme est violent. Relisons la note si brève et haletante du 3 octobre : «Mes mains, mes lèvres le cherchent en vain dans la nuit…» (p. 201). Son amour, en dépit des absences et des silences de Jérôme, ne faiblit pas. C'est un être absolu, tendu vers son unique passion. Ses derniers mots trahissent une foudroyante lucidité, lorsqu'elle comprend qu'elle est seule : «Je voudrais mourir à présent, vite, avant d'avoir compris de nouveau que je suis seule. »

Un être de l'ombre

Alissa est aussi une nature nocturne. Dès le début du roman, elle est apparue secrète, silencieuse, solitaire, lointaine, comme un être dévasté par un profond chagrin. Les premiers mots de son Journal livrent sa tristesse. Elle analyse avec inquiétude une «étrange mélancolie» en elle (p. 189, 28 mai). Hantée par le mal d'amour qui la ronge, elle se plaint : «Je ne peux accepter mon deuil» (p. 202). Tout le Journal résonne de cette plainte qui la fait descendre au royaume de la mort.

Elle est sœur d'Électre et d'Antigone, les deux jeunes filles grecques chez qui Giraudoux et Anouilh, après Euripide et Sophocle, chanteront à leur tour l'étrange fascination pour l'Absolu.

à vous...

1 – Quel est selon vous le personnage principal du roman ?

2 – Une crise intérieure. Relevez-en les étapes.

3 – Étudiez le rôle des objets dans le Journal.

4 – Journal et roman – Notez les références littéraires et religieuses qui parsèment le roman.

– Dans le Journal d'Alissa, faites un relevé du vocabulaire mystique.

– Pourriez-vous faire un tableau des correspondances entre le récit de Jérôme et le Journal d'Alissa?

5 – Thèmes d'exposés – Les repères chronologiques dans *La Porte étroite*.

– L'épilogue.

– Faites une étude de la lumière dans le roman. Que remarquez-vous?

– Les symboles : jardins, porte, couleurs.

6 – Dissertation – «La critique est à la base de tout art», écrit Gide dans *Incidences*. Expliquez cette formule et discutez-la à partir d'une étude des procédés de narration dans *La Porte étroite*.

7 – Dissertation – «Gide fut très différent de l'image que beaucoup se faisaient de lui; il fut le contraire d'un esthète, l'écrivain le plus éloigné de "l'art pour l'art", un homme engagé à fond dans une certaine lutte, dans un certain combat; [...] Sous chaque mot qu'il a écrit se poursuit un travail de sape contre la cité ennemie [...]», écrit François Mauriac. Pensez-vous que *La Porte étroite* soit une œuvre de combat?

8 – Essai – Gide avait d'abord voulu intituler son roman *La Route étroite*. Selon vous, en quoi le titre définitif est-il meilleur?

9 – Lecture méthodique – Depuis «Si j'insistais ainsi...», jusqu'à «ce geste parfois je l'attends...» (p. 192). À vous de la construire à partir des axes de lecture suivants : une écriture propre au journal; une page révélatrice; une lecture critique.

Groupement de textes : la jeune fille et la mort

Violaine (Claudel), Ondine (Giraudoux) et Antigone (Anouilh) affrontent l'approche de la mort. De Claudel à Anouilh, la jeune fille est un être brisé par le heurt avec le réel. Elle est éprise d'absolu, et fuit dans la mort une impossible conciliation entre ses aspirations et son existence. Libre et pure, elle incarne le refus des compromissions humaines. Elle est un mythe* qui se construit au moment où l'artiste se sent menacé dans un monde qui le nie et l'exile hors de ses préoccupations. Dans les textes suivants, elle incarne l'intime déchirure entre Éros et Thanatos, l'amour et la mort, le désir de vie et le désir de mort. Sans doute demeure-t-elle aujourd'hui la figure idéalisée de notre angoisse existentielle.

Jean Anouilh, *Antigone*

《 *Un silence. Le garde se fait une chique.*
ANTIGONE. – Ô tombeau ! Ô lit nuptial ! Ô ma demeure souterraine !…
(Elle est toute petite au milieu de la grande pièce nue. On dirait qu'elle a un peu froid. Elle s'entoure de ses bras. Elle murmure.)
Toute seule… […]
ANTIGONE. – Mon chéri, j'ai voulu mourir et tu ne vas peut-être plus m'aimer…
LE GARDE, *répète lentement de sa grosse voix en écrivant :* – « Mon chéri, j'ai voulu mourir et tu ne vas peut-être plus m'aimer… »
ANTIGONE. – Et Créon avait raison, c'est terrible, maintenant, à côté de cet homme, je ne sais plus pourquoi je meurs. J'ai peur…
LE GARDE, *qui peine sur sa dictée :* – « Créon avait raison, c'est terrible… »

ANTIGONE. – Oh! Hémon, notre petit garçon. Je le comprends seulement maintenant combien c'était simple de vivre…

LE GARDE, *s'arrête :* – Eh! dites, vous allez trop vite. Comment voulez-vous que j'écrive? Il faut du temps tout de même…

ANTIGONE. – Où en étais-tu?

LE GARDE, *se relit :* – « C'est terrible maintenant à côté de cet homme… »

ANTIGONE. – Je ne sais plus pourquoi je meurs.

LE GARDE, *écrit, suçant sa mine :* – « Je ne sais plus pourquoi je meurs… » On ne sait jamais pourquoi on meurt.

ANTIGONE, *continue :* – J'ai peur… *(Elle s'arrête. Elle se dresse soudain.)* Non. Raye tout cela. Il vaut mieux que jamais personne ne sache. C'est comme s'ils devaient me voir nue et me toucher quand je serai morte. Mets seulement : « Pardon ». **»**

Éditions de la Table Ronde, 1944.

Paul Claudel, *La Jeune Fille Violaine*

« *Il sort. – Jacques s'assied et reste immobile, les yeux fixés sur le sol.*

VIOLAINE. – Jacques, je m'en vais mourir.

N'avez-vous rien à dire? n'avez-vous rien à demander?

JACQUES HURY. – À quoi bon? Non.

Rien.

Les choses sont comme elles sont.

VIOLAINE. – Vous ne m'avez pas encore pardonné?

[…]

Ami, je vous aimais!

Nous ne sommes point maîtres de notre pauvre cœur, et dès longtemps, Jacques, je vous l'avais donné.

Il est vrai que je suis secrète et cachée, mais l'affection que j'avais pour vous
Était comme celle d'un enfant bien sensible qui ne dit rien.

JACQUES HURY. – Quoi ! est-il vrai que vous m'ayez aimé ? est-il vrai que vous n'ayez cessé de m'aimer ?

VIOLAINE. – Ô Jacques, ce matin de mai si beau !
Tandis que vous me disiez des injures et que je pensais en moi-même seulement :
« Je ne le verrai plus. Je ne lèverai plus sur lui les yeux. »

JACQUES HURY. – Ainsi, ainsi il est vrai que vous m'aimiez !
Pourquoi avez-vous fait cela ? Pourquoi m'avez-vous trompé aussi cruellement ?

VIOLAINE. – J'ai su que ma sœur vous aimait. Et sachant ce que c'est que l'amour,
J'ai eu compassion d'elle.

JACQUES HURY. – Mais de moi vous n'avez eu aucune compassion !

VIOLAINE. – Jacques, peut-être
Nous nous aimions trop pour qu'il fût juste que nous fussions l'un à l'autre, pour qu'il nous fût bon d'être l'un à l'autre.
Et ce sacrifice que j'avais à faire, qui sait ?
Peut-être est-ce là ce que déjà vous aimiez en moi.
Il est des gens pour qui la souffrance est très bonne,
Et d'autres pour qui elle est un mal et un poison. **»**

(2e version) L'Arbre, Éditions Gallimard, 1901.

Jean Giraudoux, *Ondine*

« HANS. – Qu'es-tu venue me dire, Ondine ? Pourquoi t'es-tu laissée reprendre ?

ONDINE. – Pour te dire que je serai ta veuve Ondine.

HANS. – Ma veuve ? En effet, j'y pensais. Je serai le premier des

Wittenstein à n'avoir pas de veuve qui porte mon deuil et qui dise : « Il ne me voit pas, soyons belle… Il ne m'entend pas, parlons pour lui… » Il n'y aura qu'une Ondine, toujours la même, et qui m'aura oublié… Cela aussi n'est pas très juste.

ONDINE. – Justement. Rassure-toi. J'ai pris mes précautions. Tu me reprochais parfois de ne pas varier mes allées et venues dans ta maison, de ne pas varier mes gestes, de marcher à pas comptés. C'est que j'avais prévu ce jour où il me faudrait, sans mémoire, redescendre au fond des eaux. Je dressais mon corps, je l'obligeais à un itinéraire immuable. Au fond du Rhin, même sans mémoire, il ne pourra que répéter les mouvements que j'avais près de toi. L'élan qui me portera de la grotte à la racine sera celui qui me portait de ma table à ma fenêtre, le geste qui me fera rouler un coquillage sur le sable sera celui par lequel je roulais la pâte de mes gâteaux… Je monterai au grenier… Je passerai la tête. Éternellement, il y aura une ondine bourgeoise parmi ces folles d'ondines. Oh ! qu'as-tu ?

HANS. – Rien, j'oubliais.

ONDINE. – Tu oubliais quoi ?

HANS. – De voir le ciel bleu… Continue ! **》**

Éditions Gallimard, 1939.

Bilans

Résumé

Jérôme Pélissier décide de faire le récit d'une histoire qu'il a intensément vécue.

Chapitre 1 – Il s'agit d'un chapitre d'exposition. La description du jardin de la propriété normande de Fongueusemare présente un lieu clos où se joueront les scènes* capitales du récit. Les portraits font découvrir au lecteur les personnages féminins de la famille de Jérôme : sa mère pieuse, sa tante, Lucile Bucolin, jeune femme créole sensuelle et provocante, ses deux cousines germaines, Alissa, secrète et sensible, Juliette à la gaieté rayonnante et bavarde. Trois événements posent les fondations du drame à venir : les caresses tentées par Lucile sur Jérôme, le désespoir d'Alissa lorsqu'elle découvre que sa mère reçoit ouvertement son amant en présence de sa sœur et de leur jeune frère Robert, et enfin le sermon du pasteur Vautier deux jours après la fuite scandaleuse de sa fille adoptive. Ces trois événements déterminent les comportements des trois jeunes gens, Jérôme, Alissa et Juliette.

Chapitres 2, 3 et 4 – Les chapitres suivants pourraient s'intituler respectivement le chapitre des conversations (2), le chapitre des chimères (3), et le chapitre des déceptions (4). Ils nouent l'intrigue entre Alissa et Jérôme promis au mariage par leur famille. La complication est introduite par Alissa qui refuse de se fiancer à Jérôme lorsqu'elle découvre que sa sœur en est également amoureuse. Abel, l'ami de

Jérôme, décide, de son côté, d'épouser Juliette, faisant ainsi d'une pierre deux coups : il la libère de son prétendant officiel, et il aide Jérôme à reconquérir Alissa délivrée de ses scrupules. L'échec de ce beau plan aboutit à l'engagement de Juliette avec le viticulteur qui sollicitait sa main, et à la déception des deux amis abattus par cette solution qu'approuve cependant leur famille réunie devant l'arbre de Noël.

Chapitres 5, 6, 7 et 8 – Ce sont les chapitres des absences et rendez-vous manqués. Ils révèlent l'ambiguïté de la conduite de Jérôme qui ne cherche pas à empêcher Alissa de glisser dans une crise mystique aliénante pour elle, mais peut-être inconsciemment encouragée par lui. Les lettres et les rencontres de plus en plus espacées acheminent inéluctablement Alissa de l'amour à la mort. Un tragique malentendu sépare définitivement les deux jeunes gens : Alissa s'enferme dans la piété et Jérôme se convainc qu'elle veut ainsi le repousser. Une dernière entrevue avec Alissa échoue. C'est Juliette, devenue épouse et mère apparemment comblée, qui annonce à Jérôme la mort d'Alissa et lui adresse, selon le vœu de la disparue, son journal intime.

Le journal d'Alissa – Jérôme nous en livre l'essentiel. Il comporte deux cahiers. On y découvre les déceptions d'Alissa et on assiste au processus de transposition de son amour très charnel pour Jérôme en amour mystique. La hantise de sa ressemblance avec sa mère, les affres d'une passion inassouvie qui la brûle, les mortifications et les prières déchirent la jeune fille que l'on voit s'étioler puis mourir, tragiquement seule et désespérée.

Les personnages

Le groupe des personnages peut se diviser selon un schéma actantiel, on l'a vu, mais on peut aussi observer une autre division : celle qui sépare les adultes de la jeunesse. On observe une négation (ou ignorance) des qualités et des besoins propres à la jeunesse. Gide, dans son *Journal*, réfléchit souvent à la maladresse des familles à l'égard de la jeunesse. Même si, depuis, nous croyons pouvoir dépasser cette difficulté, il faut reconnaître que le fossé entre les générations demeure. On pourrait faire un débat sur ce thème en se référant à des œuvres cinématographiques contemporaines. «Famille je vous hais ! » le cri des *Nourritures terrestres* était iconoclaste et scandaleux. Il se poursuit sourdement dans *La Porte étroite*. On y voit que les générations s'ignorent et se font mal.

Jérôme

Gide répugne «à conditionner ses personnages». Il voit chacun de ses héros «orphelin, fils unique, célibataire et sans enfants» (*Journal des Faux-Monnayeurs*, Éd. Gallimard, 1927, p.64). En revanche retenez ceci de Jérôme : une enfance marquée par le deuil de sa mère ; la perversité de sa tante, la douceur blessée de sa cousine ; une éducation rigoriste qui fait de lui un enfant «replié, mal éclos» ; un amour qui s'étend sur toute sa vie, qui est un drame constant et éthéré, un drame qui semble être celui de l'incompréhension mutuelle qui repose sur un secret que Jérôme lui-même ne s'avoue pas ; un garçon ambigu dont l'attitude entre les deux sœurs est parfois cruelle ; une intelligence brillante et cultivée, avide d'espace et de voyages ; un homme mûr, tourmenté par un sentiment irrépressible de culpabilité envers Alissa.

Alissa

Le personnage d'Alissa va prendre tout son développement dans le récit lorsqu'elle aura refusé les fiançailles. On peut admettre que la pensée de Jérôme tourne surtout autour de cet élément, susceptible d'alléger sa conscience, et que les souvenirs obsédants s'amplifient au cours de la rédaction. Le personnage d'Alissa est donc une vision de Jérôme qui ne prend sa réalité objective que dans le Journal. Mais avons-nous tout le Journal ?

L'importance du personnage grandit dans le récit en fonction de son éloignement physique. Par ailleurs, le Journal lui-même n'est que la transcription que fait Alissa des événements. L'acte d'écrire crée également un décalage entre une réalité que nous ne connaîtrons jamais et la transcription de cette réalité. Le réel serait une illusion ; il n'existe que dans la conscience. «Il y a des vérités subjectives», dit Gide. L'amour est une illusion subjective également, d'où l'impossibilité de vraiment communiquer. Mais le lecteur ne peut s'empêcher de s'attacher à ce personnage : belle, cultivée, sensible, gaie et sensuelle, aimante, tendue, secrète, lointaine, vieillie, sévère, ardente, fiévreuse, désespérée. Ainsi le kaléidoscope fait-il tourner sous nos yeux les images d'Alissa. Sainte ou névrosée ? Antigone ou Proserpine qui se laissait enlever par Pluton, disait Gide, pour pouvoir descendre chez les morts. Alissa garde son mystère.

Juliette

Nous la voyons peu, nous lisons une lettre d'elle où elle annonce la mort de sa sœur. Nous pouvons cependant sentir, en dépit de l'aveuglement de Jérôme à son égard, sa solitude pathétique entre des aînés qui la méconnaissent et une famille qui la gouverne. Sa vie est tracée dans le récit comme une trajectoire brisée. Belle, enjouée, vive, spontanée, sensible, elle se sacrifie, elle aussi, en épousant E. Teisseires. Forte de l'amour de son mari, et de ses maternités, elle goûte un bonheur apparent. Mais cette sagesse la laisse nostalgique et essoufflée (épilogue). Alissa et Juliette sont deux figures antithétiques. Elles incarnent deux voies possibles : l'aspiration tragique à l'idéal, l'acceptation mélancolique de l'existence.

Abel

C'est un anti-Jérôme. Il est le dernier fils du pasteur. Normalien, il deviendra ensuite écrivain. Son éducation puritaine le pousse vers une sorte de cynisme libertin. Il incarne un autre méfait de l'éducation répressive : l'immoralisme.

L'entourage familial

L'univers bourgeois de la famille connote le caractère traditionaliste de ses mœurs : des habitudes et des rites ponctuent la vie quotidienne ; le conformisme intellectuel et moral sert d'idéal et d'esprit : « Je sais gré à Abel de ne pas m'avoir envoyé son livre ! Je n'ai pu le feuilleter sans honte [...] honte à songer qu'Abel, Abel Vautier, ton ami, l'avait écrit » (p. 130).

Le veuvage, des hommes et des femmes, favorise l'atmosphère compassée et ennuyeuse qui asphyxie la spontanéité des enfants. Les qualificatifs pour les hommes sont plutôt dépréciatifs. Les femmes ont un rôle négatif.

Un roman d'apprentissage

Un idéalisme dangereux

À travers la double intrigue, celle qui conduit Alissa à la mort, et Juliette au mariage, on lit la critique d'un protestantisme inhumain qui impose un terrible idéal de sainteté à travers un cruel devoir d'ascétisme. Alissa se laisse prendre à l'illusion de l'amour divin par un besoin de compensation à l'échec de son amour pour Jérôme. En revanche, contre cet idéalisme* mortel, le destin de Juliette peut sembler exemplaire. En accomplissant son humanité dans sa vie d'épouse et de mère, Juliette défie courageusement la médiocrité. Elle témoigne que vivre est aussi une «bonne œuvre», et que vivre à hauteur humaine est un acte sensé.

La quête du bonheur

Alissa aurait-elle pu être heureuse avec Jérôme? Est-il possible d'aimer et de vieillir? L'angélique beauté de l'amour peut-elle défier le temps? (« Je protestai tout aussitôt que j'avais vieilli moi-même autant qu'elle […]; l'instant unique était passé et, me laissant aller à discuter, j'abandonnai tout avantage; je perdis pied» p. 162). Le bonheur est insaisissable comme un mirage : «L'été fuyait si pur, si lisse» (p. 72); «Un jour, je ne sais comment, […] nous verrons je ne sais quel grand pays mystérieux» (p. 124). On peut noter également que la lampe, apportée par la servante à la fin de l'œuvre, donne une impression de paix : «Une servante entra, qui apportait la lampe.» Les sonorités feutrées de cette phrase et son rythme lent tamisent la lumière. L'atmosphère est intime. Peu à peu l'opposition de l'ombre et de la lumière modifie le climat nostalgique de la scène*. Juliette dans l'ombre recouvre sa beauté. La lumière finale laisse peut-être présager un avenir plus serein. « Malheur aux livres qui concluent », disait Gide. « J'ai des choses nouvelles à dire. »

Le réformateur

On peut souligner dans cette œuvre très dépouillée une qualité classique : une action racinienne, chargée de peu de matière, une crise intérieure dont le dénouement est tragique, un pessimisme janséniste dans le renoncement à l'amour chez Alissa. Dans l'héritage intellectuel, on peut encore évoquer le roman autobiographique : *Adolphe* de Benjamin Constant, *Dominique* d'Eugène Fromentin. Enfin, on peut voir une ressemblance indubitable avec le sujet et la technique narrative du roman de Balzac, *Le Lys dans la vallée*. Tous ces romans peignent des débats de conscience chez des êtres sensibles et jeunes. On y voit les drames intimes que suscite l'opposition entre les lois morales et sociales, et l'amour.

Dans cette lignée, *La Porte étroite* introduit une rupture en ce qui concerne l'utilisation du récit à la première personne et l'analyse psychologique.

Une psychologie du clair-obscur

La remise en question du discours autobiographique – Jérôme, on l'a vu, engage dans le préambule* un pacte autobiographique. On a déjà observé comment Gide-auteur jette le soupçon sur l'intention de son personnage-narrateur. Ainsi le roman autobiographique est mis en question · comment peut-on dire « je » et se raconter soi-même ? Quelle vérité psychologique peut-on saisir ? Quelle est la réalité d'une histoire représentée dans un discours ?

L'inconséquence des personnages – Lorsque Gide achève *La Porte étroite*, il porte un jugement très négatif sur le personnage de Jérôme qu'il qualifie de personnage « flasque » et « veule ». On peut penser que Jérôme annonce la disparition du personnage héroïque et qu'il commence la lignée des personnages velléitaires et fuyants que l'on rencontrera dans certains romans du XXe siècle. Il annonce le Meursault de Camus dans *L'Étranger*. À la suite de Jérôme, le personnage romanesque se dépouille de son épaisseur pittoresque ; il devient une voix comme le héros de *La Modification*, de Butor ou une conscience comme le juge pénitent de *La Chute*, de Camus.

Gide, dans une conférence sur Dostoïevski qu'il a contribué à faire connaître en France, explique que l'écrivain russe peint ses personnages en laissant autour d'eux des ombres et en créant entre tous les éléments du roman le plus de relations possibles, ce qui manifeste la complexité de ses personnages. Gide cite en contre-exemple Balzac qui veut « obtenir des personnages conséquents avec eux-mêmes » (*Dostoïevski*, Plon, 1930), tandis que Dostoïevski s'intéresse surtout à « l'inconséquence chez ses personnages » (*op. cit.*, p. 170). Il fait encore remarquer que ce qui intéresse surtout le romancier russe c'est « la genèse des sentiments » (*op. cit.,* p. 183). Dostoïevski cherche à « rendre manifeste des vérités d'ordre intime, des vérités secrètes » (*op. cit.*, p. 162).

À travers toutes ces formules, on voit se profiler les principes de l'analyse psychologique dans *La Porte étroite*. La clarté n'est qu'apparence, elle laisse affleurer la complexité de la conduite de Jérôme et de celle d'Alissa. Au lieu de souligner la cohérence des personnages, les dialogues, par exemple, révèlent leurs régions obscures. Jérôme et Alissa, selon une psychologie classique, devraient obéir à un idéal, mais on les voit qui cèdent sans le savoir à des forces – « des vérités secrètes » – qui commandent leur échec. Alissa ne conseille-t-elle pas à Jérôme de ne pas venir quand elle le désire le plus ? Pourquoi Jérôme fuit-il Alissa ?

L'analyse psychologique ne suit donc pas la tradition : Gide refuse de rationaliser la peinture des caractères. À l'analyse psychologique qui vise traditionnellement l'universalité, il substitue une mise en œuvre de la complexité et de l'ambiguïté insaisissable du moi. Il instaure une peinture en clair-obscur qui manifeste les replis mouvants et inconnus de la conscience.

Freud et le freudisme...

« Depuis dix ans, quinze ans, j'en fais sans le savoir » (*Journal*, tome I, p. 1170). La critique littéraire aujourd'hui utilise aussi les instruments qu'offre la psychanalyse pour étudier *La Porte étroite* (voir Arrêt sur lecture 3). On considère que le malheur des deux héros vient du refoulement que leur impose une éducation rigoriste. On peut supposer aussi que Jérôme ne reconnaît pas son homosexualité (inavouable à son époque) et qu'il ne peut ainsi ni comprendre sur le moment, ni expliquer plus tard, sa conduite étrange. Les confidences de Gide dans *Et nunc manet in te* sur la confusion qu'il faisait parfois entre Madeleine, son épouse, et sa mère, peuvent expliquer la réflexion de l'oncle Bucolin p. 71 : « Ta mère, c'est Alissa qui la rappelle. » Cela permet de comprendre qu'Alissa, comme Madeleine est interdite, sous peine d'inceste.

Le journal d'Alissa manifeste aussi l'inhibition* de la jeune fille (voir Arrêt sur lecture 4).

Tout le récit de Jérôme peut être lu à la lumière de ces notions. Ainsi on peut déceler dans son vocabulaire même, ses désirs profonds (il écrit « évasion » à la place de départ) et ses aveux inconscients (« Où pris-je la force d'y résister [à l'appel d'Alissa] ? » p. 125). On pourrait étudier aussi le vocabulaire de l'approche dans le roman, ou encore l'incapacité de Jérôme, dans la description des attitudes d'Alissa, à voir son corps, tandis qu'il remarque si bien, comme incarnation du Malin, la voluptueuse séduction de Lucile Bucolin gravée dans sa mémoire.

Cuverville : la porte photographiée par Roger Martin du Gard. « Sortant chaque soir, vers la tombée du jour, par la petite porte du potager... »

Cette interprétation, freudienne avant la lettre, fait rendre un sens profond à l'œuvre. La transparence n'est plus signe de clarté, elle montre la profondeur. On pourrait rappeler ici que Gide disait à Saint-John Perse : « Les vraies révolutions sont muettes, elles s'accomplissent dans les œuvres » (*Hommage à André Gide*, Gallimard).

Vers l'engagement

La Porte étroite a suscité des débats souvent très passionnés à son époque. On y admirait Alissa, sa grandeur dans le sacrifice, sa beauté héroïque dans le renoncement à soi et à l'amour. Mais on y voyait aussi une critique du christianisme et en particulier du protestantisme. On y voyait l'échec d'une foi bafouée par le silence de Dieu. L'œuvre s'inscrivait ainsi dans les grands débats spirituels qui divisaient alors les milieux intellectuels. Gide apparut comme un écrivain engagé dans ces débats. Il s'en défendait vivement, mais il avait tracé une voie à des écrivains futurs. Sartre, Malraux se souviendront que l'art a une mission. Cette mission, c'est avant tout « l'engagement dans une création qui cesse d'être simple produit d'une activité pour devenir façon d'exister, compromission de l'auteur dans les domaines qu'explore l'écriture : ceux de la pensée comme celui des mœurs, ceux du sentiment et ceux de l'expression au niveau technique » (Maurice Nadeau, Album Pléiade).

L'écriture artiste

Gide a certainement été à la source du renouvellement du genre romanesque et d'un changement profond dans les mentalités et les mœurs. On sent dans *La Porte étroite* les prémices de cette influence.

Bien que riche d'un combat qui allait déranger à la fois les croyances, les idées et les mœurs, *La Porte étroite* n'est pas une œuvre à thèse. Sa composition est extrêmement volontaire, comme le dirait Gide. Elle obéit à l'esthétique* du double, elle enrichit un mythe*, elle fonde une écriture romanesque poétique.

Une esthétique du double

«Je suis un être de dialogue, tout en moi combat et se contredit», écrit Gide. Cette dualité discordante s'inscrit dans son œuvre à travers un emploi obsédant du diptyque*. La composition de l'œuvre forme une structure binaire. On peut observer l'alternance récit/journal et récit/discours. On peut ajouter l'opposition avant/après. Dans le domaine spatial se joue l'opposition dedans (chambre, province, France)/dehors (jardin, Paris, étranger). C'est le même jeu d'oppositions dans le système des personnages ; la famille s'organise en personnages actifs (les femmes et le pasteur) et en personnages passifs (oncle Bucolin, É. Teisseires, Robert). Les héros sont couplés dans diverses scènes* de façon variée : Alissa/Jérôme, Alissa/Juliette, Jérôme/Juliette, Jérôme/Abel. Enfin les objets obéissent eux-mêmes à la loi du diptyque* : verticalité – spiritualité (la porte)/horizontalité – réalité (le banc).

Le monde spirituel s'oppose constamment au monde charnel. Et cette composition structure les deux scènes majeures du début (p. 38-39) en leur donnant leur signification symbolique. Les couleurs, les lumières s'organisent à leur tour dans cette opposition.

La structure binaire engendre l'ironie* gidienne : le balancement constant entre deux pôles à l'intérieur de l'œuvre crée en effet une suspicion, un questionnement, une déconstruction subtile des atmosphères, des paroles et de l'émotion. Toute l'œuvre est ainsi modulée par l'incessant mouvement de notre pensée.

Le mythe de la jeune fille

Gide crée un personnage aux qualités exemplaires : la pureté, la vulnérabilité et la dureté, la fascination pour la mort. Alissa initie une lignée de jeunes filles éprises d'absolu qui vont envahir la littérature. La jeune fille porte en elle l'inquiétude parce qu'elle est la jeunesse et la pureté, mais elle est aussi hantée par la mort car ce qui n'est pas divisé, multiple, ouvert, est inhumain. Sa virginité est contraire à la plénitude de la nature humaine. Elle est un ange qui fascine, et une conscience intraitable (voir le groupement de textes page 224).

Une écriture romanesque poétique

La langue est la plus grande préoccupation de Gide car elle garantit la nécessité interne de l'œuvre. Il reconnaît que le style de Jérôme-narrateur est « flasque » tout en expliquant qu'il fallait ce style pour ce personnage – voilà un désir d'authenticité appréciable !

La musique accompagne toute la vie de Gide. On peut sentir le goût de Gide pour une prose musicale à travers l'emploi des rythmes, des allitérations, des assonances, et parfois de l'alexandrin (« Une servante entra, qui apportait la lampe »).

« Je me demandais si la musique, sa plus fidèle confidente, n'était pas après tout sa loi la plus constante et sa meilleure chance d'unité – la plus propre en tout cas à relier sans lier, à rassembler sans étreindre, les éléments multiples d'une aussi souple personnalité » (Saint-John Perse, *Hommage à André Gide*) ; ou encore : « Il a très bien vu que pour rendre le son du naturel et du sincère une parole doit être très étudiée [...] ce mode véridique et indiscret, ce laconisme brûlant est presque toujours le sien quand il consent à cultiver ses ambiguïtés. »

à vous...

1 – En quoi les réminiscences des *Confessions* de J.-J. Rousseau dans *La Porte étroite* peuvent-elles nous permettre de définir l'originalité et la modernité de l'œuvre de Gide? Vous pouvez vous référer en particulier, dans votre étude, au thème de la porte fermée dans *Les Confessions* et dans *La Porte étroite*.

2 – Peut-on considérer le portrait de Lucile Bucolin comme une réminiscence de Jeanne Duval, inspiratrice des *Fleurs du mal* de Charles Baudelaire? En quoi la vision de Gide diffère-t-elle de celle du poète?

3 – «Je projetais d'écrire une éducation sentimentale. Il y avait bien celle de Flaubert mais la mienne répondait mieux au titre», écrit Gide dans ses *Mémoires*. Jérôme pourrait-il être un double de Frédéric Moreau? Analysez les sources de l'échec en chacun des personnages.

Annexes

De vous à nous

Arrêt sur lecture 1 (page 55)

1 – L'incipit – Les éléments de l'incipit : la problématique de l'écriture (les deux « je », les commentaires du narrateur, le système des temps, le flou des indices temporels, et le refus de la chronologie) ; la présentation des personnages ; l'introduction du thème majeur ; la mise en place des symboles.
– La structure binaire est construite sur des diptyques* : deux portraits ; deux crises ; deux symboles (jardin/porte ; sermon/verset).

2 – Vocabulaire – On trouve les verbes « paraître », « sembler », « croire » (p. 61, 65, 66, 71, 72, 74, 75, 78, 79). D'autres expressions enrichissent ce champ lexical* : « je m'étais figuré » (p. 68), « s'abusait » (p. 69), « sous prétexte de » (p. 65 et 69), « apparence » (p. 71), « feinte exquise » (p. 72), « déguisement du sentiment », « revêtement de l'amour » (p. 65), et enfin « n'imaginant pas » (p. 78). Tous ces mots étendent sur le chapitre un réseau où s'exprime avec insistance la facticité des relations humaines, l'impossibilité de communiquer. Ce champ lexical dénonce en sourdine la constante erreur des êtres les uns à propos des autres.
– Le verbe « oser » est employé sept fois et toujours à la forme négative, ou dans un emploi équivalent aux pages 65, 67, 70, 72, 75, 76, 79. On peut ajouter « j'ai peur » (deux fois p. 76), et « j'évitais » (p. 78). La récurrence du verbe signale les moments clés de l'action, ceux où Jérôme se trahit en quelque sorte. Elle met en évidence les incertitudes de Jérôme et dessine un comportement fuyant.

3 – Le personnage d'Alissa – Il se construit suivant trois procédés.
– Le **portrait** qu'en fait Jérôme page 61, où dominent les termes évoquant une douceur mélancolique ; on peut y adjoindre le trait donné par Félicie (« elle parle moins que sa sœur »), qui dénote un caractère silencieux, introverti.

– Les **didascalies*** accompagnant ses paroles dans les dialogues : p. 63 et 64, les gestes de la jeune fille trahissent son émotion et contredisent l'apparente fermeté de ses propos ; p. 78 et 79, Alissa montre sa sensibilité passionnée, vibrante et douloureuse.

– Les **paroles** d'Alissa dans lesquelles dominent le vocabulaire mystique, le vocabulaire du refus et de la mort, et la tendresse.

Alissa se profile à travers des perceptions diverses qui, au-delà des informations qu'elles apportent, semblent créer une énigme. Plus sombre, plus lointaine, plus sensible que sa sœur Juliette, Alissa domine le chapitre 2 de sa présence réfléchie, ardente et solitaire.

Arrêt sur lecture 2 (page 113)

1 – Les pistes de lecture

– Une réflexion sur l'**adolescence**. À travers la lettre d'Alissa : la peur de vivre, la peur de l'avenir, la peur de l'amour. À travers le personnage d'Abel : une vision erronée de l'existence forgée par les lectures, notamment ; les références littéraires soulignent discrètement l'irréalisme d'Abel, aussi grave que celui de Jérôme. À travers le personnage de Juliette : l'incompatibilité des aspirations au bonheur avec les usages de la société, démontrant que les adultes sont en complète contradiction avec les jeunes. À travers le personnage de Jérôme : la confusion des sentiments ; Jérôme ne sait pas ce qu'il veut. Sait-il d'ailleurs bien s'il aime ? Et qui il aime ? Il se résigne vite à renoncer à ses fiançailles avec Alissa. Il n'est pas insensible à ce qu'éprouve Juliette (p. 83), ni au succès présumé d'Abel auprès de sa cousine (p. 88) : la jalousie semble l'envahir.

– Une réflexion sur le **roman**. À travers les points de vue : tout au long du chapitre, le lecteur se trouve amené à rectifier sa vision. À travers les personnages : Alissa, personnage essentiel, semble demeurer en retrait. À travers les événements négatifs. À travers la relation entre Gide-auteur et son personnage-narrateur : on a constaté à plusieurs reprises que Gide-auteur se glisse parfois subrepticement entre Jérôme-narrateur et le lecteur. Ainsi s'établit une mise à distance qui oblige le lecteur à participer activement à la conduite du récit et à l'intelligence des événements.

2 – L'intrigue – On assiste dans ce chapitre à la mise en place d'une intrigue romanesque. On voit naître un mystère : la lettre d'Alissa est suffisamment elliptique pour créer une énigme. L'entrée en jeu du prétendant de Juliette fait éclore le personnage de Juliette. Dès lors, se crée le diptyque*

Alissa/Juliette qui prépare la rivalité, ou plutôt l'émulation entre les deux sœurs.

6 – Lecture méthodique

Le portrait d'Alissa :

– Il obéit à une technique très neuve où le mouvement ordonne la vision (le travelling*-avant; les oppositions verbes d'action/verbes d'état; le ralenti*).

– Il s'agit d'un portrait en trois actes, véritable petit drame (trois visions successives d'Alissa; les coordonnateurs* et l'intensité dramatique; la focalisation* interne).

– Il s'agit enfin d'un portrait complexe, tout en conjectures (les connotations* morbides; caractérisation* d'Alissa de dos; les modalisateurs* corrigent la vision subjective de Jérôme). La vérité du portrait d'Alissa est une vérité subjective. Elle apparaît, comme dans un kaléidoscope, grâce au mouvement que le lecteur imprime au texte.

Arrêt sur lecture 3 (page 183)

1 – Le roman épistolaire – La correspondance s'étend sur une période de deux ans environ. Elle est ponctuée de deux pauses* : l'une, décidée par Jérôme au chapitre 6, l'autre décidée par Alissa au chapitre 7. Entre-temps a eu lieu le «triste revoir» (p.140).

– La plupart des lettres sont adressées à Jérôme. Mais l'une d'elles est écrite à la tante de Jérôme. On voit que la tante intervient dans les relations entre Alissa et Jérôme (p. 33-34).

– On ne connaît pas les réponses de Jérôme à Alissa (à l'exception d'une lettre qu'il retranscrit). Mais on peut les deviner en partie à travers les réponses d'Alissa et retenir qu'il fait le récit de ses activités : «Quant à tes succès» (p. 123), «J'envie tes corvées [...] hantée» (p. 135); il raconte son voyage en Italie (p. 125-126), il lui fait part de ses émotions : «J'imagine si bien cette sorte d'ivresse légère dont tu parles» (p. 135). Il commente les lettres d'Alissa (p. 126), lui donne des conseils spirituels (p. 124), s'inquiète de ses lectures (p. 127). Certaines formules (« comme tu dis», p. 126; «Non», p. 127; «Ingrat», p. 128) soulignent la vivacité de la correspondance. Mais on y voit aussi les dérobades de Jérôme, à propos de son retour : «Si peu fixé que tu sois» (p. 135), «Si donc des inscriptions à prendre te rappellent à Paris dès le 28» (p. 136); «ne regrette même pas» (p. 134).

La correspondance est pour Gide-auteur un procédé qui lui permet de nous faire découvrir ce que Jérôme ne peut lui-même nous dire : son aveuglement – et celui d'Alissa? – sur son désir de s'échapper. La seule lettre écrite par lui que Jérôme nous fasse lire est une lettre de rupture (p. 143). Il se plaint, pour pouvoir s'éloigner, ce qu'Alissa finit par lui reprocher : «Jérôme pourquoi ne pas avouer tout simplement que tu m'aimes moins?» (p. 161). On voit l'évolution de Jérôme, ce dont lui-même ne nous parle pas.

2 – La société provinciale – La correspondance nous fait voir la vie de province à travers la brève évocation de la lettre (p. 130-131). Évocation d'un milieu clos dont Alissa est elle-même prisonnière : elle n'ose pas demander le livre d'Abel, qu'elle juge scandaleux, au commis de la librairie. Le succès d'Abel anime toutes les conversations dans les réunions de la «petite société du Havre» (p. 130). Gide esquisse avec humour une peinture dont Sartre se souviendra peut-être dans *La Nausée*.

3 – Alissa épistolière – La correspondance complète le portrait d'Alissa et révèle son état d'esprit à travers les nuances de son écriture.
– Sa spontanéité : «admire ma docilité»; «Voilà des réflexions bien sublimes»; «C'est te dire qu'il…» (p. 117); «… pour cette fois, ne me gronde pas trop» (p. 118).
– Son humour : «Ne crains pas toutefois que je tourne à l'ignorantine» (p. 127); «Mais vous y venez, vous y venez! a dit la tante sans malice certainement…» (p. 131).
– Sa sensibilité passionnée : «Est-ce beau Jérôme, est-ce beau!» (p. 122); «Ô mon frère! merci pour m'avoir fait connaître et comprendre tout ceci» (p. 127); «Oh qu'il soit finit pour jamais cet affreux hiver de silence» (p. 126).
– Sa prose très poétique : «Ce soir j'écris comme en rêvant» (p. 126); «Je songe à ce radieux pays […] Je songe à d'autres pays plus vastes, plus radieux encore, plus déserts […] ensemble nous verrons je ne sais quel grand pays mystérieux» (p. 124).

Arrêt sur lecture 4 (p. 220)

1 – Alissa, personnage principal? – Lors de la parution de *La Porte étroite*, les critiques se sont surtout intéressés à Alissa. On la voyait comme une sainte, on louait son esprit de sacrifice. On comparait *La Porte étroite* à *L'Immoraliste*, en soulignant avec soulagement le retour de Gide aux bons sentiments : Alissa, pensait-on, était le contraire de Michel. À une morale du laxisme, succédait une morale du devoir dont Alissa était la sublime figure. On ne parlait guère alors de Jérôme, qui semblait n'avoir qu'un second rôle.

Interrogeons-nous pourtant sur le rôle de Jérôme, à la fois narrateur et personnage. C'est par Jérôme que nous connaissons Alissa. Tout ce que nous savons d'elle nous est livré par lui, et lui seul, y compris le Journal, dont il nous présente ses morceaux choisis. Et ce sont ses souvenirs à lui qu'il nous raconte. Et c'est lui qui dit son histoire, en étant un personnage de cette histoire. Il ouvre le récit et il le clôt. À la lumière de ces constatations, ne doit-on pas le considérer comme le premier personnage du roman?

Alissa toutefois reste la figure centrale de l'œuvre. Elle domine le roman puisque toute la vie de Jérôme dépend d'elle, de son attitude envers lui. Or cette attitude est souvent énigmatique, et cela donne à Alissa une position essentielle. Le lecteur cherche à comprendre son comportement. Le Journal, en nous révélant son secret, donne à son personnage une dimension héroïque. Mais la confrontation à laquelle Gide-auteur nous invite entre le récit (c'est-à-dire le point de vue de Jérôme) et le Journal (c'est-à-dire le point de vue d'Alissa) souligne l'intention originale de l'auteur de renouveler le roman. Celui-ci ne se construit pas sur la trame d'une intrigue menée par des héros entourés de personnages secondaires; il s'organise de façon neuve sur la mouvance des points de vue, sur leur interaction dans l'esprit du lecteur, sur une rotation d'interprétations successives, sans cesse modifiées et corrigées.

Ainsi disparaît le héros défini par le roman du XIXe siècle. Le roman ne se construit pas sur un destin commandé par tels ou tels rencontres ou événements décisifs, il s'articule sur un mouvement incessant de perspectives. Dans cette œuvre il n'y a pas de héros, mais seulement des attitudes possibles devant les énigmes de la vie.

2 – Une crise intérieure – Le Journal est une crise spirituelle où l'on voit le conflit entre la terre et le ciel, en deux étapes :
– premier cahier : combat entre sensualité et spiritualité;
– deuxième cahier : échec et prise de conscience de la comédie de la sainteté.

Le Journal suit une progression qui va du simple divertissement à l'introspection. Deux moments cruciaux : le choc du passé et le choc de la vérité (le silence de Dieu). Cette construction binaire reflète la dualité du personnage d'Alissa.

3 – Les objets – Trois objets réapparaissent dans le Journal, fugitivement mais non arbitrairement : la porte, le banc, la croix. Tous trois ont une présence métaphorique dans le roman.
– La **porte** est l'obstacle qui se dresse entre Jérôme et Alissa; elle est l'interdit qu'Alissa impose à Jérôme. L'objet est à la fois langage (quête de Jérôme),

silence (absence de Jérôme), obstacle (éloignement de Jérôme), passage illusoire. La « petite » porte est le symbole d'une vision réduite de la vie : elle conduit au néant.

– Le **banc** est presque aussi important dans le Journal ; il symbolise le trait d'union entre Alissa et Jérôme. Sur le banc, Alissa et Jérôme se retrouvent, se parlent. À la verticalité aride et stérile de la porte s'oppose son horizontalité, paisible et féconde. Au monde vide de l'idéal s'oppose le monde heureux de la terre.

– La **croix** apparaît dans le récit de Jérôme comme un objet porteur de l'amour entre Alissa et Jérôme. Dans le Journal, ce petit bijou prend toute sa signification, il devient le symbole de la passion d'Alissa et cristallise son obsession : revoir Jérôme, lui donner la croix. En remettant la croix à Jérôme, Alissa veut relier ce qu'elle a délié. Vous savez qu'une marraine est une mère spirituelle dans la religion chrétienne. On peut comprendre alors que la petite croix symbolise le rêve de fécondité qu'Alissa emportera malgré elle dans sa tombe. À son cou, dans la mort, la petite croix imputrescible garde le témoignage de son irrémédiable solitude, de son échec.

6 – Dissertation – Critique et procédés de narration.

– La technique des points de vue : la composition ; les focalisations* ; la voix de Gide).

– L'ironie* gidienne : le symbolisme du réel ; les questions que pose le récit ; l'absence d'identification.

– L'esthétique* du double : la composition binaire de l'œuvre ; un réseau d'échos et de reprises ; un double discours.

Gide est porteur de deux grands mouvements qui caractériseront la littérature du xxᵉ siècle : la littérature engagée et la littérature formaliste. Mais l'œuvre n'est prisonnière d'aucune intention ; elle vit de sa propre richesse.

7 – Dissertation – Une œuvre de combat ?

– L'œuvre d'un esthète : une prose poétique ; des décors symboliques ; la composition.

– Une œuvre engagée : critique de l'éducation ; critique de la religion ; critique du conformisme.

– Une œuvre ironique : pas de thèse ; pas de conclusion ; des questions en suspens.

L'œuvre d'art ne se met pas au service d'une idée ; elle crée l'idée. L'œuvre vit son propre mouvement, elle éveille les consciences.

9 – Lecture méthodique – À partir de trois axes de lecture :

– Une écriture propre au Journal : l'énonciation ; la quête du sens ; une insondable complexité : le trouble d'Alissa.

– Une page révélatrice : le complexe* d'Électre ; la sensualité ; le refoulement.

– Une lecture critique : le point de vue d'Alissa ; le point de vue de Jérôme ; le point de vue du lecteur.

Le Journal, ou l'autre face d'une réalité que nous ne connaissions que par Jérôme. On y découvre les lacunes de la relation qu'il nous a faite. On décrypte à travers l'écriture d'Alissa la signification psychanalytique du drame qui se joue en elle. Le Journal permet de comprendre la nature essentiellement critique de l'œuvre qui met en scène* la mouvante et obscure complexité de l'âme humaine et plonge le lecteur dans la perplexité.

Glossaire

Aliénation : trouble qui rend l'individu étranger à lui-même, esclave d'une idée de lui-même qui ne lui appartient pas.

Amour-propre : attachement exclusif à sa propre personne.

Caractérisation : procédé qui permet de fournir des indications directes ou indirectes sur le sujet ou l'objet décrit.

Champ lexical : ensemble de termes se rattachant à un même thème.

Complexe : ensemble de traits psychologiques formés durant l'enfance, généralement inconscients, mais doués d'une puissance notable sur le comportement affectif.

Connotation : ensemble de valeurs contenues dans un terme en fonction du contexte ou de l'intention de celui qui l'emploie.

Coordonnateur : terme qui assure la liaison entre des termes, des notions ou des thèmes.

Didascalies : indications qui accompagnent le texte dramatique sur la mise en scène, les attitudes et le ton de voix des acteurs, les décors, etc.

Diptyque : tableau en deux volets se rabattant l'un sur l'autre ; œuvre littéraire en deux parties.

Dogmatisme : caractère de croyances religieuses qui s'appuient sur des points de doctrine considérés comme des vérités fondamentales et indiscutables.

Ellipse : voir **Vitesse du récit**.

Esthétique : analyse du beau et de ses lois. On parle de l'esthétique d'un artiste pour définir la manière dont il sent et exerce sa notion du beau dans son œuvre.

Éthique : science de la morale ; art de diriger la conduite de sa vie.

Focalisation : terme qui définit le point de vue adopté par un locuteur ou un narrateur sur une scène. On distingue :
– la focalisation zéro : le narrateur est omniscient ;
– la focalisation interne : la scène est vue à travers la sensibilité d'un personnage ;
– la focalisation externe : le narrateur est objectif.

Fonction subversive : fonction qui consiste à renverser le sens ordinaire et attendu, l'ordre établi, dans la conception des faits racontés.

Idéalisme : système philosophique qui ramène l'être à la pensée, et les choses à l'esprit.

Inhibition : état d'impuissance qui résulte de l'arrêt du processus psychologique.

Ironie : littéralement, action d'interroger en feignant l'ignorance (ironie socratique). Procédé stylistique qui exprime le contraire de ce que l'on veut faire comprendre.

Leitmotiv (pluriel : leitmotive) : thème qui revient souvent dans une partition musicale. Phrase ou formule récurrente dans un texte.

Mise en abyme : procédé stylistique qui consiste à enchâsser un récit dans un autre récit.

Modalisateur : mots ou procédés qui traduisent le jugement et le sentiment du locuteur.

Mythe : récit légendaire, à l'origine transmis par oral. Il confronte les êtres humains aux divinités et aux forces de la nature ; sa fonction est à la fois symbolique et explicative. Une société reconnaît les grandes interrogations humaines dans les mythes qu'elle conserve.

Pause : voir **Vitesses du récit**.

Préambule : texte qui sert d'entrée en matière.

Scène : voir **Vitesses du récit**.

Schéma actantiel :
– Sujet : il accomplit l'action, poursuit un but.
– Objet : ce que vise le sujet.
– Destinateur : il détermine la tâche du sujet.
– Destinataire : il reçoit l'objet et sanctionne le résultat.
– Adjuvant : aide le sujet.

– Opposant : entrave l'action du sujet.

N.B. : un même personnage peut exercer plusieurs fonctions ; une fonction peut être exercée par des forces qui ne sont pas des personnages.

Sommaire : voir **Vitesses du récit**.

Travelling : mouvement de la caméra qui suit souplement les évolutions des personnages ; elle est placée sur un chariot qui glisse sur des rails.

Vitesses du récit (ou vitesses narratives) :

– Ellipse : le narrateur omet volontairement certaines périodes de l'histoire ; le récit passe sur certains moments de l'histoire.

– Pause : un arrêt dans le temps de l'histoire. Le narrateur interrompt le récit pour s'adonner au commentaire ou à la description.

– Ralenti : la narration étire le temps en développant longuement ce qui dans l'histoire ne prend que peu de temps.

– Scène : il y a une équivalence entre le temps du récit et le temps de l'histoire. Le récit donne alors l'illusion du réel.

– Sommaire : le narrateur accélère le récit ; quelques lignes résument de grands moments de l'histoire.

Petite bibliographie

Pour lire Gide

Journal (1939-1949) – *Souvenirs*, tome 1, coll. « Bibliothèque de la Pléiade », 1954, Gallimard.

Romans – *Récits et soties* – *Œuvres lyriques*, tome 2, coll. « Bibliothèque de la Pléiade », 1958, Gallimard.

Pour connaître Gide

Pierre Lepape, *André Gide, Le Messager*, Le Seuil, 1997.

Klaus Mann, *André Gide et la crise de la pensée moderne* (1990), Grasset, 1999 pour la traduction française, de M.-F. Demet.

Éric Marty, *Gide* (suivi du textes des *Entretiens radiophoniques* avec Jean Amrouche), Lyon, Manufacture, coll. « Qui êtes-vous ? », 1987.

Album Gide, La Pléiade, texte de Maurice Nadeau, iconographie choisie par Philippe Clerc, 1985.

Claude Martin, *Gide*, coll. «Microcosme – Écrivains de toujours», Seuil, 1995.

–, *La Vie d'André Gide, ou La Vocation au bonheur* (tome 1 : 1869-1911), Fayard, 1998.

Georges D. Painter, *André Gide*, Mercure de France, 1968.

Hommage à André Gide, Gallimard, NRF, 1951.

Sur La Porte étroite

P. Trahard, *La Porte étroite d'André Gide*, La Pensée Moderne, 1968.

Claude-Alain Chevallier, *La Porte étroite d'André Gide*, coll. «Balises», Nathan, 1993.

TABLE DES MATIÈRES

Dans la même collection

Lycée

Pour plus d'informations:
http://www.gallimard.fr
ou
La bibliothèque Gallimard
5, rue Sébastien-Bottin – 75328 Paris cedex 07

Cet ouvrage a été composé
et mis en pages par In Folio à Paris,
achevé d'imprimer
sur les presses de l'imprimerie Firmin-Didot
en juin 2000.
Imprimé en France.

Dépôt légal : juin 2000
N° d'imprimeur : 51299
ISBN 2-07-040855-8